D1392285

EN HÉRITAGE

DU MÊME AUTEUR
CHEZ LE MÊME ÉDITEUR

Danielle Steel

EN HÉRITAGE

Roman

Traduit de l'anglais (Etats-Unis)
par Eveline Charlès

Titre original : *Legacy*

© Danielle Steel, 2010
Tous droits réservés, incluant tous les droits de reproduction d'une partie ou de toute l'œuvre sur tous types de support
© Presses de la Cité, 2012 pour la traduction française
ISBN 978-2-258-09195-5

Presses
de   un département **place des éditeurs**
la Cité

place
des
éditeurs

Je dédie ce livre à mes enfants bien-aimés
Beatrix, Trevor, Todd, Nick
Sam, Victoria, Vanessa, Maxx
Et Zara.
Que vos chemins vous mènent toujours
à la réalisation de vos rêves, au courage,
à la liberté et à la paix.
Et puissiez-vous trouver une âme sœur
comme Wachiwi pour vous inspirer.

Avec tout mon amour,
Maman/d.s.

1

Une neige abondante tombait sur Boston depuis la veille au soir. Au bureau des admissions de l'université, Brigitte Nicholson étudiait les dossiers de candidature avec un soin méticuleux. Même si ses collègues avaient déjà tout vérifié, elle préférait s'assurer, comme chaque année, qu'il ne manquait aucune pièce. Dès le début des inscriptions, Brigitte recevait des dizaines d'appels et de mails de conseillers d'orientation soucieux d'aider au mieux leurs protégés. Elle accordait un rendez-vous aux jeunes gens qui la sollicitaient et joignait alors ses propres remarques à leur dossier. Toutefois, les notes, les recommandations des enseignants, les activités extra-scolaires et le sport pesaient lourdement dans la balance. Il s'agissait de cerner la personnalité du candidat afin de déterminer s'il constituerait un atout pour la faculté. Dans six semaines, la commission choisirait ceux qu'elle souhaitait intégrer, faisant quelque seize mille heureux et tout autant de malheureux. Consciente de l'importance de sa tâche et de la lourde responsabilité qui lui incombait, Brigitte ne négligeait aucun détail.

La jeune femme éprouvait une fierté mêlée d'étonnement à l'idée qu'elle exerçait ces fonctions depuis dix ans. Les années avaient passé à la vitesse de l'éclair depuis le début de ses études supérieures.

Sa licence d'anthropologie en poche, qu'elle avait complétée d'un certificat sur la répartition des rôles dans la société en fonction du sexe, elle avait accepté des petits boulots avant de travailler durant deux ans dans un foyer pour femmes au Pérou, puis au Guatemala, sans compter un périple de douze mois en Inde et en Europe. De retour aux Etats-Unis à vingt-huit ans, elle s'était inscrite à l'université de Boston pour un master en anthropologie. Au départ, elle avait accepté le poste au bureau des admissions le temps de terminer ses études, car elle comptait séjourner un an en Afghanistan. Mais, comme bon nombre d'étudiants qui occupaient un emploi temporaire à l'université, elle l'avait conservé. Le poste ne présentait pas de difficultés particulières, la place était sûre, et elle en était venue à apprécier l'atmosphère protégée qui régnait dans le service. Après son master, elle avait entamé un doctorat : le monde universitaire, aussi douillet que le ventre maternel, constituait un havre de paix pour la jeunesse et les intellectuels, et on n'avait pas envie de le quitter. Les défis de l'esprit, l'acquisition de nouvelles connaissances et de titres honorifiques faisaient, eux aussi, partie de ses agréments. Il devenait alors facile d'occulter le monde réel et ses exigences. Brigitte n'aurait pas dit qu'elle *adorait* son travail, mais elle l'appréciait vraiment. A trente-huit ans, son sort la satisfaisait pleinement. Elle se sentait utile et s'efforçait d'aider les étudiants de valeur à intégrer l'université. En parallèle, elle effectuait des recherches pour son doctorat, suivait un ou deux cours par semestre et travaillait depuis sept ans sur la rédaction d'un livre concernant le vote des femmes et, plus largement, le respect de leurs droits dans le monde. Cet ouvrage ferait autorité. Lorsqu'elle préparait son master, elle avait d'ailleurs rédigé de nombreux articles sur le sujet. Selon elle, la façon dont les pays traitaient le vote des femmes les définissait en tant que nation. Cette question était à ses yeux absolument cruciale. Certains collègues qui en avaient lu quelques chapitres avaient été impressionnés, retrouvant dans ses écrits la minutie et le sérieux dont elle faisait preuve au bureau des admissions. S'ils formulaient une critique, c'était qu'elle se focalisait trop sur les détails, au détriment d'une vue d'ensemble.

Sympathique, fiable, bienveillante, bosseuse et consciencieuse, Brigitte était appréciée, et chacun savait qu'on pouvait compter sur elle. Amy Lewis, sa meilleure amie, lui reprochait seulement de manquer de passion. A l'entendre, Brigitte intellectualisait tout, obéissant à son cerveau plus qu'à son cœur. Celle-ci rétorquait que la passion, au sens où l'entendait Amy, était un défaut plutôt qu'une qualité. Elle pouvait même se révéler dangereuse, en vous faisant perdre tout recul, toute perspective. Incapable d'agir sous le coup d'une impulsion, la jeune femme était d'ailleurs la première à admettre qu'elle mettait du temps à prendre une décision, tant elle pesait le pour et le contre.

Elle préférait maintenir le cap et ne jamais perdre ses objectifs de vue. C'était le cas pour son livre. Elle pensait en avoir déjà rédigé la moitié et espérait l'avoir terminé dans cinq ans. Son doctorat aboutirait à peu près au même moment. Avec un travail à plein temps et des cours à suivre, les douze années consacrées à sa rédaction lui semblaient raisonnables, vu l'importance du sujet. Rien ne pressait. Elle serait pleinement satisfaite d'atteindre ces deux objectifs à quarante-trois ans. Cette lenteur rendait Amy folle : elle considérait que son amie aurait dû profiter de la vie et saisir les occasions qui se présentaient. Elle-même exerçait avec compétence ses fonctions de conseillère conjugale et familiale ainsi que d'assistante sociale. Elle accompagnait les étudiants dans leurs études et prodiguait, sans compter, ses conseils à Brigitte. Elle faisait tout très vite, que ce soit dans les domaines affectif, intellectuel ou professionnel.

Dissemblables en tout point, excepté leur apparence juvénile, les deux femmes n'en étaient pas moins les meilleures amies du monde. Grande et d'une minceur qui confinait à la maigreur, Brigitte avait une chevelure d'un noir de jais, des pommettes hautes et le teint mat. On l'aurait crue originaire du Moyen-Orient ou d'Italie, alors que ses ancêtres venaient d'Irlande et de France. Les gènes paternels irlandais expliquaient la couleur de ses cheveux.

Petite et blonde, Amy avait tendance à prendre du poids si elle ne faisait pas de sport. Elle croquait la vie à pleines dents, contrairement à Brigitte, et ne se gênait pas pour le lui faire remarquer. De son côté, cette dernière l'accusait d'hyperactivité et, moqueuse, affirmait que ses facultés de concentration ne dépassaient pas celles d'une puce, ce qui les faisait rire toutes les deux. Amy avait continuellement de nouveaux projets et exécutait sans peine plusieurs tâches à la fois. Pendant que Brigitte poursuivait la rédaction de l'ouvrage d'une vie, son amie avait déjà publié trois livres sur l'éducation des enfants. Bien que célibataire, elle en élevait deux. A quarante ans, après une succession de liaisons malheureuses avec de jeunes diplômés ou des enseignants mariés, elle avait eu recours à une banque du sperme. Aujourd'hui, ses deux garçons, de un et trois ans, la comblaient de bonheur tout en la faisant tourner en bourrique. Sans cesse, elle tentait de convaincre Brigitte qu'elle devait songer à fonder une famille. Il n'y avait plus de temps à perdre, aimait-elle répéter, car « tes ovules vieillissent de minute en minute ». Brigitte rétorquait que les avancées de l'obstétrique permettaient de concevoir des bébés à un âge bien plus avancé que du temps de leurs mères. En dépit des prédictions effrayantes d'Amy, elle n'était pas inquiète : elle aurait des enfants un jour et épouserait vraisemblablement Ted Weiss, bien qu'ils n'aient jamais abordé le sujet. Celui-ci était plus jeune de trois ans et se comportait comme un gamin, dont il avait d'ailleurs l'allure. Après des études d'archéologie à Harvard et un doctorat à Boston, il travaillait depuis six ans pour le département d'archéologie et rêvait de mener son propre chantier de fouilles. L'université de Boston en possédait un peu partout dans le monde : Egypte, Turquie, Pakistan, Chine, Grèce, Espagne et Guatemala. Il les avait tous visités au moins une fois. Brigitte ne l'avait jamais accompagné, profitant de ses absences pour avancer ses propres recherches. Les voyages ne l'intéressaient plus autant qu'autrefois.

Ted et elle s'étaient rencontrés six ans auparavant, et leur relation était sans nuages. Ils habitaient séparément, tout près l'un de l'autre, mais passaient les weekends ensemble, le plus souvent chez Ted parce que son appartement était plus spacieux. Contrairement à Brigitte, il savait cuisiner. Ils avaient des amis parmi les étudiants, en particulier des doctorants comme elle, et fréquentaient aussi les enseignants de leurs départements respectifs. Ils appréciaient tous les deux la vie universitaire, bien que le travail de la jeune femme au service des admissions ne requît aucune érudition. La plupart du temps, ils ne se sentaient pas différents des étudiants. Ils avaient soif de connaissances et adoraient cette ambiance intellectuelle, même si l'université avait son lot de scandales mineurs, de liaisons et de jalousies mesquines.

Brigitte se voyait sans problème mariée à Ted. Pour l'instant, ils n'avaient aucune raison de sauter le pas, puisqu'ils n'envisageaient pas de devenir parents dans un futur proche. Ils se sentaient trop jeunes pour mener une existence rangée. A l'instar d'Amy, la mère de Brigitte lui rappelait qu'elle ne rajeunissait pas. Celle-ci lui riait au nez, ajoutant qu'elle n'avait nul besoin de mettre le grappin sur Ted, puisqu'il n'allait nulle part. A cet argument, Amy répondait avec un certain cynisme : « On ne sait jamais. » Ses expériences malheureuses en amour affectaient son jugement : elle restait convaincue que, si on leur en donnait l'occasion, les hommes ne manquaient pas de vous décevoir. Elle devait pourtant reconnaître que Ted était charmant et sans une once de méchanceté.

Brigitte ne cachait pas qu'elle l'aimait, mais ils ne parlaient pas souvent d'amour, pas plus qu'ils n'abordaient la question de l'avenir. Ils se contentaient de vivre l'instant présent, parfaitement satisfaits de leur organisation, qu'ils jugeaient commode et agréable. Cerise sur le gâteau, ils ne se disputaient jamais.

Tout suivait, pour Brigitte, un cours régulier, sans heurts : son métier, sa relation amoureuse, et la rédaction de son livre, qu'elle comptait bien publier aux presses universitaires.

Elle ne recherchait pas les sensations fortes et avançait dans l'existence à son rythme, même s'il n'était pas très rapide. Un peu comme si elle avait entrepris un voyage sans être pressée d'arriver à destination. Malgré les inquiétudes de sa mère, les prédictions sinistres et le cynisme de sa meilleure amie, elle poursuivait tranquillement son chemin.

Un sourire malicieux aux lèvres, Amy fit irruption dans son bureau.

— De qui as-tu gâché la vie, aujourd'hui ?

Brigitte prit un air faussement sévère.

— Comment peux-tu tenir des propos aussi désobligeants ? Bien au contraire, je vérifie que les dossiers sont complets.

— Ouais, pour te permettre de mieux en rejeter certains. Pauvres gosses ! Je n'ai pas oublié toutes les lettres affreuses que j'ai moi-même reçues : « Bien que nous soyons très impressionnés par le travail que vous avez accompli en terminale, nous ne comprenons pas ce que vous avez fabriqué pendant votre année de première. Etiez-vous ivre, droguée ou abominablement paresseuse ? Nous vous souhaitons de réussir vos futures études, mais ce ne sera pas chez nous. » Merde ! J'ai pleuré chaque fois que j'en recevais une, et ma mère aussi. Elle s'imaginait que je deviendrais serveuse au McDo alors qu'elle me rêvait médecin. Il lui a fallu des années pour me pardonner de n'être « qu'une » assistante sociale.

Brigitte savait que son amie exagérait : ses notes obtenues en première n'étaient pas si mauvaises, puisqu'elle avait fait sa licence à Brown et obtenu un master en biologie à Stanford avant d'intégrer la Columbia School of Social Work, où elle avait décroché son diplôme.

L'université de Boston était peuplée de snobs. Au sein du monde universitaire, l'endroit où vous aviez obtenu vos diplômes comptait tout autant que le nombre

15

de vos publications. Si Brigitte avait été enseignante, elle n'aurait pas eu le loisir de lambiner sur la rédaction de son livre : il aurait fallu le publier le plus vite possible. C'était pour cette raison que son travail au bureau des admissions la réjouissait tant. Elle était dépourvue de l'esprit de compétition nécessaire pour être professeur. Amy, elle, enseignait la psychologie aux étudiants de premier cycle, tout en exerçant ses fonctions de conseillère, et elle menait à bien ces deux missions. Elle aimait la jeunesse, et tout particulièrement ses élèves. Confrontée durant ses premières années d'exercice aux idées suicidaires de bon nombre d'entre eux et à plusieurs passages à l'acte, elle avait créé la première ligne téléphonique d'urgence au sein de la fac. Brigitte n'aimait pas penser que le rejet des candidatures pouvait causer le désespoir de certains jeunes gens. Elle avait horreur d'envisager son travail de cette façon. Mais Amy allait toujours droit au but et exprimait brutalement son opinion à ses collègues comme à ses amis. Brigitte, elle, formulait les choses avec davantage de diplomatie.

— Alors, qu'est-ce que tu fais ce soir ? demanda Amy en s'asseyant.

— Pourquoi ? Je suis censée faire quelque chose ?

Son amie leva les yeux au ciel.

— Tu devrais, si tu fréquentes le même type depuis six ans. Ton cas est vraiment désespéré. C'est la Saint-Valentin, pour l'amour du ciel ! Tu sais… les fleurs, les déclarations d'amour, les bagues de fiançailles, les demandes en mariage, le sexe, la musique douce, les chandelles… Vous ne sortez pas, Ted et toi ?

Malgré ses histoires d'amour ratées, Amy restait une grande romantique. A ses yeux, Ted et Brigitte ne l'étaient pas assez, même s'ils formaient un couple adorable. On aurait dit des lycéens sortant ensemble, non des adultes faisant des projets d'avenir.

— Je crois que nous l'avons tous les deux oubliée, avoua timidement Brigitte. Ted rédige un article, et je suis très absorbée par les dossiers de candidature. Et puis j'ai deux travaux à rendre pour mon cours de doctorat. Sans compter qu'il neige... Une soirée à ne pas mettre le nez dehors.

— Alors, célèbre la Saint-Valentin au lit ! Peut-être Ted va-t-il te demander en mariage aujourd'hui ? suggéra Amy avec espoir.

Brigitte éclata de rire.

— Ça m'étonnerait, vu que son article doit être publié vendredi ! Il va probablement m'appeler en fin de journée, et nous commanderons des plats chinois ou des sushis. Ce n'est vraiment pas un problème.

— Cela devrait, pourtant, la gronda Amy. Je ne veux pas que tu deviennes une vieille fille comme moi.

— Ce n'est pas ce que je suis, et toi non plus. Nous sommes célibataires, c'est différent. C'est notre choix, pas une tare. Et puis on connaît des personnes plus âgées que nous qui sont devenues mères.

— Ouais... tu fais sans doute allusion à Sarah, dans la Bible. Quel âge avait-elle quand elle a accouché ? Au moins quatre-vingt-dix ans, si je me souviens bien. A notre époque, cela ne correspond pas tout à fait aux statistiques sur la fécondité. A la sienne non plus, d'ailleurs ! Puis-je te rappeler aussi qu'elle avait un mari ?

— C'est devenu une véritable obsession ! Je te ferai remarquer que tu ne cours pas toi-même après un époux, alors pourquoi devrais-je m'y employer ? Il se trouve que la situation nous convient parfaitement, à Ted et à moi. Et en quoi est-ce si important ?

— Le temps file. Un jour, tu auras quarante-cinq ans, puis cinquante, et ce sera fini pour toi. Tes ovules appartiendront à l'ère préhistorique, et Ted pourra même écrire un article à leur propos. Tu devrais peut-être le demander en mariage.

Amy s'exprimait avec une drôlerie empreinte de conviction.

— Ne sois pas bête, répliqua Brigitte avec insouciance. Nous avons tout le temps d'y penser. Je veux d'abord terminer mon livre et obtenir mon diplôme. J'aimerais avoir le titre de docteur quand je me marierai.

— En ce cas, dépêche-toi ! Tu es la personne la plus lente de toute la planète. Tu t'imagines que tu seras toujours jeune, mais j'ai une mauvaise nouvelle : ton corps connaît les lois de la nature mieux que toi. Tu devrais sérieusement envisager de te marier et d'avoir des enfants.

— Je le ferai… dans quelques années. Et toi, tu as prévu quoi pour ce soir ?

Amy n'avait pas fréquenté un seul homme depuis sa première grossesse, quatre ans auparavant. Absorbée par ses enfants, elle avait renoncé à toute vie sociale. Elle était trop occupée à travailler ou à s'amuser avec ses garçons pour y penser. Elle aurait souhaité que Brigitte connaisse ce même sentiment de plénitude et ce bonheur. Elles estimaient d'ailleurs toutes les deux que Ted ferait un père merveilleux. Ses étudiants l'adoraient. Chaleureux, gentil et intelligent, il avait tout ce qu'une femme pouvait souhaiter chez un homme. En bref, il était adorable et, comme tout le monde, Brigitte l'aimait pour ces raisons-là.

— J'ai un rendez-vous en amoureux avec mes enfants, avoua Amy avec un sourire radieux. Pour le dîner, nous

18

allons déguster une pizza et, à 19 heures, ils seront au lit. Je pourrai regarder la télévision et me coucher à 22 heures. Ce n'est pas exactement ce qu'on appelle « célébrer la Saint-Valentin », mais cela me convient.

Sur ces mots, Amy se leva. Elle devait recevoir un étudiant étranger de première année. Le jeune homme en question était profondément déprimé de se retrouver loin de chez lui pour la première fois de sa vie. Amy voulait d'abord lui parler avant de l'envoyer chez le médecin universitaire pour un traitement médicamenteux. Souvent confrontée à ce genre de problème, Amy était extrêmement vigilante. Tout comme Brigitte, elle prenait son métier à cœur.

— Cela me paraît un bon plan, remarqua Brigitte. De mon côté, je vais rappeler à Ted que c'est la Saint-Valentin, au cas où il l'aurait oublié. Peut-être que c'est évident pour lui que nous dînerons ensemble.

Cela ne l'aurait pas étonnée. Elle réagissait parfois de même. Leur relation coulait de source, sans qu'il soit nécessaire de la définir avec des mots. Au bout de six ans, Brigitte supposait qu'ils ne se quitteraient jamais. Inutile de le crier sur les toits ou de l'écrire au bas d'un parchemin. Peu importait ce qu'en pensaient Amy et sa mère, ils étaient heureux et la situation leur convenait. « Confortable » était l'adjectif qui venait à Brigitte pour qualifier leur liaison. Et même si Amy estimait qu'ils auraient dû y mettre un peu plus de romantisme et de passion, Ted et Brigitte n'en ressentaient pas la nécessité.

Pure coïncidence, Ted l'appela dix minutes après le départ d'Amy. Il semblait à la fois pressé, bouleversé et légèrement essoufflé, ce qui ne lui ressemblait pas. Plutôt cool de nature, il s'emballait rarement.

— Ça va ? l'interrogea Brigitte avec une certaine inquiétude. Tu n'as pas de problème ?

— Non, il m'arrive juste un truc un peu fou. Il s'est passé pas mal de choses aujourd'hui. On dîne ensemble chez toi ?

— Bien sûr. Amy vient juste de me rappeler que c'est la Saint-Valentin, aujourd'hui. Ça m'était complètement sorti de l'esprit.

— Bon sang, à moi aussi ! Je suis désolé, Brig. Tu préfères dîner au restaurant ?

— Comme tu veux. Je serai tout aussi contente de rester à la maison, surtout par ce temps.

Les flocons tombaient de plus en plus dru, et la circulation serait difficile.

— Je voudrais célébrer avec toi un événement spécial. Si on dînait plutôt chez Luigi ? Tu peux venir dormir chez moi ce soir, si tu en as envie.

En semaine, il était rare qu'ils restent la nuit chez l'un ou l'autre. Chacun préférait se lever dans son propre appartement pour se préparer avant d'aller travailler.

Brigitte était légèrement perplexe. La voix de Ted cachait mal son excitation.

— Qu'est-ce que nous fêtons ?

— J'aime mieux te le dire en tête à tête, pour ne pas gâcher la surprise. Nous en parlerons pendant le dîner.

Impatiente d'apprendre la nouvelle, elle insista :

— Tu as eu une promotion ?

Pour toute réponse, Ted se contenta de rire. Ce comportement inhabituel rendit la jeune femme quelque peu nerveuse. Et si, comme Amy l'espérait, il profitait de la Saint-Valentin pour la demander en mariage ? Le cœur battant la chamade, elle fut prise de panique.

— C'est bien plus important que cela, dit-il enfin. Cela ne t'ennuie pas de prendre un taxi ? Je te rejoindrai chez Luigi. Je sais que ce n'est pas très romantique de ne pas venir te chercher le soir de la Saint-Valentin, mais je suis coincé au bureau.

— Pas de problème. On se retrouve au restaurant, dit-elle d'une voix tremblante.

— Je t'aime, Brigitte, souffla-t-il avant de raccrocher.

La jeune femme fixa le récepteur avec étonnement. Ted prononçait rarement ces mots, sauf au lit. De nouveau, elle se demanda si les souhaits d'Amy allaient se réaliser. Cette perspective l'effrayait. Elle n'était pas du tout sûre d'être prête pour une demande en mariage. En fait, elle était même certaine du contraire. Une demi-heure plus tard, elle gagna le bureau de son amie, le visage soucieux. Depuis le seuil, elle la foudroya du regard. Celle-ci venait de terminer son entretien avec l'étudiant de première année, qu'elle adressait à un psychiatre.

— Je crois que tu m'as porté la poisse, dit Brigitte.

Visiblement stressée, elle vint s'asseoir.

— A quel propos ? s'étonna Amy.

— Ted vient de m'appeler pour m'inviter à dîner. Il m'a dit qu'il avait une surprise... Quelque chose de plus énorme qu'une promotion. Il semblait aussi nerveux que je le suis maintenant. Seigneur ! J'ai l'impression qu'il va me demander de l'épouser... Je ne me sens pas très bien.

— Alléluia ! Ce n'est pas trop tôt ! Il était temps que l'un de vous recouvre un semblant de raison. C'est une excellente nouvelle, après six ans de vie commune !

— Je te rappelle que nous vivons séparément. Nous ne passons que les week-ends ensemble.

— Et tu préférerais que ça dure six ans de plus, je suppose. Et pourquoi pas dix pendant que tu y es ? La vie est courte. Tu envisages de rester toujours en stand-by ?

— Et si ça nous convient ?

— Il semblerait que Ted en veuille davantage. En tout cas, il le devrait, et toi aussi.

— C'est le cas, sauf que je ne sais pas si j'en ai envie maintenant. Pourquoi tout bouleverser ? « Inutile de réparer ce qui n'est pas cassé », dit le proverbe. Notre arrangement est parfait tel qu'il est.

— Il le sera encore plus si vous vous engagez vraiment l'un envers l'autre. Vous avez la possibilité de construire une vie ensemble, de fonder une famille. Vous ne pourrez pas toujours faire semblant d'être étudiants. C'est le défaut de bon nombre d'entre nous, ici à la fac. On se persuade que nous resterons toujours jeunes, mais c'est faux. Un jour, on se réveille, on s'aperçoit qu'on a vieilli et qu'on est passé à côté de l'existence. Evite d'en arriver là. Le changement t'effraie sans doute aujourd'hui, mais tu ne perdras pas au change. Crois-moi, tu as besoin de passer à l'étape suivante.

Amy estimait aussi que Brigitte devait faire évoluer sa vie professionnelle et prendre la tête du bureau des admissions. On le lui avait proposé, mais elle avait refusé. Elle voulait se concentrer sur son livre, ses études et ses recherches. Sans compter que les responsabilités d'un tel poste lui semblaient bien trop stressantes. Elle n'aimait pas se mettre en danger. Amy était certaine qu'il fallait en chercher l'origine dans l'enfance de son amie. Un jour, Brigitte lui avait confié que son père, une tête brûlée, s'était suicidé après avoir perdu toute leur fortune en Bourse. Sa mère avait dû travailler dur pendant des années pour les maintenir à flot, sa fille et elle. Plus que tout au monde, Brigitte craignait de s'exposer au moindre péril et ne sortirait pas de sa tanière. Ted semblait s'en contenter, mais il faudrait bien que Brigitte aille de l'avant, à un moment ou à un autre. Si on ne prenait jamais de risque, on ne grandissait pas. Amy espérait de tout cœur qu'il y aurait une demande en mariage le soir même.

— Essaie de ne pas trop t'inquiéter, la rassura-t-elle. Vous vous aimez. Tout va bien se passer.

Soudain, Brigitte pensa à son père.

— Et si Ted mourait, une fois que nous serons mariés ?

Elle fixait son amie de ses yeux pleins de larmes. Comprenant son angoisse, Amy lui parla avec sollicitude :

— Nous mourrons tous, mais je ne pense pas que tu aies à t'en inquiéter avant longtemps.

Les terreurs de Brigitte étaient trop ancrées pour qu'elle se laisse convaincre aussi facilement. Elle ne voulait pour rien au monde se retrouver veuve avec un jeune enfant à charge, comme sa mère. Plutôt rester célibataire toute sa vie.

— Tu sais, je me souviens de ce que ma mère a vécu à la mort de mon père.

A l'époque, elle était âgée de onze ans. Sa mère ne cessait de pleurer ; sans ressources, elle avait fini par trouver un poste dans une maison d'édition, qu'elle avait quittée l'année précédente pour une retraite bien méritée. Désormais, elle avait le loisir de faire tout ce qui ne lui avait pas été permis pendant si longtemps : voir ses amies, jouer au bridge et au golf, faire de la gym et prendre des leçons de cuisine. Depuis plusieurs années, ses recherches sur la généalogie de leur famille occupaient ses heures libres.

Plus jeune, Brigitte avait suivi une thérapie pour apaiser le traumatisme causé par le suicide de son père. Pourtant, même après lui avoir pardonné son geste, elle n'avait jamais pu vaincre sa crainte du changement et sa peur de l'inconnu.

Avant de partir pour le restaurant, Brigitte appela sa mère, qui devina ses inquiétudes à sa voix. De but en blanc, Brigitte lui parla de son père, un sujet qu'elles n'avaient pas abordé depuis des lustres, et lui posa pour la première fois la question qui lui traversait souvent l'esprit.

— Est-ce que tu regrettes de l'avoir épousé, maman ?

— Bien sûr que non, puisque je t'avais !

— Et en dehors de cela ? Est-ce que ça valait la peine de subir toutes les épreuves que tu as vécues ?

Sa mère garda le silence un long moment avant de répondre. Elle avait toujours été honnête envers sa fille, ce qui expliquait en partie la force du lien qui les unissait. Toutes deux étaient d'autant plus proches qu'elles avaient survécu ensemble à la tragédie.

— Oui, ça en valait la peine. Je n'ai jamais regretté d'avoir épousé ton père, même avec le drame qui s'est produit. Je l'aimais de tout mon cœur. Dans la vie, on peut seulement faire de son mieux. Les événements qui surviennent par la suite sont déterminés par le hasard. On espère que tout se passera bien, mais on ne peut que s'en remettre à la providence. Et je pense vraiment ce que je viens de te dire : tu as largement compensé les moments difficiles. Sans toi, ma vie n'aurait pas eu de sens.

— Merci, maman, répondit Brigitte, les larmes aux yeux, avant de raccrocher.

Sans le savoir, sa mère lui avait fourni la réponse dont elle avait besoin. Malgré les conséquences désastreuses du suicide de son mari, elle ne regrettait rien. Brigitte ignorait si elle était prête pour le mariage, à cet instant de sa vie – et peut-être ne le serait-elle jamais –, mais, si Ted le lui proposait, elle prendrait le risque d'accepter. Elle voulait croire que sa mère et Amy ne se trompaient pas. En montant dans le taxi, elle se sentait pleine de courage.

Pendant le trajet, l'excitation la gagna. Après tout, son amour pour Ted était immense et peut-être était-ce la meilleure solution pour eux deux. L'expérience pouvait même se révéler merveilleuse. Ted ne ressemblait en rien à son père, il était solide. Lorsqu'elle pénétra dans le restaurant, il était déjà là. En approchant de lui, elle souriait. Avant qu'elle ne s'assoie, il se leva pour l'embrasser avec une euphorie qu'elle ne lui connaissait pas. Son humeur était contagieuse, si bien qu'elle se sentit plus romantique qu'elle ne l'avait jamais été depuis des années. Il commanda du champagne, et ils trinquèrent les yeux dans les yeux. Malgré la température hivernale qui sévissait dehors, une atmosphère chaleureuse régnait à leur table.

Pendant le dîner, Ted parla de tout et de rien. Sur des charbons ardents, Brigitte attendit néanmoins poliment, sans lui poser de question : il aborderait sûrement le sujet quand il jugerait le moment opportun. Vu son comportement exubérant, il ne restait plus aucun doute dans l'esprit de la jeune femme. Amy avait raison, un événement considérable se profilait à l'horizon. Au moment du dessert, on leur apporta un gâteau au chocolat en forme de cœur offert par la maison. Un large sourire aux lèvres, Ted la regarda. Il avait visiblement beaucoup de mal à contenir sa joie. Les craintes de Brigitte s'évanouissaient peu à peu. Amy lui avait souvent répété qu'ils n'étaient pas suffisamment passionnés, mais en réalité, bien que peu démonstratifs l'un envers l'autre, ils l'étaient. Pour mieux comprendre ses travaux de recherche, Ted avait passé un certificat en anthropologie et l'encourageait, tant au niveau de son travail que de ses recherches. Elle pouvait compter sur lui et, lorsqu'elle s'autorisait à penser à l'avenir, l'envie de passer toute sa vie avec lui ressemblait à une évidence. En tout cas, ce soir, elle en était certaine et attendait patiemment que Ted fasse sa déclaration. Mais il tournait autour du pot, lui répétant combien il la trouvait merveilleuse, combien il l'admirait et l'aimait. S'il avait voulu la voir sans tarder, c'était pour lui annoncer que son rêve se réalisait enfin... le rêve de toute sa vie. Il ne lui avait jamais rien dit d'aussi tendre, et elle savait qu'elle n'oublierait pas cet instant.

Le champagne lui faisait un peu tourner la tête, mais elle ne doutait pas de ce qui allait suivre. Il ne restait à Ted qu'à lui poser la question, et elle dirait oui. Il savait forcément qu'elle accepterait, tout comme elle avait deviné ce qu'il allait lui demander. C'était justement parce que leur vie était si prévisible qu'elle se sentait en sécurité.

— Il ne m'est jamais rien arrivé d'aussi excitant, Brigitte, commença-t-il, ému. Je sais que ce ne sera pas facile, mais j'espère que tu t'en réjouiras, toi aussi.

En prononçant ces derniers mots, il semblait si nerveux qu'elle en fut touchée.

— Bien sûr que oui.

— J'en suis convaincu, parce que tu es bienveillante, généreuse et que tu m'as toujours soutenu dans mon travail.

— Tu fais la même chose pour moi.

— Et c'est aussi ce qui explique que nous nous entendons si bien. Pour ma part, je sais combien ton métier et ton livre sont importants pour toi.

Moins que l'archéologie pour lui, songea Brigitte, mais elle apprécia sa considération. Jusque-là, il l'avait toujours complimentée sur ses travaux et partageait ses convictions sur les droits des femmes.

— Je te serai toujours reconnaissant de ce que tu as fait pour moi, déclara-t-il.

L'espace d'un instant, il la fixa dans les yeux avec une sorte de nostalgie.

— Je n'arrive pas à croire à ce qui m'arrive, reprit-il d'une voix tremblante. J'ai attendu toute la journée de pouvoir te le dire…

Brigitte crut entendre un roulement de tambour.

— Aujourd'hui, on m'a donné mon propre chantier de fouilles. Tu te rends compte ? J'en aurai la pleine responsabilité. Je pars pour l'Egypte dans trois semaines, et j'ai conscience que ce sera dur pour toi.

Il avait débité sa tirade d'un trait et, maintenant, il se laissait aller contre le dossier de sa chaise, le sourire aux lèvres. Brigitte avait l'impression d'avoir reçu un coup de poing dans le ventre. Il lui fallut une minute pour respirer à nouveau et recouvrer la parole. Elle était abasourdie.

— Tes propres fouilles ? En Egypte ? Tu pars dans trois semaines ? Comment est-ce possible ?

— Tu sais que chaque année je posais ma candidature. J'avais fini par perdre espoir, mais on me disait que, tôt ou tard, on accéderait à ma demande. C'est chose faite ! On m'offre de conduire les fouilles de grottes qui viennent d'être mises au jour. C'est incroyable !

Pendant une minute – et même plusieurs –, Brigitte avait cru que c'était elle qui incarnait son rêve.

Elle attendit quelques instants de plus, fixant la part de gâteau intacte dans son assiette. Enfin, elle leva les yeux vers lui, luttant pour conserver son calme, alors qu'elle avait envie de hurler sa déception. Au moment où elle se sentait enfin prête à l'épouser, voilà qu'il partait en Egypte...

— Qu'est-ce que cela implique en ce qui nous concerne ?

C'était évident, mais elle voulait que Ted le lui dise en face. Cette fois, la question était trop importante pour se limiter à des suppositions. Elle voulait savoir ce qu'il avait prévu pour leur couple, du moins s'il y avait songé.

— Nous savions tous les deux que cela arriverait un jour ou l'autre, déclara tranquillement Ted. Je ne peux pas t'emmener avec moi. Il n'y a pas d'emploi pour toi là-bas, et, de toute façon, on risque de te refuser le visa si tu ne peux pas justifier ta présence. Et, d'ailleurs, qu'est-ce que tu ferais de ton temps ? Je sais combien ton travail compte pour toi. Nous avons passé six belles années ensemble, et je t'aime. Mais je vais rester en Egypte entre trois et cinq ans, davantage si les fouilles sont fructueuses ou si l'on me donne un autre site à explorer. Je ne reviendrai donc pas avant longtemps et je ne peux pas exiger de toi que tu m'attendes. Nous devons chacun continuer le cours de nos vies. La mienne est là-bas, la tienne ici. Nous sommes des gens raisonnables et nous savions qu'une telle éventualité se présenterait un jour.

Il s'était exprimé avec détachement.

« On s'est bien amusés pendant six ans, au revoir et à bientôt » : voilà tout ce qu'il trouvait à dire !

— Pour ma part, je n'avais rien prévu de ce genre, répliqua-t-elle, le visage défait. Je pensais que nous ferions notre vie ensemble.

Elle ne retenait pas les larmes qui ruisselaient le long de ses joues. Il venait de lui asséner un tel coup qu'elle avait du mal à réfléchir.

— Nous n'avons jamais rien dit de tel, corrigea Ted. Nous en discutions de manière abstraite, mais nous n'avions jamais fait de projets d'avenir, et tu le sais parfaitement. Si je n'avais pas obtenu ce chantier, les choses seraient peut-être différentes. Mais pour être honnête, depuis un an environ, j'ai pris conscience que l'engagement n'est pas mon truc. Du moins, pas au sens classique. J'apprécie notre relation, mais elle me satisfait en l'état. Je pensais que nous étions sur la même longueur d'onde. Tu n'as jamais été une de ces femmes prêtes à tout pour se marier ou avoir des enfants. C'est bien pour cette raison que ça marchait entre nous.

— Je pensais que ça marchait parce que nous nous aimions, répondit tristement Brigitte. Il est vrai que je ne suis pas « prête à tout », comme tu le dis, pour obtenir un mariage et des enfants, mais je pensais que nous ferions les deux, un jour.

Cette présomption lui semblait incroyablement stupide à présent. Elle constatait avec douleur qu'il avait hâte de partir seul et de commencer ses fouilles.

— Tu peux encore réaliser ces souhaits, dit-il tranquillement, mais sans moi. Je serai absent pendant longtemps. Qui sait ? Si le site se révèle productif, je resterai peut-être là-bas dix ans, voire davantage. J'ai attendu cette occasion toute ma vie. Je ne suis pas pressé de revenir et je ne veux pas que des obligations me compliquent l'existence.

A présent, elle devenait une « obligation ». Ces mots lui fendirent le cœur.

— Je croyais que nous avions un accord tacite, ajouta Ted. Celui de vivre ainsi tant que cela allait bien et sans faire de projets d'avenir.

— C'est le problème, avec les accords tacites : chacun les interprète à sa façon. Pour ma part, j'étais convaincue que nous étions engagés l'un envers l'autre.

La voix de Brigitte vibrait d'une colère contenue, teintée de tristesse.

— Je ne t'ai jamais caché que mon travail était ma priorité, lui reprocha-t-il doucement.

Ted ne voulait pas qu'on le culpabilise. Sa mère s'y employait depuis toujours, et il détestait cela. Brigitte, elle, ne l'avait jamais fait. Il voulait fêter la bonne nouvelle avec elle, et non incarner le sale type qui s'en allait sans un regard en arrière. Cette interprétation des faits était un peu simpliste car, de fait, son départ mettait fin à leur liaison. Et, au grand étonnement de Brigitte, c'était le prix qu'il était prêt à payer.

— Je suis désolé, Brigitte. Je sais que c'est un peu soudain, et c'est dur aussi pour moi, mais cela n'a rien de choquant. Nous ne vivons même pas dans le même appartement. Je voulais d'ailleurs te proposer de récupérer certaines de mes affaires. Je donnerai le reste. En dehors du canapé, je n'ai quasiment aucun meuble intéressant.

Ils l'avaient acheté ensemble l'année précédente, et maintenant il s'en débarrassait aussi facilement qu'il se débarrassait d'elle. Elle ne s'était pas sentie aussi bouleversée et abandonnée depuis la mort de son père. Tandis qu'elle le fixait sans mot dire, il lui vint une pensée fulgurante, incongrue.

— Et mes ovules ? demanda-t-elle, les joues ruisselantes de larmes, incapable de contrôler ses émotions.

— Tes ovules ? répéta-t-il sans comprendre.

— Mes ovules... les bébés que nous n'aurons jamais... Il se peut qu'en ce qui me concerne l'occasion ne se présente plus. J'ai trente-huit ans. Que suis-je censée faire ? Mettre une annonce sur le tableau d'affichage pour me trouver un mari susceptible de me faire des enfants ?

Ted prit un air offusqué.

— C'est tout ce que je représentais pour toi ?

— Non. Tu étais l'homme que j'aimais, et tu l'es encore. La simplicité de notre relation m'a induite en erreur, si bien que je n'ai jamais posé les bonnes questions parce que je ne les croyais pas nécessaires. Pourquoi ne puis-je pas t'accompagner ?

La question sembla gêner Ted.

— Je ne peux pas m'embarrasser d'une femme et d'enfants quand j'aurai une tâche aussi importante à accomplir. Ce serait une trop grosse responsabilité et cela me détournerait de l'essentiel. D'ailleurs, je ne veux pas de ce genre d'engagement. Pour toi comme pour moi, il est temps d'aller de l'avant et de voir ce que la vie nous réserve. Je ne suis même pas certain de vouloir me marier, en tout cas pas avant très longtemps.

C'est-à-dire trop tard pour elle, comme Amy ne manquerait pas de le lui rappeler. Brigitte mesurait aujourd'hui sa stupidité d'avoir présumé des intentions de Ted et fait preuve d'un tel manque de discernement. Elle n'avait jamais imaginé qu'il aurait fallu mettre les choses au clair. Leur relation de couple avait été si facile, toutes ces années, qu'elle s'était laissé porter au gré du courant. Aujourd'hui Ted la jetait hors de l'embarcation et continuait à pagayer tout seul, lui faisant clairement comprendre qu'il ne voulait pas d'elle, ni maintenant ni plus tard. Elle ne pouvait même pas l'en blâmer, sachant parfaitement qu'elle était aussi responsable que lui de ce malentendu. Il ne l'avait pas trompée sur ses intentions. Depuis le début, ils avaient simplement vécu au jour le jour et de week-end en week-end.

— Comment veux-tu que nous procédions avant mon départ ? lui demanda-t-il gentiment.

Il voyait Brigitte anéantie par ce qu'il venait de lui annoncer et il en était navré. Elle ne se réjouissait pas de son bonheur, ainsi qu'il l'avait espéré, et il comprenait maintenant combien cette hypothèse avait été peu réaliste. Brigitte avait eu des attentes capitales pour leur couple sans jamais lui avoir fait part de ses espoirs. Ses rêves brisés et ses suppositions erronées lui explosaient à la figure.

— Qu'est-ce que tu veux dire ? balbutia-t-elle.

Elle se moucha sans cesser de pleurer.

— Je ne veux pas te rendre les choses plus pénibles qu'elles ne le sont déjà. Mon départ est dans trois semaines. Veux-tu que nous restions ensemble jusque-là, ou me voir le moins possible ?

— Si j'ai bien compris, ton départ équivaut à une rupture ? demanda-t-elle tristement.

Il hocha la tête.

— Comme je te l'ai dit, je ne peux pas m'installer en Egypte et continuer notre relation à distance. Et puis, je crois que nous aurions de toute façon rompu un jour ou l'autre si j'étais resté.

On en apprend tous les jours ! songea Brigitte, mais elle n'avait pas envie d'en débattre. La gifle inattendue que Ted lui avait portée l'avait mise à terre.

— En ce cas, je préfère en finir tout de suite, répondit-elle avec dignité. Je ne veux plus te voir, Ted :

cela ne ferait qu'empirer les choses. C'en était fini de notre relation dès le moment où tu as accepté ce chantier...

... Et peut-être même avant, puisqu'il n'avait jamais considéré leur liaison comme un véritable engagement.

— Cela n'a rien à voir avec toi, Brigitte. L'existence nous réserve parfois ce genre de surprise.

A ceci près qu'il ne s'inquiétait nullement de la vie de Brigitte, mais uniquement de la sienne. Elle se rendait compte pour la première fois à quel point il était égoïste. Il n'y en avait que pour lui, et pour son site archéologique.

Elle se leva et enfila son manteau.

— Bien sûr, je comprends, dit-elle en le regardant droit dans les yeux. Toutes mes félicitations, Ted. Je me réjouis pour toi, même si je suis triste pour nous deux, et pour moi.

Elle s'efforçait vaillamment d'être aimable. Il en fut touché, quoiqu'un peu déçu qu'elle ne le soutienne pas avec plus d'enthousiasme. Il pensait à une séparation depuis un certain temps, sans en avoir eu le courage jusqu'à maintenant. Son départ ne pouvait pas mieux tomber... pour lui en tout cas.

— C'est gentil, Brigitte. Je vais te raccompagner chez toi.

De nouveau, elle fondit en larmes et secoua vigoureusement la tête.

— Non... Je vais prendre un taxi. Merci pour le dîner et bonne nuit.

Sur ces mots, elle se précipita hors du restaurant, espérant que personne ne la verrait pleurer.

« Merci pour le dîner, et pour ces années passées ensemble. Je te souhaite tout le bonheur du monde... »

Tout en trébuchant dans la neige, en quête d'un taxi, elle pensait aux erreurs qu'elle avait commises depuis six ans. Comment avait-elle pu être aussi stupide ? Ted n'était pas « du genre à s'engager ». Leur relation avait été facile. Confortable. C'était le mot-clé, et tout ce qu'elle avait désiré. Mais cet homme avec qui elle avait eu une relation si « confortable » la plaquait sans autre forme de procès et s'en allait en Egypte accomplir ce dont il avait toujours rêvé. Il lui avait fait ses adieux comme à une étudiante ou une collaboratrice, pas comme à la femme dont il aurait été amoureux. Elle comprenait maintenant qu'il ne l'était pas, et peut-être ne l'aimait-elle pas non plus. Elle avait négligé l'engagement et la passion au profit de la routine et de la facilité. Pendant six ans, elle s'en était contentée, et voilà ce que cela lui rapportait. Dans le taxi, elle pleura tout le long du trajet. C'était horrible de penser que tout était fini et qu'elle ne le reverrait jamais. Pire encore, elle avait cru qu'il allait la demander en mariage. Comme elle avait été stupide !

Elle franchissait le seuil de son appartement quand son téléphone portable sonna. Jetant un coup d'œil à l'écran, elle vit s'afficher le numéro de Ted. Elle ne décrocha pas. A quoi bon ? Il n'allait pas changer d'avis. Leur rupture était consommée. Dorénavant, tout ce qui lui restait à la place de l'amour, c'était l'apitoiement et les regrets.

2

Le lendemain matin, les chaussées disparaissaient sous trente centimètres de neige. Brigitte eut une excuse toute trouvée pour ne pas se rendre au bureau. Elle s'était éveillée en pleurs et n'avait pas trouvé le courage de se lever et de s'habiller. Submergée par la tristesse et la déception, elle avait le sentiment que sa vie était terminée. Pour couronner le tout, elle était maintenant convaincue de sa propre stupidité. Elle avait toujours su que Ted voulait son propre site archéologique, mais elle avait sous-estimé sa détermination. Elle n'avait pas non plus prévu qu'il la plaquerait et s'en irait en courant si son rêve se réalisait. Elle lui avait servi de bouche-trou, de passe-temps, en attendant que sa carrière prenne le tour voulu. Cette prise de conscience lui était très douloureuse.

De son côté, elle avait traînassé pendant sept ans sur son livre sans rien faire pour améliorer sa situation professionnelle. Elle toucha le fond lorsqu'elle lut le SMS que Ted lui avait envoyé : « Je suis désolé », avait-il écrit. Elle ne doutait pas de sa sincérité, malgré le chagrin qu'il lui infligeait.

Elle reçut un autre message dans la matinée, alors qu'elle était toujours couchée. Il venait d'Amy et elle pleura en le lisant : « Où es-tu ? Au lit, en train de

fêter l'événement ? Vous êtes fiancés ? Raconte-moi ! »
L'espace d'un instant, Brigitte ne sut que répondre.
Elle comprit rapidement que la vérité était sa seule
option. Tôt ou tard, il faudrait bien qu'elle dise à son
amie ce qui s'était passé.

« Pas de fiançailles. Plaquée. On a rompu. Il part dans
trois semaines en Egypte pour des fouilles. Je prends un
jour de congé », répondit-elle. Tout en tapotant sur son
écran, elle s'étonna qu'on puisse résumer aussi facilement les éléments majeurs d'une vie et ses tragédies
dans un SMS.

Lorsqu'elle lut sa réponse, dans son bureau, Amy
laissa échapper un sifflement. Ce n'était pas du tout la
nouvelle qu'elle attendait et elle supposait que Brigitte
avait été prise au dépourvu, elle aussi. Elle en fut
très triste pour son amie. Ted n'était pas un méchant
garçon, mais ses projets n'incluaient apparemment
pas Brigitte. A trente-cinq ans, il pouvait se permettre
d'avoir perdu six ans de sa vie, ce qui n'était pas le cas
de Brigitte. Amy essaya de l'appeler, sans succès. Elle
finit par lui envoyer un nouveau message : « Je peux
venir ? »

La réponse fut immédiate : « Non. Je suis au plus
bas. »

« Je suis navrée », répondit Amy.

Elle fit de nouvelles tentatives pour la joindre dans
l'après-midi. Quand Brigitte se décida à décrocher, elle
avait une voix d'outre-tombe.

— Ce n'est pas sa faute, dit-elle aussitôt, prompte à
défendre Ted. J'ai été stupide de ne pas lui demander
s'il envisageait pour nous un avenir commun. Il dit
qu'il n'est pas du genre à s'engager... comment ai-je pu
rater ça ?

36

— Tu ne le lui as pas demandé, c'est vrai, répliqua franchement Amy. La situation vous convenait à tous les deux telle qu'elle était. Peut-être aviez-vous bien trop peur pour approfondir le sujet.

Amy savait que la famille de Ted avait explosé à la suite d'un divorce difficile. Le mariage lui inspirait la plus grande méfiance, mais, tout comme Brigitte, Amy avait cru qu'il avait surmonté ses réticences avec le temps. Ce n'était visiblement pas le cas. Le destin s'en était mêlé en lui accordant ce site en Égypte.

— Qu'est-ce que tu vas faire, maintenant ?

— Je ne sais pas… pleurer pendant un an ou deux. Il va me manquer.

Mais Brigitte avait beau être triste, elle avait remarqué qu'elle n'était pas aussi anéantie qu'elle l'aurait cru. Comment en était-elle arrivée là ? Avait-elle perdu six ans de sa vie parce qu'elle craignait de prendre des risques et de s'engager ? Lui restait-il encore une chance d'avoir des enfants ? Cette pensée la déprima encore davantage. Elle ne voulait pas avoir recours à une banque du sperme, comme Amy. Pour le coup, voilà un risque qu'elle ne courrait jamais. Si elle devait avoir des enfants, ce serait avec un mari et une vie de famille. Elle avait vu sa mère lutter sans cesse, supporter seule les responsabilités et les problèmes, les joies et les peines. Dans ces conditions, elle préférait ne pas avoir d'enfants, ce qui semblait maintenant assez vraisemblable… et même plus que probable. En vingt-quatre heures, sa vision du monde et ses perspectives d'avenir avaient complètement changé, et pas dans le bon sens.

— Tu me permets de venir chez toi ? suggéra Amy. Je peux quitter le bureau plus tôt et récupérer les enfants à la garderie à 19 heures.

— Je vais bien et je reprendrai le travail demain, répondit tristement Brigitte. Je ne vais pas rester au lit et sangloter toute ma vie.

Elle s'était demandé si elle souhaitait revoir Ted avant son départ, pour décider finalement qu'elle n'en avait pas envie. Ce serait trop pénible, sachant que tout était fini entre eux et que leurs chemins ne se croiseraient sans doute plus. Le soir même, elle lui envoya un SMS, disant qu'elle allait bien, qu'elle lui souhaitait d'être heureux et qu'elle le remerciait pour les six années merveilleuses passées ensemble. Six années de sa vie conclues en quelques lignes... Cela semblait presque trop facile. Il avait suffi d'un caprice du destin pour que tout soit fini en un seul soir.

Le lendemain, lorsqu'elle partit travailler, les flocons avaient cessé de tomber et les chasse-neige avaient nettoyé les rues. Elle remonta son col pour se protéger contre la température glaciale. Quand elle entra dans son bureau, ses mains étaient engourdies par le froid, parce qu'elle avait oublié ses gants. Elle n'avait consacré qu'une journée au deuil de sa relation avec Ted, mais il lui semblait s'être absentée un siècle. Elle portait un vieux pull gris qu'elle mettait lorsqu'elle était triste ou bouleversée. C'était le moment de manger des friandises réconfortantes, de porter des vêtements douillets et de s'accorder tout ce qui pourrait alléger sa peine. L'heure était à l'affliction et au chagrin.

Elle examinait des candidatures depuis une demi-heure, quand le chef du service des admissions, Greg Matson, la convoqua dans son bureau. Il n'était dans le service que depuis un an et, jusque-là, Brigitte avait apprécié leur collaboration. Diplômé de l'université de Boston, il s'était souvent reposé sur l'avis et l'expérience de Brigitte pour ce qui concernait les décisions du département. A son arrivée, elle avait constaté avec étonnement qu'il était plus jeune qu'elle.

Greg l'invita à s'asseoir avec son sourire habituel. Il remarqua qu'elle semblait fatiguée et lui demanda si elle avait été malade. Elle répondit qu'elle avait attrapé froid la veille. Ils discutèrent un instant à propos des candidatures, et il la complimenta pour son zèle et le travail remarquable qu'elle accomplissait. Il lui expliqua ensuite qu'un nouveau système informatique serait installé dans les semaines à venir. Grâce à cela, le travail serait plus facile et ils allaient pouvoir restructurer le département. C'était un souci majeur, puisque le budget avait été diminué. Il ajouta que la priorité était l'efficacité et qu'il devait prévenir les coupes budgétaires. Or justement, cet investissement représentait beaucoup d'argent. Pour finir, il prit un petit air gêné pour expliquer à Brigitte que cette dépense impliquait une réduction du personnel des admissions. La direction déplorait de devoir prendre cette décision. Cela n'avait rien de personnel, insista-t-il, mais Brigitte et six autres personnes étaient licenciées. En raison de son ancienneté, l'université de Boston lui verserait généreusement six mois de salaire. Il espérait que cela lui donnerait le temps de terminer son livre sans préoccupation pécuniaire. Quant à lui, le départ de Brigitte le chagrinait vraiment. Sur ces mots, Greg se leva, lui serra la main, lui donna l'accolade, puis la poussa gentiment hors de son bureau. Avant de la quitter, il précisa qu'elle pouvait s'en aller le jour même, si elle le souhaitait. Des dispositions avaient été prises pour terminer la procédure des admissions sans elle. Elle était donc libre d'entamer sur-le-champ sa nouvelle vie.

De retour dans son bureau, Brigitte resta un instant debout, abasourdie. Une nouvelle vie ? Laquelle ?

Qu'était-il arrivé à l'ancienne ? En deux jours, son petit ami l'avait quittée pour des fouilles égyptiennes et elle perdait le métier qu'elle exerçait depuis dix ans, au profit d'un ordinateur. On se débarrassait d'elle, on l'éliminait, elle était has been. Tout le monde lui expliquait qu'elle n'avait rien fait de mal, mais apparemment elle n'avait rien fait de bien non plus. Refusant de prendre la tête de son service, elle s'était contentée d'une position médiocre pendant dix ans et, depuis les sept dernières années, elle rédigeait un livre qu'elle n'avait pas terminé. Elle en avait aussi passé six avec un homme qui ne s'était jamais engagé. Elle s'était satisfaite de cette situation. Dans son acharnement à suivre la voie de la facilité, elle ne s'était rendue indispensable pour personne. A trente-huit ans, elle se retrouvait sans emploi, célibataire, et elle ne pouvait se glorifier de rien. Son ego en prenait un sacré coup, ainsi que son cœur, son amour-propre, sa confiance en elle et ses espoirs d'avenir.

Après avoir pris un carton dans la réserve, elle y plaça ses quelques affaires. Toujours en état de choc, elle fit ses adieux à ses collègues. A midi, incapable d'assimiler ce qui lui arrivait, elle s'engagea dans le couloir. Elle n'avait jamais rien ressenti d'aussi étrange. Sans homme et sans travail, il lui semblait être devenue une apatride. Il n'avait fallu que deux jours pour que son univers s'effondre. Pendant six mois, elle allait toucher son salaire, et ensuite ? Qu'allait-elle faire ? Où irait-elle ? Elle n'en avait pas la moindre idée.

Il y avait plus de cent facultés, à Boston et dans ses environs, davantage que dans n'importe quelle autre ville universitaire, et elle avait dix ans d'expérience au service des admissions, mais elle n'était même pas sûre de vouloir continuer dans cette voie. Elle s'en était contentée parce que le travail était facile et peu astreignant. Mais était-ce tout ce qu'elle attendait de la vie ? N'avait-elle pas d'autres exigences ? Elle s'immobilisa sur le seuil du bureau d'Amy, son carton dans les mains, le regard morne.

— Que t'arrive-t-il ? demanda Amy.

L'expression de son amie l'alarma. Sa peau mate avait pris une pâleur inquiétante. Et pourquoi trimballait-elle un carton ?

— Je viens juste de me faire virer. Ils sont en train d'installer un nouveau système informatique. J'étais au courant, mais j'ignorais qu'un ordinateur prendrait ma place ! Nous sommes sept, à être foutus à la porte... je crois que le terme exact est « licenciés », si tu préfères, mis au rancart, congédiés. Quoi qu'il en soit, c'est une semaine dont je me souviendrai.

Se levant précipitamment, Amy contourna son bureau et lui prit son carton des mains.

— Mon Dieu ! Je vais te ramener chez toi. Je n'ai pas besoin de revenir avant deux heures.

Brigitte hocha la tête sans protester. Amy enfila son manteau, et elles se dirigèrent vers le parking. Brigitte ne prononça pas un mot jusqu'à ce qu'elles parviennent à mi-chemin de chez elle.

— Je ne me sens pas bien, dit-elle.

— Je suis vraiment navrée, répondit Amy doucement.

Le matin même, Ted l'avait appelée pour savoir comment Brigitte allait. Même s'il s'inquiétait à son sujet, il nageait tellement dans le bonheur que c'en était presque indécent. Amy ne voyait pas l'utilité de parler de cette conversation à son amie. Finalement, c'était aussi bien que Ted s'en aille. Mais à présent,

Brigitte venait aussi de perdre son travail... cela faisait une tuile de trop.

— Parfois, les catastrophes vous tombent toutes dessus à la fois, Brigitte. C'est la faute à pas de chance.

— Oui, je sais, soupira Brigitte. Mais je suis responsable de ce qui m'arrive. J'ai toujours privilégié la facilité. J'ai tellement voulu manœuvrer en eau tranquille, sans jamais prendre de risques, que finalement je coule avec le bateau. Tout ce que je voulais, c'était me fondre dans la foule. Et maintenant, voilà où j'en suis ! Pas de travail, pas de mec, pas d'enfants... Et un livre que dix universitaires utiliseront éventuellement comme cale-porte, si tant est que je le termine un jour !

Elle regarda Amy, les yeux brillants de larmes.

— Qu'est-ce que je vais bien pouvoir faire ? J'ai l'impression d'être passée à côté de la vie par ma faute.

C'était exact, mais Amy n'avait pas l'intention de remuer le couteau dans la plaie. La barque était suffisamment chargée pour le moment. Brigitte se blâmait plus que Ted, mais Amy leur en voulait à tous les deux. A l'une pour son inertie, à l'autre pour son égoïsme.

— Inutile de battre ta coulpe. Tu ne peux pas revenir en arrière. Il y a une multitude d'universités à Boston, tu obtiendras un poste dans un service d'admissions, si c'est ce que tu veux. Tu es aussi suffisamment diplômée pour enseigner. Tu as déjà fait tes preuves et, avec ton CV, tu décrocheras un emploi, j'en suis sûre.

— Tu oublies les coupes budgétaires. Je devrais plutôt me consacrer à mon bouquin, non ?

Amy acquiesça. C'était une bonne solution, si cela pouvait occuper l'esprit de Brigitte, l'empêcher de sombrer dans la dépression et l'aider à cicatriser ses blessures.

— Tu devrais partir quelque temps, cela te changerait les idées, suggéra-t-elle gentiment.

— Où veux-tu que j'aille ? demanda Brigitte en pleurant.

— Il y a des tas d'endroits à découvrir... Hawaï, les Caraïbes, la Floride... Va paresser au soleil sur une plage, quelque part...

— Toute seule, ce n'est pas drôle. Je pourrais rendre visite à ma mère, à New York. Je ne l'ai pas vue depuis Noël. Mais attends que je lui apprenne les bonnes nouvelles !

Sa mère avait toujours eu une telle foi dans les capacités de sa fille. A présent, qu'allait-elle penser ?

— Ce n'est pas le moment idéal pour aller la voir, dit Amy. Je persiste à penser que la plage est une meilleure option.

— Oui... peut-être, répliqua Brigitte d'une voix sceptique.

Une fois dans l'appartement. Brigitte tourna vers son amie un visage anxieux.

— Ne dis pas à Ted que je me suis fait virer, s'il t'appelle. Je ne supporterais pas qu'il me plaigne. Je me sens si nulle.

Ted avait eu une promotion au moment même où elle était licenciée. S'il l'apprenait, elle en serait humiliée.

— Tu n'es pas nulle, et sache qu'il m'a téléphoné ce matin. Il voulait prendre de tes nouvelles. Il s'inquiète pour toi.

— Dis-lui que je vais bien. Il n'a pas abandonné son projet de fouilles, n'est-ce pas ? demanda-t-elle avec espoir.

Amy secoua la tête. Ted se faisait un peu de souci pour Brigitte, mais pas assez pour l'emmener avec lui ou rester. Elle était convaincue qu'il n'y aurait pas de retour en arrière.

Avant de repartir au bureau, Amy proposa à son amie de passer le week-end chez elle. Brigitte prétendit qu'elle allait essayer de travailler sur son livre. Mais le reste de l'après-midi, elle resta assise à regarder dans le vide, s'efforçant de digérer les événements. C'était un sacré morceau à avaler d'un coup.

Le samedi, quand sa mère l'appela, elle hésita avant de décrocher. Depuis leur rupture, Ted ne lui avait ni téléphoné ni envoyé de message. Il préférait rompre tout contact au lieu d'affronter le désarroi de Brigitte. Il ne supportait pas les femmes qui pleuraient, parce qu'elles lui rappelaient sa mère. Allergique à la culpabilité et aux reproches, il acceptait difficilement d'endosser le rôle du méchant. Il choisissait de disparaître du jour au lendemain, ce que Brigitte trouvait assez lâche.

Lorsqu'elle entendit sa voix, Marguerite s'inquiéta immédiatement pour sa fille unique.

— Ça n'a pas l'air d'aller. Tu es malade ?

— Je… non… enfin oui, en quelque sorte. Je ne suis pas en grande forme.

— Qu'est-ce qui t'arrive, ma chérie ? Tu as attrapé la grippe, ou un méchant rhume ?

Ni l'un ni l'autre… elle avait juste le cœur brisé.

— Peut-être un peu des deux, commença par mentir Brigitte.

Elle se demandait comment elle allait lui apprendre ce qui lui était arrivé dans la semaine. Les mots avaient du mal à franchir ses lèvres.

— Comment va Ted ? Rien de nouveau ?

Marguerite se comportait toujours comme si le petit ami de sa fille allait faire sa demande en mariage d'une minute à l'autre. Elle ne comprenait d'ailleurs pas pourquoi il tardait tant. Brigitte répugnait à lui avouer que sa vie venait de tourner à la catastrophe. Et, surtout, elle ne voulait pas se plaindre : depuis l'enfance, elle admirait la force de sa mère, son énergie et la façon positive dont elle gérait le quotidien et les événements imprévus.

Elle décida finalement de lâcher le morceau.

— Ted a reçu une très bonne nouvelle... du moins pour lui. On lui a attribué son propre chantier de fouilles, en Egypte. Il part dans trois semaines.

Il y eut un silence à l'autre bout du fil.

— Tu l'accompagnes ?

L'anxiété perçait dans la voix de sa mère. Elle avait déjà eu du mal à accepter que sa fille unique vive à Boston. Dans sa vision du monde, l'Egypte représentait un point minuscule sur le globe terrestre.

Brigitte s'efforça de résumer la situation avec une philosophie qu'elle était loin d'éprouver.

— Non. C'est ce qu'il a toujours voulu et il devrait s'absenter assez longtemps... trois ans au moins, peut-être cinq. Dix même, s'il fait du bon boulot. Du coup, je ne fais pas partie de l'aventure.

— Tu étais au courant de son projet ? demanda Marguerite sur un ton mi-désapprobateur, mi-choqué.

— Plus ou moins. Je savais que c'était son vœu le plus cher, mais je ne croyais pas que cela arriverait un jour. Je me trompais et tout est allé très vite. Nous avons décidé de poursuivre notre chemin chacun de son côté. Il a besoin de sa liberté pour réaliser son rêve.

Elle s'efforçait de parler avec une certaine légèreté, mais en réalité elle était au plus bas, plongée dans un abîme de chagrin et d'apitoiement sur son propre sort.

— Et qu'en est-il des tiens ? Tu vis avec lui depuis six ans ! Je trouve qu'il se comporte de façon joliment égoïste, conclut sa mère, furieuse pour son enfant.

— C'est ce qu'il voulait depuis qu'il a été engagé par l'université de Boston, maman. Je l'ai oublié en chemin, mais je ne peux pas le blâmer pour cela. De toute façon, c'est ainsi...

Prenant une profonde inspiration, Brigitte décida de lui avouer l'entière vérité.

— Cette semaine a été riche en rebondissements, puisque j'ai été congédiée. Je suis remplacée par un ordinateur.

— Tu as été virée ? s'exclama Marguerite avec stupéfaction.

— On peut le dire comme ça, avec six mois de salaire, cela va me permettre de voir venir. D'une certaine façon, je fais table rase du passé, puisque j'ai perdu à la fois Ted et mon travail. C'est peut-être plus facile ainsi.

Cette façon de présenter les choses ne plut pas à sa mère.

— Pour qui ? s'enquit-elle avec irritation. Pas pour toi, en tout cas. Ted te quitte au bout de six ans et s'envole pour l'Egypte, pendant que l'université de Boston te congédie après dix années de bons et loyaux services. Je trouve cela extrêmement choquant, d'un côté comme de l'autre. Tu veux que je vienne ?

Cette proposition fit sourire Brigitte. Elle avait beau se sentir en dessous de tout, le soutien de sa mère lui faisait du bien. Son franc-parler et son obstination pouvaient parfois être dérangeants, mais elle était dévouée, généreuse, bonne, et elle défendait sa fille en toutes occasions.

— Je vais bien, maman. Je compte travailler sur mon livre et voir comment ça avance. C'est peut-être l'occasion de le terminer en un temps record. Pour l'instant, c'est la seule chose que j'aie envie d'entreprendre.

Il était aussi prévu qu'elle suive des cours pour son doctorat, mais, après les récents événements, elle envisageait d'abandonner, du moins pour le semestre en cours. Elle n'était pas d'humeur à étudier. Ce serait déjà bien si elle parvenait à poursuivre la rédaction de son livre.

— Pourquoi ne viens-tu pas me voir à New York ? suggéra alors Marguerite.

Brigitte n'y avait pas vécu depuis la fin de ses études et bon nombre de ses anciens amis avaient, eux aussi, quitté la ville.

— Je n'aurais rien à y faire, maman. Il faut que j'envoie mon CV à plusieurs établissements, pour essayer de trouver un job. Les six prochains mois seront vite passés. Si je suis engagée à l'automne, je m'occuperai de mon livre entre-temps.

Sa mère ne parut pas convaincue.

— J'ai du mal à accepter ce qui t'arrive, Brigitte, surtout avec Ted. Tu peux toujours trouver un autre emploi, mais tu as beaucoup investi dans ta relation avec lui. A ton âge, ce n'est pas facile de trouver un compagnon et, si tu veux des enfants, tu n'as pas de temps à perdre.

— Qu'est-ce que tu suggères ? Des prospectus, des panneaux, ou une annonce pleine page dans un magazine ? C'est aussi ma faute, maman. Je n'ai jamais franchement abordé avec lui la question du mariage et des enfants. Je me figurais qu'entre lui et moi c'était du sérieux. En fait, c'était bien moins solide que je me l'imaginais... Ça ne l'était même pas du tout. Et voilà où j'en suis à présent... Je ne connaîtrai peut-être jamais les joies de la maternité.

— Ted aurait dû exprimer clairement sa position, au lieu de te faire perdre six ans, insista sa mère.

L'une et l'autre savaient que Brigitte avait vécu dans l'illusion de la jeunesse.

— Vous autres, les filles d'aujourd'hui, vous vous figurez que vous avez l'éternité devant vous. Certaines femmes ont leur premier bébé à quarante-cinq voire cinquante ans, grâce à des techniques médicales complètement démentes. Ce n'est pas aussi anodin que ça en a l'air et, en plus, cela fait perdre la notion du temps. Mais la nature est régie par ses propres lois, aujourd'hui comme hier, quels que soient les stratagèmes inventés par l'humanité pour la berner. J'espère que la prochaine fois tu réfléchiras davantage avant de t'engager avec un homme.

Le discours était sévère et dur à entendre.

— J'ai réfléchi quand j'ai commencé à sortir avec Ted, remarqua-t-elle doucement.

— Pas autant que tu l'aurais dû, et lui non plus. Vous pensiez tous les deux que vous étiez encore des gamins.

C'était vrai. Sa mère parlait d'ailleurs rarement pour ne rien dire. Ted et elle avaient fait preuve de nonchalance, aussi désinvoltes et immatures l'un que l'autre.

— Maintenant, il part en Egypte et tu te retrouves seule, conclut sa mère avec compassion. Tout cela est bien triste.

— C'est vrai, mais c'est peut-être le destin.

— Tiens-moi au courant, pour New York. Ta chambre est toujours prête et je serai ravie de te voir.

Mes recherches généalogiques ont bien avancé. Je veux te montrer ce que j'ai découvert récemment. Si tu en as assez de ton livre, tu pourras m'aider.

Brigitte n'en éprouvait pas la moindre envie. L'histoire de sa famille maternelle, qui remontait au Moyen Age français, intéressait plus sa mère qu'elle. Elle admirait cependant son travail acharné, résultat d'une passion qui ne s'était pas démentie au fil des années. Cette histoire familiale était un héritage qu'elle souhaitait léguer à sa fille.

Dans l'après-midi, Brigitte rendit visite à Amy et à ses enfants. Le dimanche, elle ouvrit le manuscrit de sa thèse. Pour la première fois de sa vie, les documents qu'elle avait rassemblés et la question du vote des femmes lui parurent fastidieux et arides. Tout lui semblait terne et dépourvu de signification. Elle en vint à détester son livre. Elle était dans une impasse, quel que soit le côté vers lequel elle se tournait. Pourquoi continuer ?

Le mardi, elle trouva ce qu'elle avait écrit mortellement ennuyeux. Et toujours pas de nouvelles de Ted. Elle se remit au travail. Huit jours plus tard, elle était sur le point de hurler et de tout jeter à la poubelle. Elle n'arrivait à rien. Elle avait envoyé son CV à d'autres universités, mais il était trop tôt pour espérer des réponses. Elle comprenait que, cette fois, si on lui proposait un poste, elle devrait prendre davantage de responsabilités. Ses réticences à relever les défis l'avaient rendue facile à remplacer par un ordinateur.

Après une nouvelle semaine à son bureau, elle fut contrainte de s'arrêter, vidée de toute énergie. Elle était bloquée. Elle envisagea de suivre le conseil d'Amy et de se trouver une plage, ne serait-ce que pour échapper à la neige qui s'était remise à tomber sur Boston. Elle détestait l'idée que Ted devait être joyeux, absorbé par ses préparatifs de départ. Elle décida alors sur un coup de tête de prendre un vol pour New York. Lorsqu'elle téléphona à sa mère, juste avant l'embarquement, celle-ci fut ravie.

Pendant le bref trajet, Brigitte regarda par le hublot. Elle se sentait un peu puérile, mais, quand la vie était sens dessus dessous, il faisait bon rentrer à la maison, dans l'appartement douillet où elle avait passé son enfance. Un petit séjour à New York ne pouvait que lui faire du bien. Sa mère lui avait suggéré d'envoyer son CV à l'université de New York et à Columbia, mais Brigitte ne souhaitait pas revenir s'installer à New York. Lorsque l'avion atterrit, il pleuvait et elle ne savait plus du tout où elle en était. Elle songea que, à son retour à Boston, bien qu'elle n'ait pour le moment aucune idée de la direction que prendrait sa vie, elle ferait tout pour que son existence soit différente de ce qu'elle avait été jusqu'alors. Désormais, les mots « facilité » et « tranquillité » seraient bannis de son vocabulaire.

3

En ouvrant la porte à sa fille, Marguerite Nicholson sembla à la fois soulagée et ravie. La pluie n'avait pas cessé de tomber depuis l'aéroport et, le temps d'entrer dans l'immeuble, Brigitte était trempée. Sa mère s'empressa de suspendre son imperméable, puis elle lui dit d'ôter ses chaussures. Brigitte se sentit dorlotée, comme si elle s'était blottie sous une couette ou dans un lit en plumes.

Elles s'assirent au salon, une pièce chaleureuse et joliment décorée avec quelques meubles anciens. Les deux femmes n'auraient pas pu être plus différentes. Marguerite était aussi blonde que sa fille était brune, mais elles étaient toutes deux grandes et possédaient une silhouette déliée. Très raffinée, la mère de Brigitte avait quelque chose d'aristocratique dans le maintien, tandis qu'il y avait un je-ne-sais-quoi d'exotique dans la physionomie de Brigitte. Les yeux de celle-ci étaient à peu près aussi sombres que ses cheveux, ceux de sa mère presque bleu ciel. Leurs sourires étaient semblables, mais pas leurs traits.

Elles avaient pris place sur de vieilles chaises élégantes au velours patiné par le temps, disposées devant la cheminée où crépitait un joli tas de bûches. Elles buvaient leur thé dans des tasses en porcelaine de

Limoges, héritage de la grand-mère de Marguerite et qui faisait sa fierté. Les murs de l'appartement disparaissaient derrière des bibliothèques remplies de livres, témoins de la brillante carrière de Marguerite dans l'édition. C'était un foyer où l'on respectait la connaissance, la littérature et la culture.

Grâce à sa mère, Brigitte avait fait des études et elle avait compris l'importance de l'instruction. Ses diplômes, ainsi que son intention d'obtenir un doctorat de troisième cycle, avaient empli Marguerite de satisfaction. En revanche, elle avait été déçue que sa fille se contente d'un emploi médiocre et, plus encore, que les années passent sans qu'elle fasse publier le livre tant attendu. Marguerite la savait consciencieuse et bosseuse, mais elle voulait bien plus pour elle, une vie plus aventureuse et exaltante. Marguerite était persuadée que Brigitte en était capable, mais le traumatisme causé par la mort tragique de son père quand elle était enfant l'avait poussée à rechercher la sécurité.

Ne voulant pas aborder de front un sujet douloureux, elle demanda à sa fille, avec un intérêt visible :

— Où en es-tu avec ton livre ?

— Je n'en sais rien. Je n'arrive pas à me concentrer, je suis au point mort, complètement bloquée. Mes recherches ont été fructueuses, mais je ne parviens pas à les exploiter. Je suis sans doute trop affectée par ma rupture avec Ted. Cela s'arrangera peut-être après une pause, c'est ce qui m'a décidée à venir te voir.

— Et j'en suis ravie. Tu veux que j'y jette un œil ? J'admets que l'anthropologie n'est pas un domaine qui me soit très familier, mais je peux peut-être te donner un petit coup de main.

Cette proposition, typique de sa mère, fit sourire Brigitte.

— Je crois qu'il me faudrait davantage qu'un coup de main, maman. J'en suis à six cent cinquante pages et si je respecte mon plan, qui inclut l'histoire de tous les pays que je veux couvrir, je devrais atteindre les mille feuillets. Je voulais que mon livre fasse autorité en la matière mais, tout à coup, je me demande si les gens vont s'intéresser au droit de vote des femmes. La condition féminine est un vaste sujet, qui dépasse probablement de loin le fait qu'elles soient autorisées à participer au processus démocratique, conclut Brigitte.

— Ce sera un vrai best-seller, la taquina Marguerite.

De toute évidence, le livre de sa fille ne serait pas commercial, plutôt destiné à des universitaires. Le thème lui semblait austère, mais elle savait que Brigitte avait un talent certain pour l'écriture.

— J'ai été très occupée, moi aussi, continua-t-elle. J'ai repris mes recherches à la bibliothèque mormone depuis trois semaines. Les mormons ont rassemblé une documentation incroyable grâce aux quelque deux cents cameramen qui prennent des photos des registres paroissiaux dans quarante-cinq pays. Leur but premier est d'aider leurs ouailles à faire baptiser leurs ascendants, à titre posthume, mais n'importe qui peut utiliser leurs sources pour reconstituer son arbre généalogique. Ils mettent à disposition ces informations avec une générosité incroyable et ils sont très serviables. Ils m'ont permis de remonter la piste des Margerac jusqu'à La Nouvelle-Orléans, à la date de 1850. C'est à peu près à cette époque qu'ils ont quitté la Bretagne pour gagner les Etats-Unis. Certains membres d'une autre branche de la famille et portant le même nom s'y trouvaient déjà. Nos ascendants directs sont donc partis de Bretagne entre 1845 et 1850.

Elle avait débité tout cela à la façon d'un bulletin d'informations, ce qui amusa Brigitte.

— Il s'agirait de mon arrière-grand-père, reprit Marguerite. Ce que je voudrais découvrir, maintenant, c'est l'histoire de nos aïeux avant leur arrivée en Amérique. J'ai appris l'existence d'un certain Philippe et d'un certain Tristan de Margerac et aussi que la famille comptait plusieurs comtes et marquis, mais je ne sais rien d'eux ou de ce qui s'est passé avant qu'ils quittent la France.

— Pourquoi ne pas poursuivre tes recherches là-bas, en ce cas, maman ?

Brigitte s'efforçait de s'intéresser au sujet. Si l'anthropologie la fascinait, la généalogie l'avait toujours ennuyée à mourir. Elle n'éprouvait pas la moindre curiosité pour ses ancêtres, qu'elle pensait dépourvus d'intérêt. Et l'engouement de sa mère pour la question lui paraissait incongru.

— Les mormons détiennent sans doute plus d'informations que n'importe quelle bibliothèque française, tu sais. Comme je te l'ai dit, ils ont photographié les registres paroissiaux. Un de ces jours, je me rendrai à leur siège, à Salt Lake City, mais j'ai déjà trouvé pas mal de documentation ici, à New York.

Brigitte hocha poliment la tête, mais sa mère comprit combien le sujet l'ennuyait. Elles parlèrent donc d'autres choses... de théâtre, d'opéra, de ballets, sujets qui les passionnaient toutes les deux, ainsi que du roman que Marguerite était en train de lire. Fatalement, elles en vinrent à évoquer Ted et ses fouilles égyptiennes. Marguerite était très triste pour sa fille. Sachant combien Brigitte devait être déçue, elle admirait son calme. A sa place, si elle avait été abandonnée au bout de six ans, elle ne se serait pas montrée aussi philosophe. Si

Brigitte s'attribuait en grande partie la responsabilité de cette rupture, sa mère estimait que Ted aurait dû lui proposer de l'accompagner, au lieu d'en profiter pour la plaquer.

Elles parlèrent des universités auxquelles Brigitte avait envoyé ses CV. Elle voulait rester à Boston, mais ne pensait pas avoir de nouvelles avant le mois de mai ou de juin. Cela ne l'inquiétait pas outre mesure, mais elle avait besoin de se trouver une occupation dans l'intervalle. Malheureusement, le projet généalogique de sa mère ne l'emballait pas. Elle aurait voulu l'aider, mais le relevé, génération après génération, de gens aussi respectables fussent-ils ne lui semblait pas moins aride et prévisible que la rédaction de son propre livre.

Vers minuit, les deux femmes allèrent se coucher. Le feu s'était éteint depuis un bon moment déjà. Comme d'habitude, Brigitte dormit dans sa chambre de jeune fille. Elle était toujours tapissée de chintz aux motifs fleuris qu'elle avait elle-même choisis. Elle aimait retrouver ce décor familier et avoir de longues conversations avec sa mère. Elles s'entendaient si bien.

Le lendemain, elles prirent leur petit déjeuner ensemble dans la cuisine, après quoi Marguerite sortit faire quelques courses et jouer au bridge avec ses amies. Pendant plusieurs années, elle avait eu une liaison avec un homme qui était mort avant qu'elle prenne sa retraite. Depuis, elle n'avait pas rencontré une autre âme sœur, mais elle menait une vie agréable. Elle avait beaucoup d'amis, était invitée à des déjeuners et des dîners, se rendait au musée et assistait aux événements culturels, le plus souvent avec d'autres femmes, mais aussi en compagnie de quelques couples. Bien qu'elle vécût seule, elle ne s'ennuyait jamais. Lorsqu'elle ne sortait pas, elle était absorbée par ses recherches généalogiques. Elle rêvait d'en faire un livre pour Brigitte, un de ces jours.

En revenant à la maison, dans l'après-midi, elle montra à sa fille ses dernières découvertes. De son côté, Brigitte avait fait quelques emplettes, puis elle avait rendu visite à un ami, enseignant à Columbia, qui lui avait promis de la prévenir si le service des admissions recrutait. Il lui avait suggéré de postuler comme professeur, mais elle prétendait ne pas avoir de don pour cela. Elle préférait un travail administratif, qui lui laisserait le temps d'écrire tout en préparant son doctorat. Son moral était meilleur qu'à son arrivée. Sa mère avait eu raison de penser que ce séjour à New York lui ferait du bien. L'atmosphère, chargée d'électricité et pleine de vie, y était plus détendue et plus jeune qu'à Boston, même si elle adorait l'ambiance universitaire de celle-ci. New York offrait en outre beaucoup de distractions à ses habitants, ce que Marguerite appréciait par-dessus tout.

En examinant les dernières trouvailles de sa mère, Brigitte fut impressionnée par la somme d'informations qu'elle avait réunie. Elle avait trouvé les dates de naissance et de décès de tous ses ascendants directs et même de nombreux cousins. Elle connaissait les contrées et les communes de La Nouvelle-Orléans où ils avaient vécu et étaient morts, ainsi que les noms de leurs maisons et plantations, les villes où ils s'étaient installés dans l'Etat de New York et dans le Connecticut. Elle avait aussi trouvé le nom du bateau sur lequel l'un d'entre eux était arrivé de Bretagne, en 1846. La famille semblait être restée dans le sud des Etats-Unis jusqu'à la fin de la guerre de Sécession. Elle s'était établie dans le Nord entre 1860 et 1870, pour ne plus jamais en repartir. En revanche, ce qui s'était passé auparavant en France demeurait un mystère. Brigitte se fit la réflexion que cette partie de l'histoire pouvait se révéler plus intéressante que sa mère ne l'imaginait.

— C'est un passé encore proche, maman. Tu devrais pouvoir trouver des renseignements à la bibliothèque mormone ou en France.

— Il faut que j'aille à Salt Lake City. Ils ont énormément de photocopies des registres européens et un équipement remarquable. Mais les bibliothèques de cette taille me terrifient. Tu y serais bien plus à l'aise que moi.

Elle posa des yeux suppliants sur sa fille, qui sourit. L'enthousiasme de sa mère, sa ténacité et son acharnement l'attendrissaient. Elle l'encouragea :

— Tu as déjà de quoi écrire un livre, si tu en as envie.

— Personne ne s'y intéresserait, hormis les membres de notre famille, c'est-à-dire nous deux et quelques cousins éparpillés dans le pays. A moins que nous n'ayons en France des parents dont j'ignore l'existence, mais j'en doute. Je n'ai trouvé aucune trace des Margerac là-bas. Et ils ont quasiment tous disparu ici aussi. Il n'y en a plus un seul dans le Sud depuis une centaine d'années. Ton grand-père est né à New York au début du XXe siècle. Il ne reste que nous, maintenant.

— Tu as bossé dur, maman, remarqua Brigitte avec admiration.

— J'aime savoir qui sont nos ancêtres, où ils vivaient et ce qu'ils y faisaient. C'est ton héritage, à toi aussi. Un jour, peut-être, l'importance du sujet t'apparaîtra de façon plus évidente qu'aujourd'hui. Tous ces gens perchés sur notre arbre généalogique me passionnent, conclut Marguerite avec un sourire.

Finalement, Brigitte passa le reste de la semaine à New York. Elle n'avait aucune raison pressante de retourner à Boston. Sa mère et elle allèrent au théâtre et au cinéma, dînèrent dans plusieurs petits restaurants sans prétention et firent de longues promenades dans Central Park. Elles se plaisaient dans la compagnie l'une de l'autre, et Marguerite évitait soigneusement les sujets pénibles. Il n'y avait plus rien à dire sur Ted, sinon que sa fille avait perdu avec lui six années de sa vie. Elle devinait que Brigitte en était arrivée à la même conclusion. Au bout du compte, Ted s'était révélé tel qu'il était : un parfait égoïste.

Elles passèrent le samedi après-midi à la maison, à lire la première édition du *New York Times* dominical. Marguerite laissa échapper un gloussement en découvrant un article sur la généalogie dans la partie magazine. Comme on pouvait le prévoir, le journaliste chantait les louanges des mormons et de leurs bibliothèques.

Levant les yeux du journal, elle jeta un regard pensif à sa fille.

— J'aimerais tant que tu te rendes à Salt Lake City à ma place, Brigitte, insista-t-elle. Les recherches ne sont pas mon fort, alors que tu y excelles. Si je ne parviens pas à retrouver la trace de notre famille en France, je suis bloquée entre 1850 et 1860. Tu n'accepterais pas d'y aller pour moi ?

Elle n'ajouta pas : « maintenant que tu as perdu ton travail et ton compagnon », mais c'était un fait. Brigitte avait du temps devant elle.

Au moment où elle allait refuser, elle se ravisa. Rien ne l'empêchait d'aller à Salt Lake City et elle devait admettre que l'article qu'elle venait de lire sur la bibliothèque généalogique des mormons était intéressant.

Elle pouvait rendre ce service à sa mère, qui lui en avait rendu tellement et ne cessait de la soutenir. Il n'y avait aucune raison pour qu'elle lui refuse cette petite faveur, d'autant qu'elle n'avait rien de mieux à faire.

— Peut-être... Je vais y réfléchir, répondit-elle évasivement.

Elle ne voulait rien lui promettre, même si elle se rendait compte qu'elle tenait là un bon prétexte pour échapper à la rédaction de son livre. Le dimanche, pendant le petit déjeuner, elle y pensait encore tout en partageant avec sa mère les pages du *New York Times*. Elle était censée repartir dans l'après-midi. La radio annonça qu'il neigeait abondamment sur Boston, et deux heures plus tard l'aéroport fut fermé. En revanche, il faisait beau à New York. La tempête qui sévissait sur Boston ne devait l'atteindre que le lendemain.

— Je pourrais peut-être passer deux jours à Salt Lake City, déclara-t-elle pensivement. L'une de mes anciennes amies d'école habite là-bas. Elle est mariée avec un mormon et elle a dix enfants. Je lui rendrais visite pendant mon séjour, tout en faisant quelques recherches pour toi. Ça devrait être amusant.

Le visage de Marguerite s'éclaira.

— Je t'en serais très reconnaissante. Et je suis sûre que tu obtiendras des mormons toute l'aide que tu pourras désirer.

— D'accord, d'accord, maman !

Une minute plus tard, Brigitte appela l'aéroport afin de réserver une place d'avion pour Salt Lake City dans l'après-midi. Elle était contente d'aider sa mère et le projet commençait à l'intriguer. Elle se demanda si elle y trouverait des informations pour son livre, mais c'était peu probable.

Lorsqu'elle partit, sa mère l'embrassa avec effusion et se répandit en remerciements. Brigitte promit de l'appeler pour la mettre au courant de ses découvertes. Elle avait retenu une chambre au Carlton Hotel and Suites. Selon les renseignements récoltés sur Internet, elle pourrait se rendre à pied à Temple Square, où se trouvait la bibliothèque généalogique. Maintenant qu'elle avait accepté d'y aller, Brigitte était impatiente d'y être. Apparemment, les mormons employaient des centaines de bénévoles et offraient gratuitement l'accès aux archives ; seules les photocopies étaient payantes. Depuis des dizaines d'années, ils proposaient au public ce remarquable service.

Brigitte espérait trouver un indice valable pour sa mère. Jusque-là, les éléments rassemblés par Marguerite étaient sans grand intérêt. Leurs ancêtres étaient de respectables aristocrates qui, pour une raison ou une autre, avaient choisi de s'établir aux Etats-Unis au milieu du XIXe siècle, longtemps après le règne de Napoléon. Peut-être étaient-ils venus pour acheter des propriétés ou découvrir de nouveaux territoires... et ils avaient décidé de rester. Mais, à présent, Brigitte se demandait ce qu'ils avaient fait en France avant leur exil, ce qui leur était arrivé sous Napoléon et pendant la Révolution française, quinze ans auparavant. Elle se sentait investie d'une mission qui lui semblait bien plus intéressante que le droit de vote des femmes dans le monde ! Peut-être sa mère avait-elle raison, peut-être ce sujet était-il plus passionnant que tout ce qu'elle avait fait ces sept dernières années. En tout cas, elle espérait en avoir confirmation à Salt Lake City.

Après cinq heures et demie de vol, elle prit un taxi pour se rendre à l'hôtel, un établissement de style européen construit dans les années 1920. Afin de s'orienter plus rapidement le lendemain, Brigitte fit une promenade avant le dîner. Elle trouva facilement Temple Square, situé à quelques rues du Carlton, et repéra immédiatement l'immense bibliothèque, à l'ouest de la place et du même côté que le musée d'Histoire de l'Eglise et que la cabane d'Osmyn Deuel. Conservée en l'état depuis 1847, c'était la maison la plus ancienne de la ville. Elle passa devant le temple mormon, avec ses six flèches impressionnantes, et admira la coupole du Tabernacle, ouvert au public pour les répétitions du fameux chœur du Tabernacle mormon. Les deux bâtisses étaient imposantes. Elle vit le Capitole et longea Beehive House, autrement dit la Ruche, ainsi que Lion House. Toutes deux construites en 1850, elles avaient été les résidences officielles de Brigham Young, alors chef de l'église mormone et premier gouverneur de l'Utah.

Malgré le froid, Brigitte constata avec étonnement que de nombreuses personnes se pressaient sur la place. Elles contemplaient les bâtiments avec un intérêt mêlé d'admiration, ce qui semblait indiquer qu'il s'agissait de touristes. L'atmosphère bon enfant était contagieuse, si bien que Brigitte regagna sa chambre d'hôtel de fort bonne humeur. Elle commençait à apprécier le projet de sa mère comme jamais auparavant.

Après avoir commandé à dîner dans sa chambre, elle appela sa mère et lui rapporta ce qu'elle avait vu. Brigitte regrettait qu'elle ne l'ait pas accompagnée.

— Je n'aurais pas pu venir, de toute façon, rétorqua Marguerite. J'ai un tournoi de bridge demain.

Pour une femme qui avait travaillé dur pendant vingt-cinq ans, elle profitait bien de son oisiveté de retraitée. Brigitte s'en réjouissait pour elle. Et si leur arbre généalogique avait tant d'importance à ses yeux, elle était prête à mettre ses propres compétences au service de sa mère. Elle pressentait que, grâce aux mormons, elle allait considérablement avancer dans ses recherches. Parmi les deux milliards de noms qui figuraient dans la base de données, les deux millions et demi de microfilms et les trois cent mille ouvrages remplis d'informations collectées à travers le monde, Brigitte était certaine de retrouver la trace de quelques-uns de leurs aïeux français. Sa mère voulait remonter le plus loin possible dans le temps. Elle serait au septième ciel si les Margerac avaient joué un rôle important dans l'histoire de France ! Brigitte se prenait au jeu. Cette quête était beaucoup plus personnelle que ses recherches sur le vote des femmes, et elle avait le sentiment de se trouver tout près de l'endroit où l'attendait l'histoire de sa famille.

Alors qu'elle mangeait dans sa chambre, elle regretta de ne pas vivre cette aventure avec Ted. Sachant qu'il n'avait pas encore quitté Boston, elle songea un instant à l'appeler, mais elle y renonça aussitôt. Le son de sa voix la bouleverserait certainement.

Elle tenta de trouver le numéro de téléphone de son ancienne amie d'école, mais elle s'aperçut bien vite que c'était sans espoir. D'après ce qu'elle lui avait dit, son mari était un descendant direct de Brigham Young, or l'annuaire contenait des pages et des pages de Young. Son prénom était John, et il y en avait des centaines aussi. Désolée de ne pas la revoir, Brigitte regretta de ne pas avoir gardé le contact. Tout ce qu'elle savait d'elle, c'était qu'elle avait dix enfants. Une progéniture considérable, mais, ici, les familles nombreuses étaient monnaie courante.

Cette nuit-là, elle dormit d'un sommeil paisible dans le grand lit confortable. Elle avait demandé à être réveillée à 8 heures et, lorsqu'on l'appela, elle rêvait de Ted.

Il était toujours tellement ancré dans son esprit qu'en dépit de l'évidence elle avait encore du mal à croire qu'il avait quitté sa vie à jamais. Elle fut soudain reconnaissante à sa mère de lui avoir fourni cette distraction. En se levant, elle sentit s'éveiller en elle l'instinct du chercheur. Elle prit une douche, s'habilla, expédia son petit déjeuner, composé de thé, d'un toast et de flocons d'avoine, puis elle quitta la chambre.

Grâce à la mission de reconnaissance effectuée la veille, elle connaissait le chemin. Elle pénétra dans la bibliothèque généalogique, puis elle suivit les panneaux indicateurs. Il y avait des centaines d'assistants, n'attendant que l'occasion de lui proposer leur aide et leur expérience. Après avoir regardé la brève présentation fournie aux visiteurs, Brigitte savait exactement où se diriger. Elle monta jusqu'au service où elle pensait pouvoir consulter les registres européens. Elle expliqua à la jeune femme qui la reçut qu'elle recherchait des traces de sa famille en France.

— A Paris ? demanda la jeune femme en prenant un calepin.

— Non, en Bretagne.

Elle écrivit le nom de jeune fille de sa mère, qui était aussi son second prénom.

— Ils sont arrivés à La Nouvelle-Orléans aux environs de 1850, expliqua-t-elle.

A cette époque, la colonie française de Louisiane avait déjà été vendue par Napoléon pour quinze millions de dollars et faisait donc partie du territoire américain.

— Je ne sais rien d'eux avant cela, c'est pourquoi je suis ici.

Brigitte sourit à la bibliothécaire, dont le badge indiquait Margaret Smith. Elle se présenta elle-même sous le nom de Meg.

— Et c'est aussi pourquoi nous sommes là : pour vous aider, dit-elle avec chaleur. Nous allons voir ce que nous avons dans nos archives. Accordez-moi quelques minutes.

Elle lui suggéra de s'asseoir en face de l'écran sur lequel elles visionneraient ensemble les microfilms. Elles étudieraient de près les listes, les registres, les certificats de naissance et de décès de la région.

Elle revint au bout de vingt minutes, mit en marche la machine et elles commencèrent à regarder le micro-film qu'elle avait apporté. Pendant dix minutes, Brigitte ne vit rien de familier et puis, tout d'un coup, les lettres crevèrent l'écran... De Margerac, Louise, née en 1819, suivie de Philippe, Edmond et Tristan, nés à quelques années d'intervalle. En 1825, un petit Christian était venu au monde, mais il était mort quelques mois plus tard. Les registres originaux se trouvaient dans une commune de Bretagne. En remontant jusqu'à la géné-ration précédente, elles trouvèrent trois garçons, nés entre 1786 et 1789, juste avant la Révolution fran-çaise : Jean, Gabriel et Paul, tous trois frères. Elles découvrirent ensuite leurs actes de décès, à Quimper et à Carnac. Ils étaient morts entre 1837 et 1845. Bri-gitte recopia soigneusement leurs noms dans son car-net, ainsi que les dates les concernant. Louise et Edmond de Margerac, le frère et la sœur, étaient morts en 1860. En revanche, les actes de décès de Philippe et de Tristan demeurèrent introuvables. La jeune biblio-thécaire suggéra qu'ils avaient pu quitter le pays et mourir ailleurs, et Brigitte comprit qu'ils étaient les Margerac venus s'installer à La Nouvelle-Orléans approximativement en 1850, ville où ils étaient sans doute décédés. Cela faisait partie des informations que Marguerite avait déjà collectées. La jeune femme avait pris par écrit tous ces renseignements et elle comptait aussi acheter des copies des microfilms.

Remontant de nouveau dans le temps, elles découvrirent qu'il y avait eu un Tristan et un Jean de Margerac, dont les prénoms avaient été attribués par la suite à leurs descendants. Jean était né en 1760 et Tristan dix ans avant lui. On ne trouvait pas trace de la mort de Jean, mais Tristan, marquis de Margerac, était mort en 1817, trois ans après l'abdication de Napoléon. La marquise de Margerac l'avait suivi dans la tombe deux mois plus tard, mais son acte de naissance n'apparaissait nulle part. Brigitte se demanda si elle était originaire d'une autre partie de la France. Elle constata cependant que le prénom de la marquise n'avait pas une consonance française. Elle s'en étonna auprès de la bibliothécaire, qui lui sourit. Comme souvent dans ce genre de recherches, elles venaient de mettre le doigt sur un mystère. Ce prénom, soigneusement recopié par le greffier de l'époque, était Wachiwi.

— C'est indien, dit la bibliothécaire. Je peux me renseigner, mais je pense qu'il est d'origine sioux.

— Quelle drôle d'idée de donner à une fille française un prénom sioux ! s'étonna Brigitte.

Meg la quitta un instant, laissant Brigitte mettre de l'ordre dans ses notes. Lorsqu'elle revint, elle confirma son intuition.

— C'est bien un prénom sioux, qui signifie « danseuse », dit-elle. Je le trouve ravissant.

— Oui, mais c'est pour le moins inattendu !

— Pas vraiment, répondit la bibliothécaire. Louis XVI était fasciné par les Indiens. D'après ce que j'ai lu, il invitait des chefs de tribus en France et il les présentait à la cour comme des hôtes de marque. Quelques-uns d'entre eux sont probablement restés.

Ajoutez à cela que les ports les plus fréquentés se trouvaient en Bretagne. Votre aïeul le marquis a peut-être épousé la fille d'un chef qui avait accompagné son père, car elle ne serait pas venue seule. La Révolution a eu lieu en 1789 et si elle est arrivée en 1780, cela cadrerait bien avec l'âge indiqué au moment de sa mort. En supposant qu'elle était adolescente à son arrivée en France, elle aurait eu une cinquantaine d'années au moment de sa mort, en 1817. A l'époque, c'était un grand âge, pour une femme. Les trois garçons nés entre 1786 et 1789 sont indubitablement les siens. Quoi qu'il en soit, je n'ai jamais entendu parler d'une Française prénommée Wachiwi... Toutes les femmes qui portaient ce nom étaient des Sioux du Dakota. Comme je vous l'ai dit, ils ne venaient pas en France en tant qu'esclaves ou prisonniers, mais en tant qu'invités.

Ces explications captivèrent Brigitte. Le marquis de Margerac, grand-père de l'arrière-grand-père de sa mère, avait épousé une jeune femme sioux et fait d'elle une marquise. Elle lui avait donné trois fils, dont l'aîné portait le prénom du jeune frère décédé du marquis. Quelques minutes plus tard, les deux femmes découvrirent que le marquis avait eu deux autres enfants, nés avant les fils de Wachiwi, Agathe et Matthieu. La marquise désignée sur le registre comme leur mère était morte en couches, en même temps que son troisième enfant. Wachiwi avait donc été la seconde épouse du marquis.

— Comment pourrais-je trouver davantage de renseignements sur cette femme sioux ? demanda Brigitte.

Les informations qu'elles venaient de dénicher la ravissaient. Cela dépassait de loin ses attentes, et certainement celles de sa mère !

66

— Vous devrez vous adresser aux Sioux, pour en savoir davantage. Ils possèdent des archives, eux aussi. Elles ne sont pas aussi détaillées que les nôtres et leurs recherches sont moins étendues, géographiquement parlant, mais ils ont transcrit de nombreux récits transmis oralement. On parvient parfois à retrouver la trace de personnes. En tout cas, cela vaut la peine de se renseigner.

— Où dois-je me rendre ? Au bureau des affaires indiennes ?

— Renseignez-vous plutôt auprès du bureau historique sioux, dans le Dakota du Sud. Presque tous les documents y sont conservés. Ce sera probablement difficile d'obtenir des indices sur une jeune fille, sauf si son père était un chef important. Ou alors, il faudrait qu'elle ait la notoriété de Sacajawea, enlevée à l'âge de dix ans et mariée plus tard à un trappeur canadien français. Mais l'expédition de Lewis et de Clark date de 1804, c'est-à-dire bien plus tard. Vous ressemblez vous-même un peu à une femme sioux, ajouta la bibliothécaire avec audace.

L'expression de Brigitte se teinta de mélancolie.

— Mon père était irlandais. Jusqu'à maintenant, je pensais que je tenais de lui mes cheveux noirs, mais peut-être ai-je hérité ce trait physique de Wachiwi ?

Cette idée lui plaisait, et elle voulait en savoir le plus possible à son sujet. Elle se sentait désormais reliée à cette ancêtre qui avait épousé un marquis. Pendant une heure, les deux femmes continuèrent de passer les archives au crible, mais elles ne trouvèrent rien de plus. Brigitte avait découvert trois générations de parents, tous descendants de Tristan et de Wachiwi de Margerac, ainsi qu'un mystère qu'elle accueillait comme un cadeau. Après avoir remercié Meg pour toute l'aide apportée, elle regagna son hôtel en milieu d'après-midi et appela sa mère. Visiblement de très bonne humeur, Marguerite lui apprit qu'elle avait remporté son tournoi de bridge.

— Et moi, j'ai une nouvelle formidable pour toi, déclara Brigitte d'une voix triomphante.

— Tu as fait de nouvelles trouvailles ?

— Et comment ! Trois générations de Margerac en Bretagne. Je n'ai pas les dates de décès de deux d'entre eux, Philippe et Tristan. Philippe était l'aîné, il a dû hériter du titre de marquis, à l'époque.

— Ce sont certainement eux qui se sont installés à La Nouvelle-Orléans en 1848 et en 1850 ! s'exclama Marguerite. Seigneur ! Tu les as trouvés, Brigitte ! Je connais ces deux-là. Philippe est mon arrière-grand-père paternel. Son frère Tristan s'est installé à New York après la guerre de Sécession, mais Philippe est mort à La Nouvelle-Orléans. Je suis si excitée que tu aies vu leurs actes de naissance ! Qu'as-tu découvert d'autre ? Les mormons sont extraordinaires, n'est-ce pas ?

— Ils sont incroyables. Une jeune femme charmante, Meg, a regardé toutes les listes avec moi : nous avons repéré une certaine Louise, leur sœur ou leur cousine, ainsi que son frère Edmond, qui est mort en France. Ils ont eu aussi un petit frère, Christian, décédé peu après sa naissance. La génération précédente comprend Jean, Gabriel et Paul de Margerac, dont le père était le marquis Tristan de Margerac. Il avait eu deux enfants avec une première épouse, morte en couches. En revanche, la seconde est décédée à peu près au même moment que lui. Nous devrions sans doute aller en France, pour savoir qui a épousé qui. Parfois, on a un peu de mal à comprendre qui sont les frères et sœurs et qui sont les cousins. Ce n'est pas toujours clairement indiqué.

— Quand je pense que tu as trouvé tout cela en un seul jour !

Les deux femmes étaient euphoriques, surtout Marguerite, qui venait de gagner cent ans d'histoire familiale supplémentaires.

— La bibliothécaire a été incroyablement serviable, les registres étaient tous disponibles et j'ai eu de la chance. Peut-être le destin s'en est-il un peu mêlé.

Brigitte commençait à le croire. Il y avait une dimension quasiment mystique dans cette aventure. En trois heures, il lui semblait avoir fait davantage d'anthropologie que durant les dix dernières années.

— L'information la plus excitante selon moi réside dans l'identité de la seconde épouse du marquis, au temps de Louis XVI. Elle s'appelait Wachiwi, annonça-t-elle comme si elle faisait un cadeau à sa mère.

— Wachiwi ? répéta Marguerite, troublée. Je ne crois pas que ce soit français. Quelle était sa nationalité ?

— Sioux, très probablement... Incroyable, non ? Et elle vivait en Bretagne. Apparemment, le roi Louis XVI a invité plusieurs chefs sioux à la cour. Il les a traités comme des hôtes de marque et certains sont restés. Wachiwi devait être apparentée à l'un d'entre eux, ou bien elle est venue en France par ses propres moyens. En tout cas, pour la bibliothécaire, il n'y a pas de doute... elle était sioux. Dans cette langue, Wachiwi signifie « danseuse ». Nous avons donc une ancêtre sioux, maman ! Elle a épousé le marquis et ils ont eu trois fils. L'un d'entre eux doit être le père du Philippe et du Tristan qui sont venus à La Nouvelle-Orléans. Cela veut dire qu'elle était la grand-mère de ton arrière-grand-père. Je veux en savoir davantage sur elle.

Je pense que je vais prendre l'avion pour le Dakota du Sud, au cœur de la nation sioux. Je verrai ce que je peux trouver.

Brigitte n'avait pas entrepris une telle enquête depuis ses études. Et finalement, c'était l'une de ses ancêtres qui suscitait véritablement son intérêt. Grâce à cette aïeule, les passions de la mère et de la fille convergeaient. Brigitte ne s'était pas autant amusée depuis des années. Même le prénom était romanesque... Wachiwi. La danseuse. Sa seule évocation suffisait à la faire rêver.

— On a du mal à croire qu'une jeune femme ait pu parcourir une telle distance, aboutir en Bretagne et épouser un marquis, commenta Marguerite. A cette époque, il a dû falloir des mois pour effectuer un voyage pareil, peut-être sur une minuscule embarcation.

— Et imagine ce que ce devait être pour elle que d'affronter la cour du roi Louis XVI. C'est ahurissant ! J'espère dénicher quelque chose à son sujet. La bibliothécaire m'a dit que c'était peu probable, à moins qu'elle ne soit la fille d'un chef important. Mais à mon avis c'est sûrement le cas, sinon elle n'aurait pas entrepris un si long périple et elle n'aurait pas été reçue par le roi... si c'est ainsi qu'elle a fait la connaissance du marquis.

— Nous ne le saurons peut-être jamais, ma chérie, tempéra Marguerite.

Mais Brigitte se sentait investie d'une mission. Elle voulait absolument tout savoir sur cette Wachiwi qui faisait partie de son histoire familiale. Wachiwi, marquise de Margerac... Désormais, elle exerçait sur sa descendante un charme puissant, comme si elle l'appelait en personne, la défiant d'éclaircir son mystère. Brigitte était incapable de résister à une telle invitation.

4

Le trajet de Salt Lake City jusqu'au Dakota du Sud
fut long. Brigitte prit un premier vol pour Minneapo-
lis, où elle tua le temps à l'aéroport avant de s'envoler
pour Sioux Falls. Elle était impatiente d'entamer ses
recherches dès le lendemain, à l'université du Dakota
du Sud située à Vermillion, à cent dix kilomètres
environ de Sioux Falls, où elle avait décidé de passer
la nuit. Perchée sur un promontoire, la ville dominait la
rivière Big Sioux. Brigitte descendit dans un motel très
bien tenu et brillamment éclairé, établi en face d'un
parc. Une fois installée dans sa chambre, elle sortit
faire une promenade. En chemin, elle trouva un petit
restaurant à la façade attrayante, où elle s'arrêta
pour dîner. Tout en mangeant, elle regarda avec
plaisir les gens aller et venir.

En sortant de l'établissement, elle remarqua la neige
qui recouvrait le sol. Il faisait très froid et elle avait hâte
de regagner l'hôtel. Le lendemain, elle voulait se lever
de bonne heure pour se rendre à Vermillion dans une
voiture de location. Sa destination était l'université du
Dakota du Sud, plus précisément, l'Institut des études
indiennes américaines, qui abritait la Dr Joseph Harper
Cash Memorial Library. Elle y trouverait des livres, des
photographies, des films et des vidéos faisant référence

à des récits transmis oralement. Les Sioux considéraient leurs mythes et leurs légendes comme des « leçons ». Elle espérait résoudre le mystère de Wachiwi grâce à elles.

Dans le cas contraire, elle ignorait totalement où aller. Avec près de six mille entretiens retranscrits dans ses archives, l'Institut des études indiennes américaines était le temple de la tradition orale sioux. Mais la femme qu'elle recherchait avait vécu près de deux cent trente ans auparavant et elle ne serait pas facile à trouver. Autant chercher une aiguille dans une botte de foin... Il fallait beaucoup de chance pour que son histoire ait été transmise dans son intégralité de génération en génération. Si Wachiwi et son père étaient allés en France, le fait avait peut-être été suffisamment remarquable pour être retenu. La jeune fille devait elle-même être assez exceptionnelle, pour s'être à ce point éloignée du Dakota...

Les objets qu'on pouvait admirer à l'institut étaient anciens et fragiles, mais ils avaient été soigneusement conservés. De nouveau, Brigitte rencontra une bibliothécaire très obligeante, qui fut fascinée par son récit. Cette dernière adora l'idée que Wachiwi puisse s'être retrouvée à la cour du roi de France. Elle aurait fait partie de ces rares Américains reçus par le roi, comme Benjamin Franklin et Thomas Jefferson. Pour quelle autre raison serait-elle venue en France ? Comment s'y était-elle rendue ? Qui l'avait invitée ? Qui l'accompagnait ? Et pourquoi était-elle restée sur un autre continent, si loin des siens ? Brigitte se demandait si ses parents ou ses frères et sœurs avaient voyagé avec elle. Il était inconcevable qu'on l'eût laissée partir seule pour la France.

La bibliothécaire, qui s'appelait Jan, expliqua à Brigitte qu'en ce qui concernait les jeunes filles sioux les coutumes avaient longtemps été très sévères. Elles vivaient à l'écart, leur virginité était essentielle et elles n'avaient pas le droit de regarder dans les yeux les hommes de leur tribu. Lorsqu'elle s'était rendue en France, tout portait à croire que Wachiwi avait été soigneusement entourée et protégée. On avait du mal à imaginer comment sa famille avait pris son mariage avec un marquis français. De même, on pouvait se demander comment les proches dudit marquis avaient réagi. Ce n'était pas une alliance ordinaire. Finalement, Brigitte avait trouvé une aïeule qui non seulement enflammait son imagination, mais aussi s'était emparée de son cœur. Le projet de sa mère devenait le sien.

La bibliothécaire lui montra de nombreuses photographies de jeunes filles sioux. Elles remarquèrent toutes les deux que Brigitte présentait une certaine ressemblance avec quelques-unes d'entre elles. Si Brigitte avait le physique d'une femme de son époque et des traits moins typés, les points communs restaient indéniables. Ses longs cheveux noirs accentuaient cette impression. C'était peut-être une coïncidence, mais Brigitte avait envie de penser que les gènes de Wachiwi avaient franchi les générations. Elle avait hâte de tout raconter à Amy, en rentrant à Boston. Cette ascendance faisait d'elle une personne différente, et elle se sentait profondément liée à cette jeune fille qui s'était aventurée dans un monde inconnu.

Jan et Brigitte passèrent ensuite aux transcriptions innombrables des récits oraux. Par où commencer ? La tâche semblait immense. Par bonheur, la bibliothécaire connaissait bien les archives. Elles les étudièrent attentivement jusqu'à l'heure de la fermeture, sans rien trouver sur Wachiwi ou sur une fille de chef qui aurait été reçue par le roi de France. Jan, qui avait lu plusieurs livres sur le XVIIIe siècle, confirma néanmoins avoir vu des portraits de chefs sioux vêtus de leur tenue de cérémonie à laquelle ils avaient ajouté des éléments du costume de cour français.

En regagnant le motel, Brigitte était découragée. Elle avait espéré trouver un indice lui permettant de faire émerger Wachiwi des brumes du passé. Elle appela sa mère pour lui faire part du résultat de ses recherches. Durant la nuit, elle rêva de sa lointaine aïeule, qui lui apparut sous les traits d'une ravissante jeune fille.

Le second jour, sa quête fut tout aussi vaine. Le troisième, Brigitte était sur le point d'abandonner lorsqu'elles tombèrent sur une série de récits rapportés par de vieux Sioux de la tribu des Dakotas et transcrits en 1812. L'un d'entre eux portait sur les souvenirs de jeunesse d'un vieux chef. Ce dernier évoquait un autre chef dakota, nommé Matoskah, Ours Blanc, qui avait eu cinq fils de sa première épouse, décédée prématurément. La deuxième était une belle jeune femme, morte elle aussi en donnant naissance à leur petite fille. L'enfant, qui était devenue la prunelle des yeux de son père, avait grandi sous sa protection et celle de ses frères. Elle avait refusé une proposition de mariage alors qu'elle était déjà âgée. Le chef Matoskah pensait qu'aucun brave n'était digne d'elle, et elle repoussait tous les prétendants. Le conteur disait qu'elle était fière et belle. Il évoquait ensuite les multiples combats qui avaient opposé cette tribu aux Crows. De nombreux braves étaient morts en défendant le village, ou au cours de batailles et d'expéditions en territoire ennemi. Le conteur faisait ensuite de nouveau allusion à la jeune fille. Lors d'une attaque, les Crows avaient tué deux de ses frères qui tentaient de la protéger, ainsi qu'un jeune guerrier. Les Crows l'avaient alors capturée pour l'offrir à leur chef comme esclave. Les Sioux avaient tenté de la libérer, mais ils n'y étaient jamais parvenus. Le cœur brisé, son père, le grand chef Matoskah, était mort l'année suivante. Selon le conteur, son esprit s'en était allé avec elle. Lui-même était jeune, à l'époque, mais il s'en souvenait bien. Il ajoutait que, par la suite, il avait entendu dire qu'elle avait été offerte au chef crow, mais qu'elle l'avait tué avant de s'enfuir. Les hommes de la tribu ne l'avaient pas retrouvée et personne ne l'avait revue. Elle n'avait pas non plus rejoint son propre clan. Un trappeur français prétendait qu'il l'avait rencontrée, voyageant avec un homme blanc. Mais, les trappeurs étant connus pour raconter des mensonges aux Indiens, aucun d'entre eux ne l'avait cru. La fille avait bel et bien disparu. Le conteur ne savait rien d'autre. Selon lui, elle avait peut-être été emportée par un grand esprit pour avoir tué le chef des Crows. Il disait qu'elle s'appelait Wachiwi et que c'était la plus belle fille qu'il eût jamais vue. Matoskah, son père, avait été le chef le plus sage de tous les temps.

Elle y était enfin, songea Brigitte, tandis que le conteur évoquait d'autres souvenirs de sa jeunesse, comme les chasses aux bisons dans les Grandes Plaines. Wachiwi... Arrachée à sa tribu et donnée à un chef crow. Qui était cet homme blanc que le trappeur disait avoir vu avec elle ? Brigitte avait l'impression de poursuivre un fantôme. Elle était insaisissable, belle, mystérieuse et courageuse. Etait-ce la même Wachiwi dont on retrouvait la trace en France ? Difficile à dire. Plus de deux cents ans après, la piste était ténue. Mais Brigitte était comme un chien qui s'est emparé d'un os... Elle refusait de lâcher son enquête.

La semaine suivante, Jan et elle passèrent les récits des Crows au peigne fin. C'étaient eux aussi des Sioux, bien que fréquemment en guerre avec les Dakotas. A midi, toutes deux déjeunaient dans un restaurant voisin. Elles parlaient sans se lasser des récits que Brigitte découvrait jour après jour. Ils étaient si captivants que la jeune femme tombait peu à peu amoureuse du peuple sioux.

Après plusieurs jours durant lesquels elles ne trouvèrent rien de nouveau, le premier récit fut enfin confirmé.

Cette fois, le conteur chantait les louanges du chef crow Napayshni, qu'il avait connu petit garçon. Il disait que le chef avait deux épouses et une belle esclave, capturée chez les Dakotas. Selon lui, elle était un mauvais génie qui avait ensorcelé leur chef et l'avait attiré dans les bois pour le tuer. Ils ne l'avaient jamais retrouvée. Il pensait qu'elle avait peut-être été enlevée par une autre tribu. Un trappeur leur avait dit qu'un Français l'avait emmenée, mais, à ce moment-là, elle avait disparu depuis longtemps. Le conteur était persuadé que c'était un esprit, non une jeune fille, et qu'elle s'était simplement évaporée après le meurtre.

En lisant cela, Brigitte sut, au plus profond d'elle-même, qu'il s'agissait de son ancêtre. La mention d'un Français renforça sa conviction. Ce Français à l'identité mystérieuse l'avait emmenée dans sa patrie. Wachiwi avait dû être une créature envoûtante et courageuse, devenue par la suite marquise, en Bretagne. C'était l'histoire d'une vie extraordinaire, d'une véritable épopée...

Brigitte s'était acquittée de sa mission. Partant à regret, elle remercia abondamment Jan, puis elle retourna à Sioux Falls et prit un vol avec correspondance pour Boston. Elle se sentait apaisée, comme si une part manquante d'elle-même lui avait été restituée. Wachiwi... La danseuse. Si elle se rendait en France pour fouiller un peu plus dans son histoire familiale, elle en découvrirait peut-être davantage à son propos. Une jeune fille aussi remarquable n'était certainement pas passée inaperçue. Comment n'aurait-on pas parlé de cette jeune Indienne qui avait conquis le cœur d'un marquis et passé le reste de ses jours en France ?

Brigitte se donna pour mission de suivre sa trace.

5

Dans les avions successifs qui la rapprochaient de Boston, Brigitte ne manqua pas de sujets de réflexion. Elle ne s'était absentée que dix jours, mais il lui semblait que sa vie avait été bouleversée à jamais grâce à une jeune Sioux de la tribu des Dakotas. Wachiwi était devenue une obsession. Bien des mystères continuaient de l'entourer. Etait-ce bien la même qui avait épousé un marquis en Bretagne ? Qui était cet homme blanc dont le premier récit parlait ? Et ce Français évoqué dans le second ? Comment était-elle allée du Dakota du Sud jusqu'en France ? Si Brigitte était persuadée qu'il s'agissait d'une seule et même personne, il n'en restait pas moins qu'il lui manquait beaucoup de pièces du puzzle ! Elle avait l'impression d'être comme ces archéologues qui découvrent des fragments d'os de dinosaure et tentent à partir de là de reconstituer son mode de vie et la raison de son décès.

Ce voyage passionnant avait en outre eu le mérite de lui faire oublier ses problèmes et ses échecs. Cependant, la vue de son appartement de Boston la replongea dans la dépression. Les pièces étaient sombres et poussiéreuses. Le ménage n'avait pas été fait depuis deux semaines au moins, car elle avait été trop abattue pour s'en occuper avant son départ. L'étagère de la bibliothèque réservée à Ted fut la première chose qu'elle vit. Il avait oublié de lui réclamer ses livres et elle n'avait pas pensé à les lui rendre. Elle regarda son courrier et ses mails : aucune réponse aux CV qu'elle avait envoyés. Il ne se trouvait personne pour lui offrir un poste ou même un entretien. Comme si cela ne suffisait pas, elle n'avait plus d'homme dans sa vie et, si elle en voulait un, il lui faudrait, selon toute vraisemblance, en rencontrer plusieurs. Comment était-elle censée procéder ? Devait-elle se rendre sur des sites de rendez-vous, sur Internet ? Accepter des rencontres arrangées par des copines ? Fréquenter les bars ? L'idée d'entreprendre de telles démarches, après six ans de liaison, lui mit le moral à zéro.

Sur son répondeur, elle trouva un message de Ted lui faisant ses adieux. Il ne l'avait pas appelée sur son portable mais chez elle, à une heure où il était presque sûr qu'elle serait absente. Une lâcheté de plus. Il lui annonçait la date de son départ : au moment où elle revenait elle-même du Dakota du Sud, il s'envolait de son côté. Il était parti à la poursuite de son rêve. Et elle ? Quel était son rêve ? Un nouveau poste au service des admissions d'une université ? Un livre mortellement ennuyeux à terminer sur le vote des femmes, que personne ne lirait jamais ? Pendant ces dix derniers jours, elle avait été enthousiasmée par ses recherches sur son ancêtre. A peine de retour, elle se sentait accablée. Aussi vide que son existence. Elle ne pouvait pas cependant passer le reste de sa vie à suivre les traces de Wachiwi. La jeune Indienne avait vécu plus de deux siècles auparavant, et bien des mystères qui l'entouraient ne seraient jamais résolus. Pour résumer, elle devait finir la rédaction d'un livre qui ne l'intéressait plus, trouver un emploi dont elle ne voulait pas et chercher à remplacer un homme dont elle commençait à penser qu'elle ne l'avait pas plus aimé qu'il ne l'avait aimée. Déboussolée, elle alla se coucher.

Le lendemain, elle se leva de bonne heure et relut toutes les notes qu'elle avait prises dans le Dakota du Sud et à Salt Lake City pour les mettre en ordre. A midi, la succession des dates et des événements étant parfaitement claire, elle faxa le tout à sa mère.

Marguerite l'appela en fin d'après-midi :

— C'est fantastique, Brigitte ! Je suis certaine que c'est la même femme qui a épousé le marquis.

— Moi aussi, même si rien ne le prouve. Cela me plaît de savoir que nous descendons d'elle. A coup sûr, c'était une fille au caractère bien trempé !

A l'autre bout du fil, Marguerite ne put s'empêcher de sourire. Brigitte semblait en meilleure forme.

— Dis-moi plutôt ce que *ma* fille au caractère bien trempé va faire, maintenant. Tu comptes rester à Boston ou venir t'installer à New York ? C'est peut-être le moment idéal. Et tu gagnerais sans doute plus d'argent.

— Il y a davantage d'universités à Boston, répliqua Brigitte sur un ton raisonnable. Je pense que je vais attendre d'éventuelles réponses et terminer mon livre.

Voilà qui était plus facile à dire qu'à faire. Le lendemain, lorsqu'elle s'assit à sa table de travail, elle eut l'impression d'avoir des pieds de plomb. Après tous les moments excitants qu'elle venait de vivre, elle n'arrivait tout simplement pas à s'intéresser à son sujet. Elle ne se rappelait même plus pourquoi elle avait pensé qu'il était si important de rédiger un ouvrage capital sur le vote des femmes. Dans l'après-midi, elle appela Amy à son bureau.

— Je crois que je suis schizophrène, lui annonça-t-elle.

— Pourquoi ? Tu entends des voix ?

— Pas encore. La seule que j'entends est la mienne et elle m'ennuie à mourir. C'est sûrement l'angoisse de la page blanche. Ou alors ma rupture avec Ted qui m'empêche de me concentrer. Je déteste mon livre.

— C'est seulement un passage à vide. Ça m'arrive aussi, tu sais. Va te promener, nage, joue au tennis, fais du sport, tu te sentiras mieux ensuite.

— Tu sais, je viens de m'amuser en dix jours comme jamais en dix ans !

— Hum... un homme, j'espère ?

— Non, une jeune Sioux que j'ai découverte dans mon arbre généalogique, à Salt Lake City.

Brigitte lui fit alors un résumé de ce qu'elle avait appris sur Wachiwi et sur sa vie mouvementée.

— Tu ne trouves pas ça exaltant, Amy ?

— Très, mais il y a beaucoup de « peut-être » dans ton histoire.

— J'admets que les récits sont un peu vagues, mais son nom apparaît plusieurs fois. Par ailleurs, il est avéré qu'elle s'est mariée avec le marquis dont ma mère descend. En suivant ses traces, je suis tombée amoureuse d'elle. Depuis dix ans, je n'ai rien lu ou découvert d'aussi enthousiasmant. Alors, qu'est-ce que je dois faire maintenant ? Chercher un boulot, un petit ami et finir mon livre auquel je ne crois plus ?

— A mon avis, tu as besoin d'un nouveau projet. Pourquoi ne pas laisser tomber ton livre pour l'instant, et écrire sur un autre sujet ? Pourquoi pas sur cette ancêtre si mystérieuse ? J'ai l'impression qu'elle te passionne bien plus que le droit de vote des femmes.

— C'est certain, mais, si je suis ton conseil, je flanque à la poubelle sept années de ma vie. J'en ai déjà perdu six avec Ted et dix à travailler pour l'université de Boston. Ils m'ont balancée par-dessus bord en l'espace de quelques minutes.

— Parfois, il faut juste lâcher prise. Comme lorsqu'on a fait un mauvais investissement... il y a un moment où, si tu veux réduire les pertes, tu repars de zéro.

— Oui... mais pour faire quoi ?

— Tu trouveras. Je pense que tu as besoin d'un break. Tu devrais peut-être faire un voyage... Un vrai voyage. Pas à Salt Lake City ou dans le Dakota du Sud. Pourquoi pas en Europe ? Va sur le Net, il y a des billets d'avion pas chers.

— Mouais... peut-être... répliqua Brigitte sans conviction. Tu veux qu'on dîne ensemble, ce soir ?

— Je ne peux pas. Je dois rendre un article la semaine prochaine. Mes gosses ont été malades, si bien que je n'ai pas avancé d'un iota. Désolée.

En raccrochant, Brigitte se sentait un peu mieux, quoiqu'elle ne vît toujours pas dans quelle direction orienter sa vie. Nerveuse et contrariée, elle réfléchit à la suggestion d'Amy. Peut-être devrait-elle faire quelque chose de totalement fou, comme se rendre en Europe. C'était sans doute le bon moment. Pourquoi ne pas aller en Bretagne et à Paris, pour y rechercher la trace de Wachiwi ? A minuit, elle avait pris sa décision.

Le lendemain matin, elle trouva sur Internet un vol pour le week-end suivant. Si l'on en croyait les météorologues, mars n'était pas le meilleur mois pour visiter l'Europe, mais elle aurait du moins quelque chose d'amusant à faire.

Dans l'après-midi, elle appela sa mère pour la prévenir. Marguerite fut tout à la fois abasourdie et heureuse de voir que Brigitte était à son tour atteinte du virus de la généalogie, même si, contrairement à elle, sa fille n'attachait aucune importance à son ascendance aristocratique. Seule Wachiwi la fascinait. Comme anthropologue et comme femme, Brigitte n'aurait pu trouver sujet plus intéressant. La jeune Sioux paraissait si vivante dans les écrits qu'elle avait lus sur elle !

Après avoir raccroché, Brigitte plaça sa documentation sur le droit de vote des femmes dans deux cartons, qu'elle glissa sous son bureau. Comme Scarlett O'Hara dans *Autant en emporte le vent,* elle y penserait demain.

Pour l'instant, elle ne se souciait que de Wachiwi.

Le reste pouvait attendre.

6

1784

C'était le printemps et le chef Matoskah, Ours Blanc, avait choisi un emplacement pour le campement, près d'une rivière. Les femmes étaient déjà au travail : elles réparaient les tipis après les rigueurs de l'hiver et faisaient sécher les doublures des vêtements au soleil. Par petits groupes, elles confectionnaient de nouveaux habits pour l'été et l'hiver suivant, tandis que les enfants couraient, riaient et jouaient autour d'elles. La tribu de Matoskah était l'une des plus importantes des Sioux dakotas, et on le considérait comme le chef le plus sage de leur nation. On racontait nombre d'histoires sur sa jeunesse, sa bravoure au combat, ses victoires contre les ennemis et ses prouesses à cheval lorsqu'il chassait le bison. Ses cinq fils, de fiers guerriers, étaient très respectés. Mariés, ils avaient tous des enfants. Deux d'entre eux mèneraient la première chasse au bison de la saison, le lendemain matin.

Ours Blanc était âgé, mais il dirigeait la tribu avec sagesse, force et, s'il le fallait, d'une main de fer. Sa seule faiblesse, lumière et joie de sa vie, était Wachiwi, la fille que lui avait donnée sa seconde épouse. La première était morte de maladie au cours d'un hiver, pendant une guerre contre les Pawnees. En revenant d'une expédition, il l'avait trouvée déjà enveloppée dans une peau de bison et reposant sur la plate-forme mortuaire, sa silhouette immobile recouverte de neige. Il l'avait pleurée longtemps. Elle avait été une bonne épouse et elle lui avait donné cinq fils.

Plusieurs hivers plus tard, Matoskah s'était remarié. Il avait choisi pour femme la plus jolie fille du village, plus jeune que ses fils. Il aurait pu multiplier les épouses, comme tant d'autres hommes, mais il avait toujours préféré se contenter d'une seule. En témoignage de respect, il avait offert au père de sa fiancée vingt de ses meilleurs chevaux. Elle sortait à peine de l'enfance, mais elle était sage, forte et si belle que le cœur de Matoskah chantait chaque fois qu'il l'apercevait. Elle s'appelait Hotah Takwachee, Blanche Biche, et c'était ainsi qu'il la voyait.

Ils vivaient ensemble depuis trois saisons lorsqu'elle avait porté son premier enfant. Au début de l'automne, la mère de la jeune femme était venue pour l'assister durant l'accouchement. A l'aube, le bébé, une fille, était né, beau, éveillé et parfait. Mais sa mère était morte quelques heures plus tard. Matoskah se retrouvait seul, avec un nouveau-né. Les autres femmes du village l'allaitèrent et en prirent soin, mais Wachiwi vécut dans le tipi de son père, qui ne reprit pas d'autre épouse. Il chassait avec ses fils et restait assis auprès d'eux tard dans la nuit, fumant la pipe tout en projetant des attaques contre leurs ennemis, ou encore des chasses. Bien qu'il ne l'admît pas ouvertement, sa fille faisait son bonheur. Il adorait sa compagnie. Il se promenait avec elle dans les bois et il lui apprit lui-même à monter à cheval. Personne n'était plus hardi qu'elle, et elle se révéla meilleure cavalière que la plupart des hommes. Sa virtuosité était bien connue des tribus voisines. Leurs ennemis eux-mêmes avaient entendu parler de cette gracieuse fille de chef, dont la magie s'exerçait sur les chevaux. Matoskah en était fier, et, lorsqu'elle fut en âge d'assister aux différentes cérémonies, on la voyait toujours au côté de son père.

Une fête marqua son accession à l'état de femme. Peu après, un brave très honoré, plus âgé que ses frères, demanda sa main à son père. C'était un guerrier farouche et un excellent chasseur, qui avait déjà deux épouses et plusieurs enfants. A maintes reprises, il joua de la flûte devant leur tipi, mais Wachiwi n'en sortit jamais, lui signifiant ainsi qu'elle n'était pas intéressée. Il déposa devant l'entrée des couvertures, de la nourriture et finalement, en désespoir de cause, il offrit à Matoskah une centaine de chevaux. La proposition devenant officielle, ce dernier devait réagir. Sa fille le supplia de refuser, sous prétexte qu'elle ne voulait pas le quitter. Matoskah ne se rappelait que trop bien comment sa seconde épouse était morte en couches. Il ne put se résoudre à se séparer d'elle, si vite. Il savait qu'elle était trop jolie et pleine de vie pour ne pas se marier un jour, mais il souhaitait la garder auprès de lui encore quelques années avant qu'elle n'endossât les responsabilités d'une épouse. Il n'était pas prêt à la voir partir. A son dix-septième été, elle était la plus âgée des filles non mariées de la tribu. Elle finit cependant par s'intéresser à un jeune brave de son âge. Il ne s'était pas encore distingué à l'occasion d'expéditions guerrières ou de parties de chasse. Il devait encore faire ses preuves. Ce serait chose faite d'ici un an ou deux. Le père de Wachiwi était content. Le garçon ferait un mari très convenable et, en attendant qu'il puisse briguer sa main, sa fille continuerait de vivre à son côté. Quant à

Wachiwi, l'arrangement lui convenait parfaitement. Elle était la petite fille de son père, cajolée et protégée non seulement par lui, mais aussi par ses cinq frères.

Au cours du printemps, il y eut des courses de chevaux et des manifestations de toutes sortes. Etant fille de chef, Wachiwi fut autorisée à y participer. Ses frères, qui pariaient sur ses victoires, étaient ravis chaque fois qu'elle l'emportait. Matoskah l'avait bien formée et eux-mêmes lui avaient transmis leurs propres astuces, si bien qu'elle était quasiment imbattable. Cavalière téméraire, elle filait comme le vent. Quand les courses étaient terminées ou qu'elle chevauchait avec ses frères, elle n'était pas sans remarquer la présence d'Ohitekah. Mais, ainsi que les convenances l'exigeaient, elle ne le regardait pas dans les yeux. De même, Ohitekah la traitait avec grand respect. Malgré sa fougue et son courage, Wachiwi restait mesurée et sage. Son père répétait que, si elle avait été un homme, elle aurait été un grand guerrier. Elle lui témoignait beaucoup d'affection, prenait soin de lui et le servait bien, comme toute fille aimante devait le faire. Elle aimait aussi rire avec ses frères, qui la taquinaient sans répit.

A l'approche de l'été, on organisa des parties de chasse à l'élan et au bison de façon à faire des provisions pour l'hiver. Wachiwi aidait les autres femmes à confectionner des vêtements. Elle avait appris à faire de belles broderies et elle ajoutait à ses vêtements des piquants de porc-épic qui formaient des motifs compliqués. Grâce à son statut particulier, elle avait le droit de porter des vêtements ornés à sa convenance. Elle enjolivait même ses mocassins avec des perles. Souvent, elle teignait les piquants de couleurs vives obtenues grâce à des baies écrasées et malaxées – une technique que peu de femmes maîtrisaient dans la tribu –, avant de les coudre sur ses robes en peau d'élan.

Quand il faisait chaud, il y avait des danses tribales et de longues soirées durant lesquelles les hommes s'asseyaient autour du feu et fumaient la pipe. Des sentinelles veillaient en permanence sur le campement. L'été, les ennemis effectuaient en effet des attaques fréquentes pour voler des chevaux, des fourrures ou même des femmes. Parfois, les tribus se rencontraient pour faire du commerce. Wachiwi eut ainsi une nouvelle couverture et une robe neuve en peau d'élan, qu'un de ses frères avait troquées contre une peau de bison. Il lui avait aussi donné une seconde robe en peau d'élan garnie de fourrure en prévision de l'hiver. Chacun s'accordait à penser que Wachiwi était la fille la plus chanceuse de la tribu, avec cinq frères affectueux et un père qui l'idolâtrait. Rien d'étonnant à ce qu'elle ne fût pas pressée de se marier ! Mais son intérêt pour Ohitekah grandissait et, une nuit, il vint jouer de la flûte devant le wigwam. Wachiwi sortit, lui indiquant clairement que sa cour était la bienvenue. Les yeux baissés vers le sol, elle s'abstint cependant de croiser son regard.

Les parents d'Ohitekah avaient récemment reconstruit leur tipi, ce qui signifiait que la demande en mariage ne tarderait pas et que des cadeaux seraient bientôt déposés devant la tente de Matoskah. Ce serait peut-être lors du changement de saison, ou lorsque la tribu prendrait ses quartiers d'hiver. Ils savaient aussi que leur fils devait auparavant faire ses preuves à la chasse ou sur le champ de bataille. C'était imminent, car les grandes chasses au bison avaient commencé.

Par une chaude journée, Matoskah et ses fils retournaient au camp après une chasse fructueuse. Ohitekah était venu avec eux et avait démontré son habileté. Ce soir, on fêterait l'événement. En selle, ils bavardaient et riaient, quand un jeune garçon accourut. Il leur annonça que des guerriers crows avaient attaqué le village par surprise et qu'ils s'éloignaient déjà au grand galop. Ils avaient volé des chevaux et capturé des femmes, pour la plupart très jeunes, afin de les offrir à leur chef. Sans demander de détails supplémentaires, Matoskah et ses hommes talonnèrent leurs chevaux en direction du camp. La plupart des Crows étaient partis, à l'exception de trois retardataires qui leur décochèrent des flèches. Matoskah ne fut pas touché, mais deux de ses fils furent tués, ainsi qu'Ohitekah, devenu leur frère dans la mort et non par son mariage tant espéré avec Wachiwi. Matoskah et ses trois fils survivants eurent le temps de voir disparaître les Crows. L'un d'eux emportait Wachiwi sur son cheval. Ligotée, le regard fou, elle appelait son père à l'aide. Elle avait compris que ses deux frères et Ohitekah étaient morts ; elle hurlait et se débattait. Même les cavaliers les plus rapides de la tribu ne réussirent pas à les rattraper. Ils les poursuivirent aussi longtemps qu'ils le purent. Lorsqu'ils revinrent dans la nuit, épuisés, ils étaient profondément affligés. Ils avaient failli à leur mission. Les ravisseurs de Wachiwi avaient filé à la vitesse du vent. Matoskah se mit à pleurer comme un enfant. Et comme si un sort lui avait été jeté, on le vit rapetisser à l'œil nu et devenir un vieil homme. Son cœur était brisé. On lui avait pris deux de ses fils et sa fille chérie. Rien ne pourrait le consoler.

Le lendemain, les guerriers cherchèrent le campement des Crows, mais ils étaient déjà loin. Ils appartenaient eux aussi à la nation sioux, mais, entre les Crows et les Dakotas, il y avait une longue histoire de combats et d'attaques. En capturant une fille de chef, les Crows avaient remporté une grande victoire. Matoskah savait trop bien que, même s'ils retrouvaient leurs ennemis, sa fille ne lui serait pas rendue. Wachiwi était partie à jamais. Elle serait sans doute offerte au chef de la tribu, dont elle deviendrait l'épouse ou l'esclave. La vie libre et protégée qu'elle avait connue était derrière elle. Dorénavant, elle appartenait aux Crows. Cette pensée lui était insupportable. Il rentra lentement dans son tipi et fixa la couche sur laquelle elle avait dormi toute sa vie, en face de lui. Ses robes en peau d'élan étaient soigneusement pliées, même la nouvelle, garnie de fourrure. Il s'étendit sur sa natte et ferma les yeux. L'image de Wachiwi se dessina clairement dans son esprit, et il appela la mort de ses vœux. Il espérait que le Grand Esprit ne tarderait pas trop à venir le prendre. Il n'avait plus aucune raison de vivre.

Le jour où Wachiwi disparut, l'esprit de son père mourut en lui.

7

Les Crows qui avaient enlevé Wachiwi chevauchè-
rent sans discontinuer pendant deux jours. En dépit de
ses bras et de ses mains ligotés, Wachiwi se débattit
tant qu'elle put. A un moment, elle se jeta même à bas
du cheval dans des buissons. Après cela, ils lui ligo-
tèrent aussi les jambes, et l'homme qui l'avait prise sur
son cheval la jeta en travers de sa monture devant lui,
comme un trophée. Si elle en avait eu la possibilité,
elle aurait tué ses ravisseurs. D'autres femmes auraient
hurlé de terreur, pas elle. Peu lui importait de mourir
désormais. Elle les avait vus abattre ses deux frères et le
garçon qu'elle aimait. Et si elle ne devait jamais revoir
son père, elle se moquait bien de ce qu'ils lui feraient.
Elle ne pensait qu'à s'échapper. En route, ils s'arrêtèrent pour tuer deux bisons, ce qui leur apparut comme
un signe favorable.

De temps en temps, ils la détachaient pour lui permettre de satisfaire ses besoins naturels. Chaque fois,
elle essaya de s'enfuir et, chaque fois, ils la rattrapèrent
et l'attachèrent de nouveau. Ils riaient de la voir faire
autant d'efforts. Quand elle mordit l'un d'eux, celui-ci
la frappa si fort qu'elle tomba à terre. Ils avaient capturé un chat sauvage et, dans leur dialecte, ils se félici-
taient de rapporter une telle prise à leur chef. A ses

vêtements, ils avaient deviné qu'elle était la fille de Matoskah. Elle portait une robe très douce en peau d'élan, soigneusement brodée et couverte de piquants de porc-épic colorés en bleu. Ses mocassins étaient eux aussi particulièrement raffinés. Et bien qu'elle fût plus âgée que certaines filles de leur campement, sa beauté, sa vigueur et son courage étaient dignes d'admiration. Elle luttait contre eux presque comme un homme. Certains braves l'auraient bien gardée pour leur usage personnel. Leur chef avait déjà deux femmes, la sienne et celle de son frère, qu'il avait épousée par devoir l'année précédente, après la mort de celui-ci au cours d'une chasse. Cette fille sioux était bien plus jeune que les deux compagnes du chef, et mille fois plus belle. Il serait content. Elle avait un corps magnifique, et, bien qu'elle évitât de croiser leurs regards, ils avaient pu constater que ses yeux étaient immenses. Tous avaient remarqué sa bravoure, et, même lorsqu'ils se montrèrent compatissants, elle refusa de se laisser attendrir : l'un des hommes lui présenta de la nourriture, se proposant de la nourrir de ses mains, mais, chaque fois, elle détourna la tête et refusa d'avaler la moindre bouchée. Son visage exprimait la haine ; elle était désespérée à la pensée que son père mourrait de chagrin sans elle.

A la fin du troisième jour, ils atteignirent enfin le village des Crows. Wachiwi remarqua qu'il était plus petit que le sien, mais elle entrevit des scènes familières. Les enfants couraient en tous sens, les femmes bavardaient et cousaient, assises par petits groupes, et les hommes rentraient de la chasse. Même la disposition des tipis ressemblait à la façon dont sa tribu agençait les siens. Le brave qui la portait s'avança jusqu'à la tente du chef, suivi de tous ceux qui avaient participé à l'attaque. Les femmes et les enfants les regardèrent avec intérêt, tandis que le guerrier sautait à bas de sa monture. Il la fit tomber brusquement sur le sol, sans lui manifester le moindre égard. Elle gisait par terre, dans sa robe en peau d'élan, ligotée comme un animal abattu, incapable de bouger. L'un des hommes alla chercher le chef. Ses deux femmes étaient assises près du tipi et cousaient tout en observant la scène. Wachiwi leva les yeux et le vit. Beaucoup plus jeune que son père, il paraissait vigoureux et fier. Il devait avoir sensiblement le même âge que ses frères. Elle entendit l'un des hommes l'appeler Napayshni, ce qui signifiait « courageux » dans la langue de Wachiwi. Leur dialecte était si proche du sien qu'elle pouvait le comprendre.

Les guerriers expliquèrent à Napayshni qu'elle était la fille du chef Matoskah et qu'ils la lui avaient ramenée comme prise de guerre. Ils avaient aussi capturé plusieurs bons chevaux et trois autres femmes. Wachiwi ne les avait pas vues parce qu'elles se trouvaient avec les hommes qui galopaient devant eux. Ils s'étaient séparés en deux groupes en quittant le campement ennemi, et ceux qui emportaient la jeune femme avaient emprunté un itinéraire plus compliqué et plus long. Ils l'avaient bien cachée et personne ne les avait poursuivis. Ils étaient d'ailleurs très fiers de s'être montrés plus malins et plus rapides que les Dakotas, d'autant que la prise était magnifique.

Impassible, Napayshni baissa les yeux vers elle.

— Déliez-la, ordonna-t-il.

L'homme qui l'avait mise en travers de son cheval protesta :

— Elle va s'enfuir. Elle a essayé chaque fois que nous lui avons retiré ses liens. Elle est rapide comme le vent et très intelligente.

Napayshni ne parut pas inquiet.

— Je cours plus vite qu'elle.

Wachiwi resta muette. Ses mains et ses jambes étaient engourdies, lorsqu'on la détacha. Ses cheveux étaient emmêlés par la course et son visage gris de poussière. Sa robe en peau d'élan était déchirée en plusieurs endroits, là où les tendons de bison qu'ils avaient utilisés pour la ligoter avaient frotté. Il lui fallut quelques minutes pour se relever. Gardant difficilement son équilibre, elle épousseta son vêtement et s'efforça de conserver un maintien fier. Elle se détourna pour que ses ravisseurs ne voient pas ses yeux pleins de larmes. La vie qu'elle avait menée jusqu'alors, entourée de ceux qu'elle aimait et qui l'aimaient, appartenait au passé. Dorénavant, elle était une esclave. Elle avait bien l'intention de s'enfuir, mais, auparavant, il lui faudrait se familiariser avec les lieux et s'arranger pour voler un cheval. Ensuite, elle rentrerait chez elle. Rien ni personne ne pourrait la retenir chez les Crows.

Napayshni continuait de l'observer. Il avait compris à sa tenue que, sans nul doute, elle était l'épouse ou la fille d'un chef. Bien qu'elle fût dans un état pitoyable, avec ses cheveux ébouriffés, son visage et ses bras sales, il était facile de voir qu'elle était très belle.

— Comment t'appelles-tu ? demanda le chef.

Elle ignora la question et, au lieu d'adopter le comportement virginal de rigueur dans toutes les tribus, elle leva vers lui des yeux emplis d'une haine sans mélange.

— Tu n'as pas de nom ? s'enquit-il, peu impressionné.

Elle se comportait comme une enfant en colère, mais il savait que, dans sa situation, d'autres jeunes filles auraient été terrifiées. Il admirait son attitude. Peut-être affichait-elle un courage qu'elle n'éprouvait pas, mais cela lui plaisait aussi. Elle ne manquait ni d'énergie ni de cran.

— Tu es la fille d'un grand chef, constata-t-il.

En réalité, il savait exactement qui elle était. L'attaque n'était pas fortuite, en revanche la capture de Wachiwi était le fruit du hasard. En l'apercevant, les braves avaient vu en elle un magnifique cadeau à offrir à leur chef. Napayshni s'était abstenu de tout commentaire, mais il était désolé pour le père de Wachiwi. La perte d'une fille comme elle devait lui causer une grande peine. N'importe qui en aurait été endeuillé. En outre, ses hommes lui avaient rapporté qu'ils avaient tué deux de ses fils, parmi d'autres guerriers. Les Crows venaient de remporter une belle victoire, mais pour les Dakotas, c'était un coup très rude.

— Si tu penses que mon père est un grand chef, pourquoi m'avoir enlevée ? lui demanda Wachiwi.

Elle soutenait fermement son regard, lui montrant qu'elle ne redoutait pas le sort qu'il lui réservait.

— Ce n'était pas prévu. Mes hommes t'ont prise pour t'offrir à moi en cadeau.

Il lui parlait avec douceur, tant elle lui paraissait à peine plus âgée qu'une enfant.

— Alors, renvoie-moi à mon père. Je ne veux pas être ton cadeau.

Elle redressa le menton, les yeux brillants de fureur. Jamais elle n'avait ainsi fixé un homme, hormis son père et ses frères.

— Tu m'appartiens, maintenant, toi-qui-n'as-pas-de-nom. Comment vais-je t'appeler ?

Il avait pris un ton enjoué pour ne pas l'effrayer davantage. Malgré sa réputation de guerrier et de chef farouche, c'était un homme bon, et la situation de Wachiwi l'émouvait. Il avait des enfants lui aussi, et il n'aurait pas aimé qu'une autre tribu lui prît sa fille. Cette seule pensée le fit frissonner.

— Je suis Wachiwi, lui dit-elle avec colère. Je ne veux pas que tu me donnes un nom crow.

— Alors, je t'appellerai par le tien.

Il fit un signe aux deux femmes assises tout près. L'une était jeune et jolie. L'autre, plus âgée, était enceinte et avait été la première à obéir à l'appel de son mari.

— Emmène-la à la rivière pour qu'elle se lave, ordonna-t-il. Elle a besoin de vêtements jusqu'à ce que les siens aient été recousus.

— Elle est notre esclave, maintenant ? demanda la femme avec intérêt.

Ne lui devant pas d'explication, Napayshni ne répondit pas. Il l'avait épousée par obligation envers son frère et il lui avait donné un enfant, ce qui était suffisant. Il ne voulait pas faire de Wachiwi son esclave. Bien au contraire, il souhaitait qu'elle s'habitue à eux et qu'elle perde son hostilité envers lui. Une fois qu'elle se serait intégrée, il la prendrait pour femme. Elle était si belle et si gracieuse, et il aimait le feu qui brillait dans ses yeux. Elle ressemblait à un cheval sauvage qu'il se plairait à dompter. Tout comme elle, il était un cavalier hors pair.

Wachiwi suivit sans un mot la femme enceinte. Celle-ci parlait à l'autre épouse de Napayshni dans le dialecte des Crows, que Wachiwi feignait de ne pas comprendre. Le chef s'était adressé à elle dans sa propre langue. Elles faisaient des commentaires sur les piquants qui ornaient sa robe et se demandaient comment elle obtenait cette couleur. Elles espéraient qu'un jour elle leur montrerait sa technique. La jeune fille se jura de ne jamais faire quoi que ce soit pour elles. Jamais.

Lorsqu'elle fut propre, elles lui donnèrent une robe très quelconque qui ne lui allait pas, puis une couverture dont elle enveloppa son corps. Le soir, elle répara sa robe en peau d'élan du mieux qu'elle put. Certains piquants avaient été cassés. Dès qu'elle l'eut recousue, elle l'enfila... c'était tout ce qui lui restait de son ancienne vie.

Lorsque Napayshni entra dans le tipi, il ne lui adressa pas la parole. Il dormait du côté nord de la tente, comme Ours Blanc. Les femmes et les enfants, au nombre de sept, étaient installés au sud. Le tipi était moins bien tenu que celui de Matoskah, qu'elle nettoyait elle-même. Dans la nuit, deux des enfants ne cessèrent de s'éveiller, et Wachiwi dormit très peu. Etendue sur le dos, elle fixait le ciel par l'ouverture située au-dessus de sa tête, se demandant dans combien de temps elle pourrait tenter de s'échapper. Elle était incapable de penser à autre chose. Avant le coucher, elle avait refusé de manger avec eux, même si, plus tard, elle avait finalement accepté un gâteau à la farine de maïs pour ne pas mourir d'inanition.

Napayshni se leva à l'aube pour superviser le déménagement du camp. Leur village étant moins important que celui de Wachiwi, les Crows se déplaçaient souvent pour suivre les bisons et trouver des prairies où les chevaux pouvaient paître. Wachiwi avait entendu dire qu'une fois le nouveau camp installé les hommes iraient chasser. Elle comptait en profiter pour s'échapper. Elle aurait voulu contacter les trois autres femmes de sa tribu, mais elle n'eut pas l'occasion de les voir avant le départ.

Ce jour-là, ils n'eurent pas à parcourir une grande distance pour trouver des bisons. Ils plantèrent les tipis et les braves partirent en début d'après-midi, bavardant et riant, de fort bonne humeur. Wachiwi se demandait si elle se trouvait très loin du campement de son père. Après son enlèvement, ses ravisseurs avaient mis trois jours pour rejoindre leur tribu. Mais, seule, elle n'aurait pas à faire de détours et elle galoperait à toute allure. Il lui fallait juste un bon cheval et une occasion de s'enfuir.

Tandis qu'elle errait dans le camp, personne ne fit attention à elle. Elle entrevit une femme de sa tribu, mais elle ne put lui parler. Ses compagnes avaient toutes été attribuées à des guerriers, évidemment contre leur gré.

Après le départ des hommes, il restait quelques chevaux, pas les meilleurs. Elle en repéra un qui semblait suffisamment vigoureux pour faire le trajet, moins vif toutefois qu'elle ne l'aurait voulu. S'étant approchée de lui, elle lui flatta l'encolure et inspecta ses jambes avant de le détacher sans bruit. Elle grimpa ensuite sur son dos, puis elle s'étendit et glissa sur le côté, agrippée à la crinière. A l'insu de tous, elle fit sortir sa monture du campement. Lorsqu'elle était enfant, ses frères lui avaient appris à se dissimuler ainsi. Durant des années, elle s'était servie de ce tour pour les abuser, ainsi que son père. Ses frères avaient remporté de nombreux paris grâce à cette ruse.

Quand le cheval galopa dans la plaine en direction des arbres, elle se redressa et accéléra l'allure. L'animal n'était pas aussi rapide que ceux auxquels elle était habituée, mais il allait quand même à un bon train. Soudain, elle perçut un bruit de sabots derrière elle. Le cavalier allait plus vite qu'elle. N'osant pas regarder en arrière, elle poussa farouchement sa monture. Elle avait presque atteint les arbres, lorsqu'un bras puissant la saisit. C'était Napayshni. Sans prononcer un mot, il la fit asseoir devant lui sur son propre cheval. Celui qu'elle montait ralentit, visiblement heureux d'échapper à la main de fer de sa cavalière, et se mit à paître tranquillement. Napayshni mit sa monture au pas. Wachiwi songea que, sur un coursier aussi fringant, elle aurait pu s'échapper.

— Tu montes bien, dit Napayshni.

Jamais il n'avait vu une aussi bonne cavalière. Son père et ses frères avaient fait du bon travail.

— Je croyais que tu étais à la chasse, fit-elle d'une voix tremblante.

Elle se demandait si elle allait être punie, battue ou même tuée. C'était le risque qu'elle avait pris et qu'elle n'hésiterait pas à reprendre.

— J'avais des choses à faire au camp. Les autres sont partis sans moi.

En réalité, il avait fait en sorte qu'elle le croie à la chasse avec ses hommes. Il voulait voir ce qui se passerait. Désormais, il savait.

— Est-ce que tu recommenceras si je quitte le campement ? lui demanda-t-il en baissant les yeux vers elle.

Il la trouvait plus jolie que jamais, avec ses joues rosies par la course. Elle ne répondit pas, mais il connaissait la réponse. Elle tenterait de fuir jusqu'au jour où elle sentirait quelque lien l'unissant à lui, et cela n'arriverait pas avant longtemps. Peut-être pas avant qu'elle porte son enfant, mais il ne comptait pas se presser sur ce plan. Elle lui avait été donnée en cadeau et, maintenant, il voulait qu'elle soit à lui. Son intention n'était pas de la briser, seulement de la dompter. Il avait maté plus d'un animal sauvage, mais jamais une créature aussi farouche et belle que Wachiwi. Cette jeune fille constituait une prise de grande valeur.

Ils firent le trajet du retour en silence. Une corde autour de l'encolure, le cheval emprunté par Wachiwi les suivait d'un sabot léger. Napayshni déposa la jeune Dakota devant son tipi et ses épouses, assises à l'entrée, puis ramena les chevaux dans l'enclos. L'après-midi avait été très instructif pour Napayshni et dans la même mesure frustrant pour Wachiwi.

Cette nuit-là, il la surveilla de près, mais ne dit rien aux autres hommes. Lorsqu'elle fut endormie, il la contempla longuement tout en se demandant combien de temps il lui faudrait pour l'apprivoiser. Le désir qu'elle suscitait en lui ne cessait de croître, mais, s'il se montrait trop empressé, il ne doutait pas qu'elle serait capable de le tuer. Elle n'avait peur de rien. Aucune autre fille n'aurait osé faire ce qu'elle avait fait dans l'après-midi. Il l'avait observée pendant qu'elle se cachait sur le flanc du cheval. Seuls ses meilleurs guerriers avaient ce talent, et ils n'étaient pas nombreux. De surcroît, ils ne possédaient pas son agilité. Cette jeune fille était une sacrée cavalière !

Trois jours plus tard, ils se déplacèrent de nouveau pour suivre les bisons. Les hommes tuèrent un élan et un cerf hémione. La tribu ne manqua pas de viande ce soir-là. Autour des feux de camp, on effectua la Danse du Soleil afin de célébrer les mois d'été et remercier le ciel pour cette bonne chasse.

A l'écart, Wachiwi regardait les hommes danser. Sa tribu pratiquait un rite similaire et elle découvrait que leurs coutumes n'étaient pas très différentes. Mais, tout en les observant, elle ne pensait qu'au moyen de retrouver les siens. Que faisaient ses frères et son père en ce moment ? Et surtout, Ours Blanc se portait-il bien ? Les larmes lui montèrent aux yeux à la pensée de ses deux frères tués, et d'Ohitekah. Reverrait-elle un jour son père ? La fête aurait été l'occasion idéale pour s'échapper, mais de nuit, sur un terrain accidenté, l'entreprise était trop dangereuse. Il était préférable qu'elle attende le moment propice.

Elle s'éloigna du feu de bonne heure. En entrant dans le tipi, elle eut la surprise de trouver l'une des épouses du chef en train de se tordre de douleur. L'autre lui fit comprendre que le bébé arrivait et qu'elle devait leur prêter main-forte. Wachiwi n'avait jamais assisté à un accouchement et n'avait aucune idée de son déroulement.

Elle s'assit et regarda. Une vieille femme était venue aider la future mère. Le spectacle horrifia Wachiwi. Peu de temps après, elle regarda avec étonnement le bébé venir au monde. La vieille femme l'enveloppa étroitement dans une couverture et le posa sur le sein de sa mère, puis elle fit sortir le placenta qu'elle enterra à l'extérieur pendant que Wachiwi et la première épouse faisaient la toilette de la jeune mère.

Quand Napayshni revint de la Danse du Soleil, il avait un nouveau fils. Il l'observa avec un intérêt prudent, hocha la tête et alla se coucher. Etendue sur sa natte, Wachiwi souhaita cette nuit-là que cela ne lui arrive jamais. Elle ne voulait pas d'un homme, et sûrement pas de Napayshni. Pour rien au monde elle ne porterait son enfant. Sachant qu'un jour ou l'autre il la prendrait pour femme, elle était plus que jamais résolue à s'enfuir.

Napayshni continua de l'observer pendant leurs déplacements. Les jours se muèrent en semaines. Un matin, après le départ des hommes pour la chasse, Wachiwi fit une nouvelle tentative. Cette fois, elle avait trouvé une bien meilleure monture. Elle fut poursuivie par un jeune garçon qui gardait les chevaux. Napayshni l'avait prévenu que Wachiwi pourrait essayer de s'échapper. Comme son poursuivant ne parvenait pas à l'arrêter, il lui décocha une flèche qui déchira sa robe et la blessa à l'épaule. Malgré la douleur, la jeune fille refusa de ralentir. Le garçon était un très bon cavalier et presque aussi téméraire qu'elle. En outre, il était mû par le désir de satisfaire son chef.

— Tu ne m'arrêteras pas ! lui cria Wachiwi lorsqu'il fut tout près d'elle.

Le sang suintait à travers son vêtement.

— Je te tuerai si je ne peux pas faire autrement ! Napayshni ne veut pas que tu t'enfuies.

— Alors il faudra qu'il me tue, ou c'est toi qui le feras !

Sur ces mots, elle talonna sa monture. C'était une course à mort. Le garçon la suivit sans faiblir pendant des kilomètres, jusqu'à ce que Wachiwi soit trahie par le destin. Son cheval trébucha et elle s'arrêta de peur qu'il ne se brise une jambe. Les deux montures étaient couvertes d'écume et le garçon la foudroya du regard.

— Tu es folle !

Très abattue, Wachiwi ne prêtait aucune attention au sang qui coulait le long de son bras. La flèche avait taillé la chair.

— Pourquoi veux-tu t'enfuir ? reprit le garçon.

La jeune fille tenta de refouler ses larmes.

— Je veux retourner auprès de mon père. Il est vieux et fragile.

Beaucoup plus jeune qu'elle, le garçon la considérait avec perplexité.

— Napayshni sera bon pour toi. De toute façon, tu devrais déjà être mariée, non ?

Wachiwi envisagea un instant de reprendre la fuite. Mais il était clair que son cheval boiterait avant qu'elle n'atteigne les arbres. Pour la seconde fois, elle devait s'avouer vaincue.

— Je ne veux pas me marier, répliqua-t-elle d'une voix maussade. Tout ce que je souhaite, c'est rentrer chez moi.

— Eh bien c'est impossible, dit le garçon avec un certain réalisme. Je suis désolé de t'avoir blessée, mais Napayshni m'a ordonné de t'arrêter par tous les moyens. Tu as mal ?

Elle ne l'aurait admis pour rien au monde, mais elle souffrait beaucoup.

— Pas du tout, affirma-t-elle avec une indifférence feinte.

Elle rentra au camp sans un mot. Le garçon ramena les montures à l'enclos pendant qu'elle se rendait à la rivière pour baigner son épaule. Commençant à perdre tout espoir de revoir un jour les siens, elle songea qu'elle aurait préféré la mort à son sort actuel. L'espace d'un instant, elle regretta que la flèche du garçon ne l'ait pas transpercée. Sa blessure était assez vilaine et douloureuse. Après l'avoir nettoyée à l'eau froide, elle remit sa robe. Elle se dirigeait vers le tipi, lorsque Napayshni arriva à cheval. Il était satisfait, car ses hommes et lui avaient fait une très bonne chasse. Lorsqu'il l'aperçut, il ne remarqua pas tout d'abord le sang qui maculait sa robe. Au moment où il allait lui adresser quelques mots, elle posa sur lui un regard vide et s'affaissa près des sabots de sa monture, évanouie.

Napayshni sauta à terre et la souleva dans ses bras. Il vit le sang qui perlait à travers la robe en peau d'élan, appela les femmes et ordonna à l'une d'entre elles d'aller chercher l'homme-médecine. Il la déposa sur sa natte, et elle revint lentement à elle avant de perdre connaissance une seconde fois.

Quand le sorcier et une vieille femme entrèrent dans la tente, elle avait repris ses esprits. Les femmes l'avaient dévêtue et Napayshni examinait sa plaie. Il devinait qu'elle avait dû tenter de s'enfuir et que quelque chose avait mal tourné. Pendant que le guérisseur aspergeait la blessure de poudre avant d'appliquer un onguent qui fit presque hurler Wachiwi de douleur, il alla voir le garçon chargé de garder les chevaux cet après-midi-là.

— Est-ce qu'elle a essayé de s'échapper ? lui demanda-t-il.

Son attitude menaçante et son regard farouche firent trembler le garçon.

— Oui. Tu m'avais dit de l'empêcher de s'enfuir par n'importe quel moyen. C'est ce que j'ai fait.

— Je ne t'ai pas dit de la tuer, et c'est un risque que tu as pris en la touchant à l'épaule. Tu aurais pu viser sa jambe.

— Je n'en avais pas le temps. Elle allait tellement vite que j'ai eu du mal à la rattraper.

— Je le sais, confirma Napayshni. Elle file comme le vent. Fais plus attention, une prochaine fois. Que t'a-t-elle dit quand tu l'as ramenée au camp ?

— Que son père lui manque, qu'il est vieux et malade. Je lui ai répondu qu'elle serait mieux ici, auprès de toi.

Le garçon sourit timidement à son chef.

— Merci. Je ne parlerai à personne de ce qui s'est passé, et toi non plus.

Si la tribu apprenait qu'il s'inquiétait tant pour sa captive, on le prendrait pour une femme gâteuse. Wachiwi avait beau être d'une grande beauté, il ne se couvrirait pas de ridicule à cause d'elle.

— Tu visais un oiseau et tu l'as manqué. Tu es un très mauvais tireur, Chapa, tu ne trouves pas ?

Ce serait la version officielle de l'accident. Le garçon était trop intelligent pour contredire son chef. Même si c'était fort humiliant pour lui.

Après cette mise au point, Napayshni retourna dans son tipi. L'homme-médecine et la vieille femme étaient partis. Wachiwi avait avalé la potion qu'ils lui avaient donnée et dormait d'un sommeil de plomb.

Le lendemain matin, la jeune femme avait la tête qui tournait. En se levant, elle constata avec étonnement qu'elle était enveloppée dans une couverture et que sa robe était pliée avec soin auprès d'elle. En voyant le sang qui la maculait, elle se rappela les événements de la veille. Le cœur lourd, elle enfila sa robe, notant au passage que ses mocassins étaient eux aussi tachés.

Napayshni l'aperçut dès qu'elle quitta le tipi. Ce jour-là, il était clair qu'elle n'était pas en état de s'enfuir. Sous l'effet de la puissante potion qu'on lui avait administrée, elle paraissait épuisée, malade et désemparée.

Lorsqu'elle passa près de lui, chancelante et éblouie par le soleil, il lui demanda :

— Comment va ton épaule ?

Tous les hommes se trouvaient dans le campement et les femmes tannaient les peaux ou fumaient la viande. D'ores et déjà, ils avaient engrangé presque tout l'approvisionnement nécessaire pour l'hiver.

Wachiwi souffrait encore, mais elle était trop fière pour l'admettre.

— Ça va, dit-elle sur un ton peu convaincant.

— Chapa est un mauvais tireur. Il visait un oiseau, mais c'est toi qu'il a touchée.

— C'est faux ! Tu lui as dit de m'arrêter par n'importe quel moyen. Il t'a obéi.

— Combien de fois comptes-tu recommencer, Wachiwi ? Cette fois, tu as été blessée, mais tu aurais pu tomber de cheval et te tuer.

— Ou être exécutée par l'un de tes hommes, répliquat-elle brutalement. Je préférerais être morte plutôt que de rester ici.

C'était la vérité.

— Tu es si malheureuse parmi nous ?

Il semblait sincèrement désolé. En vérité, il avait été bon envers elle. Il aurait pu la faire sienne dès la première nuit. Mais il souhaitait qu'elle s'habitue à lui. Malheureusement, elle ne s'était pas adoucie à son égard. Et si elle ne renonçait pas à ses tentatives d'évasion, un jour ou l'autre, quelqu'un la tuerait d'une flèche ou la blesserait grièvement. Il désirait la protéger. Ce qui était arrivé la veille était déjà suffisamment grave.

— Tu as tué mes frères, lui dit-elle sur un ton farouche.

Et aussi Ohitekah, mais elle ne prononça pas son nom.

— C'est arrivé pendant l'expédition.

Il ne pouvait plus rien y changer.

— Ne pouvons-nous essayer d'être amis ? suggérat-il.

Il pensait que, si elle parvenait à voir en lui un ami, le reste viendrait tout seul et elle l'accepterait pour mari. Elle n'était pas la première à avoir été enlevée au cours d'une attaque. Les trois autres captives de sa tribu avaient accepté leur condition. Wachiwi les avait aperçues avec les braves auxquels elles appartenaient, dans leurs nouvelles familles. Elles paraissaient malheureuses.

Wachiwi aurait voulu leur parler, mais les femmes plus âgées qui les traitaient en esclaves ne l'avaient pas permis.

Napayshni se proposait de lui offrir une vie bien meilleure.

— Tu es mon ennemi, pas mon ami.

— Je veux faire de toi mon épouse, dit-il doucement.

Il était un grand chef, pourtant il s'humiliait devant une jeune fille, ce qui n'était pas dans l'ordre des choses. Dans d'autres tribus et des circonstances différentes, sa demande aurait honoré Wachiwi. Mais, tout comme elle avait repoussé les avances de l'homme qui avait offert cent chevaux à son père en échange de sa main, elle ne voulait pas se marier avec Napayshni, responsable de son malheur. Pour rien au monde elle ne lui pardonnerait.

— Je ne serai pas ta femme, affirma-t-elle avec force. Il te faudra me mettre le couteau sous la gorge si tu veux me prendre.

— Je n'en ai pas l'intention. Je veux que tu viennes à moi de ton propre gré.

Wachiwi lui lança un regard furieux, mais les propos de Napayshni adoucirent sa rancœur. Il faisait preuve de sollicitude, ne lui donnait pas d'ordre et il n'utilisait pas la force. Napayshni était un homme juste, qui la traitait avec respect bien qu'elle ne le lui rendît pas.

— Je ne te contraindrai pas, Wachiwi, continua-t-il. Je ne veux pas que tu deviennes mon épouse de cette façon. Sois à moi quand tu seras prête, pas avant. Lorsque tu le désireras, nous nous marierons. Tu ne seras pas mon esclave. Tu peux te promener à ta guise dans le camp, faire ce que tu veux. Mais si tu tentes encore de fuir, je serai obligé de t'attacher.

Il ne souhaitait pas manquer de respect à la fille d'un chef aussi important qu'Ours Blanc.

— Tiens-toi à l'écart des chevaux, reprit-il, mais en dehors de cela, tu peux aller où tu le souhaites... à pied.

Voyant qu'elle ne répondait pas, il s'éloigna. La proposition de Napayshni était plus qu'honnête, mais elle n'était pas prête à faire la paix avec lui. Elle ne le serait jamais, se jura-t-elle.

Les Crows avaient établi leur campement pour l'été. Il faisait chaud et ils ne se déplaceraient pas avant plusieurs semaines. Ils avaient suffisamment de travail avec le gibier qu'ils avaient tué. Les femmes cousaient pendant que les hommes tannaient les peaux, fumaient la viande et préparaient les fourrures qu'ils allaient troquer. Les chevaux ne manquaient pas de bons pâturages et le coin fourmillait de bisons, s'il leur en fallait davantage. Avec la chaleur, tout le monde était soulagé de ne pas avoir à lever le camp tous les deux ou trois jours. L'épaule de Wachiwi était guérie. Elle n'oubliait pas son projet, mais, pour l'instant, la présence constante de nombreux guerriers lui interdisait d'approcher les chevaux. Il ne lui restait qu'à suivre le conseil de Napayshni et se promener à sa guise, à pied.

Elle n'avait pas d'enfants, pas de mari, et on ne lui avait attribué aucune tâche particulière. Elle était considérée comme une invitée. Le chef avait même ordonné à ses deux épouses de laver ses vêtements. Au début, elles avaient un peu rechigné, mais, maintenant, elles obéissaient et traitaient la jeune fille comme une enfant supplémentaire. En dehors du fait qu'elle était prisonnière, elle menait une vie facile. Comme si elle avait été un cheval, Napayshni utilisait une nouvelle tactique pour l'apprivoiser. Il l'ignorait complètement, tout en espérant qu'un jour elle viendrait à lui. Jusque-là, cette stratégie n'avait pas été payante, mais elle semblait moins belliqueuse qu'avant. Elle jouait avec les enfants et, parfois, elle s'asseyait avec les femmes pendant quelques minutes. Puis elle se remit à broder. Elle apprit même à deux jeunes filles comment teindre les piquants de porc-épic. Après avoir trouvé les baies adéquates, elles obtinrent le même bleu saisissant, ce qui les enchanta. Bien qu'il ne fît aucun commentaire, Napayshni était content de voir que Wachiwi paraissait apaisée.

Ils étaient installés depuis une semaine, lorsqu'elle décida de faire une longue promenade en direction du lac dont elle avait entendu parler au camp. Napayshni la laissait libre de ses mouvements. Ils étaient bien trop éloignés de sa tribu pour qu'elle envisage de faire le chemin à pied. Le lieu était totalement désert. Elle était seule dans l'endroit le plus magnifique qu'elle eût jamais vu. L'eau tombait en cascade depuis une colline au pied de laquelle s'étendait une étendue d'eau tranquille, remplie de poissons et bordée par une petite plage de sable. Regardant autour d'elle, elle s'assura qu'il n'y avait personne avant d'ôter sa robe et ses mocassins pour se baigner nue. Ses frères lui avaient appris à nager comme un poisson.

Elle ne se rappelait pas avoir vécu un après-midi aussi parfait depuis des années. Elle avait caché ses vêtements au cas où l'un des hommes de la tribu viendrait au lac. Mais, au camp, tout le monde était très occupé et la distance était trop importante pour les femmes et les enfants. Wachiwi avait l'impression de se trouver dans un paradis sacré. Pour la première fois depuis son enlèvement, elle retrouvait le sourire. Pendant tout le reste de la journée, elle resta étendue au soleil ou nagea.

Napayshni la vit rentrer au camp en chantonnant. Avec ses longs cheveux dans le dos, elle paraissait heureuse, insouciante et jeune. Son cœur se gonfla de joie lorsqu'il remarqua cette expression sereine et détendue. Il souhaitait avoir un enfant d'elle, mais il ne lui en parlait pas. Il ne voulait pas l'effrayer.

Pendant le repas, il lui demanda pourtant ce qu'elle avait fait dans la journée.

— Je suis allée au lac, dit-elle tranquillement.

— A pied ? C'est très loin, remarqua-t-il, impressionné.

Il le savait par certains de ses hommes, qui s'y étaient rendus à cheval.

— C'est un endroit magnifique, répondit-elle.

Elle semblait paisible. Napayshni hocha la tête, puis il se détourna. Elle était son magnifique cheval sauvage. Il ne l'avait pas encore domptée, mais il savait maintenant qu'il y parviendrait. Le moment approchait. Il pouvait le voir dans ses yeux.

8

Wachiwi faisait le parcours jusqu'au lac chaque jour. Avec la chaleur, la marche lui semblait longue et elle avait usé la semelle de ses mocassins, mais son paradis en valait la peine. Souvent, elle partait le matin pour ne rentrer qu'à l'heure du dîner. Elle passait au bord de l'eau des moments à la fois paisibles et idylliques. Cet endroit lui rappelait un autre lac dans lequel elle s'était baignée avec ses frères. Un matin, juste pour vérifier si elle en était encore capable, elle plongea et attrapa un poisson avec ses mains nues. En ressortant, elle éclata de rire avant de le relâcher. Elle adorait ces instants, tellement certaine d'être seule qu'elle passait des heures entières étendue au soleil dans le plus simple appareil. Elle nageait, cueillait des baies et se promenait sous le chaud soleil. Elle se sentait une âme d'enfant en ce lieu désert et sûr. Elle aurait voulu que ce bonheur ne cesse jamais, mais elle savait que, dans quelques semaines, les Crows se déplaceraient pour établir leur campement d'hiver. Elle comptait en profiter pour tenter une nouvelle fois de s'échapper, mais, pour l'instant, elle n'avait aucun souci ou projet en tête.

Napayshni aimait ce qu'il voyait dans ses yeux. Elle semblait plus exubérante, plus chaleureuse et plus amicale, parfois même envers lui, lorsqu'elle oubliait de lui manifester son indifférence ou sa colère. Le cœur de Napayshni se réjouissait. Son souhait le plus cher était de la faire sienne avant que la tribu lève le camp. Sa patience commençait à porter ses fruits, il le sentait à la façon dont elle lui racontait ses baignades au lac. Il avait envisagé de lui donner un cheval, pour qu'elle puisse s'y rendre plus facilement, mais il ne voulait pas la tenter. Dès qu'elle serait à lui et qu'elle porterait son enfant, il savait qu'elle renoncerait à s'enfuir. Mais on n'en était pas encore là. Il devait d'abord faire d'elle son épouse. Cette pensée l'obsédait chaque jour davantage.

Ignorant cette passion et la profondeur des sentiments de Napayshni, Wachiwi se rendait au lac d'un pas léger. Napayshni lui avait fait un beau cadeau en la déchargeant de toute corvée. Elle rêvait toujours de sa famille, de son village et de ses frères, mais elle pensait aussi aux deux femmes avec qui elle vivait, et qui devaient toutes deux accoucher au printemps suivant. Elle pensait aussi à Napayshni. Malgré elle, elle devait admettre que c'était un homme juste. Il était bon avec ses hommes et ses épouses, gentil avec ses enfants et bienveillant envers elle. Si la situation avait été différente, elle l'aurait apprécié et elle aurait même pu accepter de l'épouser. Pourtant, elle était plus décidée que jamais à s'enfuir.

Par un après-midi particulièrement étouffant, après avoir longuement nagé, elle avait sombré dans un profond sommeil. Les enfants de Napayshni les avaient réveillés en pleine nuit dans le tipi, et elle était fatiguée. Elle était en train de rêver de son père, lorsqu'elle entendit un bruit. Elle crut que c'était un oiseau qui s'agitait dans le feuillage tout proche. Ouvrant les yeux, elle regarda autour d'elle. Ne remarquant rien, elle s'assit sur le sable chaud. C'est alors que, pour la première fois de sa vie, elle vit un homme à la peau blanche. Vêtu d'un pantalon en peau de daim et d'une chemise ouverte sur sa poitrine, il la fixait avec une incrédulité mêlée d'effroi. A présent, elle entendait son cheval, attaché tout près. Comme elle n'avait jamais vu d'être humain comme lui, elle ne savait pas qui ou ce qu'il était. Elle se rappela alors les propos de son père, au sujet d'esprits blancs venus de très loin, mystérieux. Elle comprit immédiatement qu'elle était en présence d'un de ces esprits. Etait-il bienveillant ou malfaisant ? Elle ne savait pas ce qu'il ferait si elle esquissait un mouvement, aussi resta-t-elle immobile et nue devant lui. De son côté, l'homme paraissait tout aussi indécis. Si elle était accompagnée par des guerriers, ils découvriraient sa présence en venant la chercher.

Afin de la rassurer, il leva les deux mains pour lui faire comprendre qu'il ne lui voulait aucun mal. Wachiwi reconnut le signe de paix des Iroquois ou des Hurons.

En fait, il avait voyagé pendant deux ans avec ces derniers. Il était venu seul dans l'Ouest, avait parcouru et exploré le pays, faisant des croquis chaque fois qu'il voyait quelque chose d'intéressant. Il avait tracé quelques cartes qui pourraient servir à d'autres voyageurs, mais il voulait surtout découvrir le Nouveau Monde. En tant que fils cadet, rien ne le retenait chez lui, même si son frère aîné l'adorait. Poursuivant son rêve, il avait donc quitté la France pour gagner les Amériques. Lorsqu'il était arrivé, cinq ans auparavant, il avait brièvement séjourné à La Nouvelle-Orléans chez ses cousins. Depuis, il ne cessait de s'émerveiller devant les territoires vierges, les Indiens et la pure splendeur de tout ce qu'il lui était donné de contempler. Jusque-là, il n'avait pas rencontré de difficultés majeures. En revanche, il avait échappé à la mort en plusieurs occasions. Une fois, les Pawnees avaient exterminé en son absence la tribu qui l'hébergeait. Il était arrivé quelques heures plus tard. Une autre fois, le fort où il se trouvait plusieurs jours auparavant avait été incendié et tous ses occupants massacrés. En dehors de ces tristes circonstances, la découverte des forêts, des grandes plaines et des rivières lui avait procuré un immense bonheur. Ce jour-là, il pensait ne trouver personne près de ce lac, et voilà qu'une jeune fille nue le fixait sans bouger. Elle était visiblement indienne, mais, sans ses vêtements, il n'aurait su dire à quelle tribu elle appartenait et si cette dernière était en paix ou en guerre. Les guerriers de son campement pouvaient être tout près. Ils n'apprécieraient pas qu'il ait vu l'une de leurs épouses ou de leurs filles dans le plus simple appareil. Ils le tueraient sur-le-champ. Il savait qu'ils étaient tous les deux en grand danger. Montrant ses propres vêtements, il la désigna ensuite du doigt. Elle hocha la tête et courut vers les buissons. Un instant plus tard, elle émergea des feuillages, telle une biche, vêtue de sa robe et de ses mocassins en peau d'élan. Le plus étrange était qu'elle ne paraissait pas vraiment effrayée, plutôt intriguée et un peu troublée, comme si elle n'avait jamais vu d'homme blanc. Maintenant qu'elle était habillée, il comprit qu'elle devait appartenir à la nation sioux et, à sa robe brodée et ornée, il devina qu'elle était la fille ou l'épouse d'un chef.

De nouveau, il lui fit signe qu'il n'avait pas d'intentions malveillantes et ne tenta pas de l'approcher. Il aurait voulu savoir si elle était accompagnée. Regardant autour de lui comme s'il cherchait quelqu'un, il posa ensuite sur elle des yeux interrogateurs. Wachiwi comprit la question et secoua négativement la tête, tout en se demandant s'il était bien sage de lui faire savoir qu'elle était seule. Elle portait un petit couteau à sa ceinture, mais il lui servait à couper les baies et les lianes. Elle ne l'avait jamais utilisé pour blesser un homme. Celui-ci ne paraissait pas menaçant, plutôt surpris et effrayé, ce qui la fit sourire. Elle lui adressa quelques mots en sioux. Pointant le doigt dans la direction du campement, elle joignit ses mains pour former un tipi. Il hocha la tête, ravi d'apprendre qu'il pourrait le contourner grâce à cette information. Ensuite, elle s'éloigna, curieuse de voir s'il tenterait de l'en empêcher. Mais il la regarda partir sans la suivre.

Wachiwi rejoignit le sentier qu'elle empruntait chaque jour. Elle se retourna plusieurs fois et constata qu'il était resté au même endroit. Les yeux rivés sur elle, il n'avait pas bougé d'un pouce. Quand elle se retourna une dernière fois, il avait disparu. Le premier esprit blanc qu'elle avait rencontré s'était évaporé. Elle ne l'avait pas entendu s'enfoncer dans la forêt ni détacher son cheval.

Une heure plus tard, lorsqu'elle arriva au camp, tout le monde était occupé. Rejoignant son tipi, elle joua avec les enfants. Quand Napayshni rentra après avoir tanné des peaux de bison, elle était en train de s'amuser avec son fils et le faisait rire aux éclats. Il pensa qu'il n'existait pas de spectacle plus réjouissant. Il espérait que le prochain enfant qu'elle tiendrait dans ses bras serait le leur.

Wachiwi ne parla à personne de sa rencontre au lac. Elle savait instinctivement que cette révélation aurait mis l'homme blanc en danger, et peut-être même elle aussi. Le lendemain, l'inconnu ne vint pas. En revanche, le jour suivant, il se montra alors qu'elle était en train de nager. Il portait le même pantalon en peau de daim et des bottes. Ses cheveux longs étaient aussi noirs que les siens et plaqués en arrière. Après lui avoir adressé son bizarre signe de paix, il vint au bord de l'eau. Quand il lui sourit, tout son visage s'éclaira. Il l'avait observée un moment pour s'assurer qu'elle était seule. Il savait qu'en revenant il faisait preuve d'une témérité qui frisait la stupidité, mais il n'avait pas pu s'en empêcher. Il voulait la revoir et en apprendre davantage à son sujet, si c'était possible. Il avait passé cinq ans en Amérique, à découvrir la nature, à se mesurer à l'inconnu et à devenir un homme. Il était maintenant fasciné par cette jeune femme belle à couper le souffle, qui lui semblait une déesse. Il sentait que leur rencontre n'était pas seulement le fruit du hasard. Il devinait qu'elle venait souvent dans cet endroit, peut-être même chaque jour. Il aurait aimé faire son portrait, saisir cet esprit libre, et sa grâce lorsqu'elle nageait.

Après avoir observé le camp des Crows de loin, il avait fait un détour et établi son propre campement loin de là, au fond d'une grotte située dans la forêt. Au fil du temps, il avait appris à connaître les bois et se débrouillait fort bien. Apparemment, les Crows ne préparaient pas une expédition guerrière. Grâce à son télescope, il avait pu constater que tous les membres de la tribu semblaient occupés. C'était la fin de l'été et il présumait qu'ils se préparaient pour l'hiver. Il se demandait si la jeune Indienne s'était esquivée pour éviter les corvées. Elle paraissait assez jeune pour se conduire ainsi et, si elle était la fille du chef, c'était peut-être l'un de ses privilèges. Il y avait tant de choses qu'il aurait voulu lui demander ! tant de choses qu'il aurait voulu savoir à son sujet !

Comme la première fois, elle nageait nue. Le jeune homme se concentra sur son visage, évitant de regarder les parties de son corps qui émergeaient de temps à autre. Enfin, elle se redressa, de l'eau jusqu'à la taille. Immobiles, ils échangèrent un regard. Souriante, elle plongea de nouveau. Elle le taquinait, telle une nymphe. L'espace d'un instant, il put croire qu'elle était née de son imagination. Aucune naïade n'aurait pu être plus jolie et son expression innocente le subjuguait. Il décida de se présenter, même si cela semblait assez absurde en ce lieu.

— Jean de Margerac, dit-il en se désignant lui-même avant de s'incliner.

Elle parut troublée, comme si elle ne comprenait pas ce qu'il disait. Il répéta son nom, l'accompagnant du même geste. Cette fois, elle sembla saisir le message.

Posant la main sur sa poitrine, elle prononça doucement :

— Wachiwi.

Il ne connaissait pas suffisamment les tribus locales pour déterminer à laquelle elle appartenait. Il se rendit compte qu'elle ne parlait ni l'anglais ni le français. Depuis son arrivée dans le Nouveau Monde, lui-même avait appris l'anglais et se débrouillait aussi en iroquois et en huron, mais la jeune fille ne semblait pas comprendre ces dialectes. Ces peuples habitaient de fait à l'est, bien loin de là. Pour l'instant, il en était donc réduit à communiquer par des gestes et des mimiques.

Il y avait en cette jeune fille une noblesse qui était sans nul doute la marque d'un haut rang. Ils avaient au moins cela en commun.

Wachiwi lui adressait des signes. Elle semblait lui demander d'où il venait. Pointant le ciel du doigt, puis

117

la forêt, elle posait sur lui un regard interrogateur. A son tour, il désigna les bois, mimant un cheval au galop et s'efforçant de lui faire comprendre qu'il avait voyagé pendant des jours et des jours. Il aurait été trop difficile de lui expliquer qu'en France il s'était senti confiné dans un monde trop étroit et qu'il avait franchi un océan, avec la bénédiction de son frère Tristan, qu'il venait de Bretagne et qu'il était comte. Le fait que son frère soit marquis et possède un immense domaine n'aurait en outre rien signifié pour elle. Pour le moment, le passé ou l'avenir importaient peu. Seul le présent avait un parfum enivrant.

Il se déchaussa et se mit à patauger dans l'eau avec elle. Il se sentait un peu déraisonnable, sans ses bottes et sans armes... Si l'un des braves survenait, il le tuerait. Comme elle, il avait un couteau à la ceinture afin de se frayer un chemin dans les bois, mais il n'aurait pas voulu engager un combat au corps à corps avec un guerrier de son campement. Pour ne pas effrayer Wachiwi, il avait laissé son fusil attaché à la selle. On aurait dit deux enfants prenant un risque énorme pour se rencontrer en un lieu interdit. A son expression, il devinait que la jeune Indienne le savait aussi. Dans cette situation, la plupart des femmes auraient pris leurs jambes à leur cou en hurlant. Pourtant, elle nageait nue à quelques mètres de lui. Il n'y avait néanmoins rien de provocant en elle. Il ne décelait aucune coquetterie dans ses yeux, juste de l'innocence, de la curiosité et une attitude amicale. C'était une fille singulière. Jean avait le sentiment qu'elle se savait en sécurité avec lui, ce qui ne l'empêchait pas, pensa-t-il, d'être très imprudente ou très courageuse.

Il se retourna pendant qu'elle se rhabillait, puis ils s'assirent sur une souche d'arbre, tentant d'échanger quelques bribes d'informations. Lorsqu'il lui demanda si elle avait des enfants, elle secoua la tête. Il devina alors qu'elle n'était pas mariée, bien qu'elle semblât en âge de l'être. Peut-être était-elle la fille préférée d'un chef qui ne parvenait pas à se séparer d'elle. Elle lui expliqua par gestes qu'elle avait été enlevée et emmenée très loin de chez elle, au terme d'une course qui avait duré plusieurs jours. Elle lui montra les cicatrices, là où les liens avaient mordu dans sa chair. Elle pointa ensuite le doigt en direction du campement. Apparemment, elle était prisonnière, ce qui n'avait aucun sens pour Jean puisqu'elle se rendait seule au lac. Il alla chercher dans ses sacoches ses dessins et ses croquis représentant des lacs, des forêts et quelques représentants des peuples qu'il avait croisés. Ils étaient tous de grande qualité et elle hocha la tête. Il sortit ensuite une carte, mais elle n'eut pas l'air d'en saisir l'utilité.

Issus de deux mondes totalement différents et curieux l'un de l'autre, ils avaient réussi à nouer des liens. Après son départ, Jean resta un moment pour réaliser un dessin de la cascade qu'il souhaitait lui offrir le lendemain.

Le jour suivant, il revint, mais pas Wachiwi. Les deux femmes de Napayshni étaient tombées malades après avoir mangé des baies, et la jeune fille était restée au camp pour s'occuper des enfants.

Deux jours plus tard, c'est Wachiwi qui ne trouva pas Jean au lac. Déçue, elle se demanda si elle le reverrait ou s'il était reparti pour son pays. Elle savait qu'il n'avait pas croisé le chemin de guerriers crows, car elle en aurait entendu parler : ils auraient rapporté son scalp au village et l'auraient offert au chef. L'homme blanc s'était évanoui dans la nature comme il était apparu. Elle avait le sentiment qu'il s'agissait d'un bon esprit. Bien loin de lui faire du mal, il s'était montré bienveillant et amical.

Ce soir-là, en rentrant au village, elle était silencieuse. Les hommes célébraient une nouvelle chasse fructueuse et certains faisaient beaucoup de bruit. Napayshni avait bu plus que de coutume. Le cœur en fête, il tenta de la rejoindre dans son lit. Elle sentit sa présence tout près d'elle. Se forçant à l'ignorer, elle feignit de dormir, si bien qu'il regagna sa propre couche. Auparavant, il avait caressé avec douceur son visage et son cou, espérant la réveiller. Mais elle n'était pas prête à se donner à lui et elle pensait qu'elle ne le serait jamais. Récemment, elle avait senti que la passion de Napayshni pour elle grandissait, lui rappelant qu'elle devait fuir. Jusquelà, il s'était montré patient, mais elle devinait que cela ne durerait pas toujours. Par d'autres femmes, elle savait ce que les hommes faisaient et, qu'elle le veuille ou non, elle lui appartenait. Il pouvait user d'elle à son gré. L'hiver serait long si elle devait dormir dans la même tente que lui, d'autant qu'au milieu de la saison les grossesses de ses deux épouses seraient bien avancées. Il était clair qu'il se tournerait vers elle pour satisfaire ses besoins. Il voudrait qu'elle porte son enfant, elle aussi. Pour un chef, une progéniture nombreuse était une marque de virilité, une preuve d'importance.

Dans le village, on parlait de lever le camp. Ils étaient restés longtemps en cet endroit, au grand plaisir de Wachiwi, qui avait beaucoup apprécié les moments passés au bord du lac. Elle y avait goûté une solitude précieuse.

La veille du départ, elle y retourna une dernière fois. Comme d'habitude, elle s'y rendit d'un bon pas pour avoir le temps de profiter de son paradis secret.

L'automne approchait. Il faisait cependant encore assez chaud et elle se baigna un court moment. Elle se rhabillait tout en pensant à Jean, lorsqu'il apparut brusquement. Etait-il un esprit ou non ? elle n'aurait su le dire. Ils ne s'étaient pas revus depuis au moins une semaine. Toujours par gestes, il lui expliqua qu'il était parti loin, puis revenu. Il ne pouvait pas l'exprimer, mais il avait espéré la revoir au moins une fois avant de quitter la région. Il en ressentait la nécessité. Il lui montra un dessin de la cascade qui lui plut beaucoup. Elle le lui rendit, parce qu'elle ne pouvait pas le rapporter au camp. Le portrait qu'il avait fait d'elle la toucha encore plus. Elle eut un large sourire.

Ils s'assirent sur leur souche d'arbre favorite. Elle cueillit des baies et lui en offrit. Comme deux enfants, ils profitaient du moment présent, lorsqu'ils entendirent un bruit... Un bruissement de feuillages. C'est alors que Napayshni surgit dans la clairière, l'air aussi étonné qu'eux. L'espace d'un instant, personne ne réagit, mais deux secondes plus tard Napayshni se jetait sur Jean sans un mot. Wachiwi ne s'était pas doutée qu'elle était suivie, et elle ne savait pas si le chef était seul. En réalité, il s'était lassé d'attendre et avait décidé de consommer leur union dans ce lieu qu'elle aimait tant. Terrifiée, la jeune fille vit les deux hommes dans une étreinte mortelle. Le visage rouge, ils poussaient des grognements, les mains serrées autour de la gorge de l'adversaire. Impuissante, elle les regardait, craignant d'intervenir. Au moment où le chef indien semblait l'emporter, Jean relâcha son emprise et porta la main à son couteau. D'un mouvement rapide, il transperça le corps de son ennemi. Napayshni fixa Wachiwi avec ahurissement, puis il émit un gargouillis quand le sang remplit sa gorge, avant de s'affaisser lentement sur le sol. Choqué, Jean tâchait de reprendre son souffle. Le chef crow gisait sur le sol, les yeux ouverts, une plaie béante à la poitrine, mort.

Terrorisé, le Français le fixait, ne sachant que faire.

— Oh, mon Dieu !

Plus rapide que lui, Wachiwi saisit l'une des jambes de Napayshni, lui fit signe de prendre l'autre et ils entreprirent de traîner le corps dans un fourré. Ce n'était pas une façon d'enterrer un homme de son rang, mais il n'y avait pas le choix. Ils devaient fuir. Quelqu'un savait peut-être où Napayshni s'était rendu, et ils n'avaient pas un instant à perdre. En se liant d'amitié, l'homme blanc et la jeune Indienne avaient joué avec le feu.

Lorsqu'ils tirèrent le corps jusqu'aux buissons, Jean put constater que Wachiwi était vigoureuse. Les feuillages étaient si épais que les Crows ne retrouveraient pas leur chef avant un certain temps. La jeune femme se désigna du doigt, puis Jean, avant de montrer le cheval. Elle lui signifiait qu'il devait l'emmener, ce qu'il comptait faire de toute façon. Après avoir rapidement nettoyé son couteau dans l'eau, il le glissa à sa ceinture. Ils coururent ensuite sans bruit vers le cheval. Wachiwi sauta à califourchon devant la selle, comme si elle avait fait cela toute sa vie. Jean s'assit derrière elle et lui entoura la taille d'un bras avant de prendre les rênes. Quelques secondes plus tard, ils s'éloignaient au triple galop.

Elle attira l'attention de Jean sur des clairières et des sentiers qu'il n'aurait jamais vus sans elle. Il comprit qu'elle avait passé sa vie à cheval. Ils savaient tous les deux qu'ils devaient s'éloigner le plus vite possible, et elle ne cessait de presser leur monture. Dès qu'ils remarqueraient l'absence de Napayshni, si ce n'était déjà le cas, ses hommes partiraient à sa recherche. Jean avait compris qu'il était le chef. Ce qu'il ne s'expliquait pas, c'était l'absence d'émotion de Wachiwi devant son cadavre. Elle paraissait même soulagée. Mais ce n'était pas le moment de l'interroger, car la jeune fille se concentrait sur le chemin qu'ils devaient emprunter à travers la forêt. Ils galopèrent jusqu'à la tombée de la nuit. Le cheval était épuisé et Jean priait le ciel pour qu'il ne se blesse pas dans les bois. Ils avaient encore une longue route à parcourir en direction du nord-est. Lorsqu'elle aperçut une grotte, Wachiwi lui permit finalement de s'arrêter. Ils y pénétrèrent après avoir attaché leur monture à un arbre. Cette fois, Jean prit son arme avec lui. Ni l'un ni l'autre ne savaient exactement où ils se trouvaient, cependant Jean en avait une vague idée. Il voulait gagner la cabane d'un trappeur chez qui il avait passé plusieurs jours lorsqu'il se dirigeait vers l'ouest. C'était un Français dont il avait fait la connaissance au Canada plusieurs années auparavant. Jean ne le mettrait pas en danger, car lorsqu'ils parviendraient à destination ils seraient bien loin des Crows.

Alors qu'ils s'éloignaient du lac, Wachiwi avait envisagé un instant de rejoindre le campement de son père, mais elle avait bien vite compris qu'en agissant ainsi elle mettrait son peuple en danger. Peut-être même déclencherait-elle une guerre entre les deux tribus. Quand ils découvriraient le corps de Napayshni et pas le sien, ses hommes en déduiraient sans doute qu'elle l'avait tué avant de s'enfuir. Et s'ils la retrouvaient dans son village, ils en auraient la certitude et se vengeraient cruellement. Elle devait rester éloignée de son père. Peut-être les Crows penseraient-ils qu'elle avait été enlevée par une autre tribu. Malgré tout, c'était peu probable, puisqu'il n'y avait personne aux alentours. Ils en concluaient donc qu'elle était la meurtrière. Tout ce qu'elle pouvait faire, désormais, c'était voyager avec l'homme blanc. Elle ignorait ce qu'elle allait devenir et elle ne savait pas non plus ce qu'il ferait d'elle. Ce soir-là, ils échangèrent des regards, mais ils ne firent aucun effort pour communiquer par gestes. L'un comme l'autre avaient conscience que s'ils étaient rattrapés leur sort serait terrible.

Ils dormirent peu, se levèrent avant l'aube et galopèrent plus vite que jamais pendant toute la journée. Ils devaient chevaucher à découvert et Jean savait qu'ils se trouvaient dans le territoire des Sioux tetons, qui n'était pas sûr. Cette tribu se montrait farouchement hostile envers les intrus, y compris s'il s'agissait de Sioux. Par bonheur, ils ne virent personne pendant qu'ils traversaient les plaines. Filant comme le vent, ils s'enfoncèrent de nouveau parmi les arbres. Ce soir-là, ils ne trouvèrent pas de grotte où s'abriter. Ils restèrent éveillés toute la nuit, écoutant les bruits de la forêt. Après deux jours de course folle, il leur sembla qu'ils n'avaient pas été suivis. Ils se demandaient si le corps de Napayshni avait été découvert. Jean espérait que non. Peut-être la disparition du chef et de Wachiwi demeurait-elle encore un mystère pour la tribu.

Le troisième jour, le cheval commença à montrer des signes d'épuisement. Jean connaissait bien la région. La zone était occupée par des tribus pour la plupart pacifiques, vivant du troc et de l'agriculture. Ils avaient parcouru plusieurs centaines de lieues et disposaient d'une bonne longueur d'avance sur leurs éventuels poursuivants crows, qui ignoraient en outre la direction à prendre. Jamais Jean n'avait chevauché à une telle vitesse. Wachiwi était infatigable et elle poussait leur monture comme il n'aurait pas été capable de le faire. Il semblait qu'elle était née sur un cheval.

Ce soir-là, ils continuèrent de galoper après la tombée de la nuit. Bientôt, ils aperçurent quelques fermes appartenant à des pionniers et, finalement, Jean reconnut la cabane qu'il cherchait. Après avoir conduit le cheval dans la grange, il entraîna Wachiwi sur la véranda et frappa à la porte. C'était la maison de Luc Ferrier, un trappeur qui vivait au Nouveau Monde depuis plusieurs années. Il avait chassé au Canada et fait du commerce avec les Indiens. Il s'était même marié avec une Indienne, décédée par la suite. Jean le considérait comme un bon ami et lui faisait confiance. Dès qu'il leur eut ouvert, Luc poussa un cri de joie à sa vue, puis ils se mirent à parler très vite en français.

— Pourquoi reviens-tu si tôt ? Je ne t'attendais pas avant un mois. Est-ce que tu as eu des ennuis ? Ou tu as pris peur ?

Il taquinait toujours Jean, le plus souvent à propos de son titre de noblesse. Lui-même était un rude montagnard des Pyrénées, mais c'était un grand cœur et il cachait mal son respect pour Jean. Chaque fois que celui-ci avait été en difficulté, il avait pu compter sur l'appui du Pyrénéen.

— J'ai eu un petit problème, répondit simplement Jean.

Luc devina que ses hôtes avaient mené un train d'enfer et étaient épuisés. Il ne savait pas combien de temps avait duré leur course, mais il aurait juré qu'un événement grave s'était produit. Quoi qu'il en soit, il ne voulait pas se montrer indiscret et ils seraient en sécurité chez lui.

— Qui est ton amie ? ne put s'empêcher cependant de demander Luc, qui trouvait Wachiwi ravissante.

— Tout ce que je sais, c'est qu'elle s'appelle Wachiwi. Je pense que c'est une Crow ou peut-être une Sioux dakota, mais je ne pourrais l'affirmer. Je ne connais pas très bien ces tribus. J'ai essayé de lui parler en iroquois et en huron, sans succès. Elle vivait dans un village crow, et je crois avoir compris d'après ses explications qu'elle a été enlevée, ou peut-être arrachée à son père.

Luc s'adressa alors à Wachiwi en dakota. Il le parlait couramment, car il faisait parfois du commerce avec les Sioux. Doté d'une très bonne oreille, il connaissait plusieurs dialectes. Wachiwi lui répondit rapidement. Elle lui raconta toute son histoire, s'exprimant avec ferveur et émotion. Luc hochait la tête, lâchant de temps à autre un commentaire. Jean espérait qu'elle ne lui révélerait pas qu'il avait tué le chef crow. C'était leur problème, non celui de Luc, et Jean souhaitait de tout cœur que son acte n'entraîne pas de conséquences funestes. Il comptait voyager vers l'est, avec Wachiwi. Ils joindraient d'abord Fort Saint Charles, puis Saint Louis. Il voulait mettre le plus de distance possible entre les Crows et eux. En revanche, il n'avait aucune idée de ce qu'il ferait d'elle par la suite. Il ignorait d'ailleurs ce qu'elle voulait.

Au bout d'un long moment, Luc se tourna enfin vers lui. Ils étaient attablés dans la cuisine, où Luc leur avait servi deux grandes assiettées de ragoût. Il était bon cuisinier et ils n'avaient mangé que des baies depuis trois jours. Jean était affamé et Wachiwi semblait très pâle. Elle fixa la nourriture avec curiosité, avant d'y plonger un doigt prudent. Luc lui tendit une cuillère et lui montra comment s'en servir. Elle mangea pendant que Luc rapportait ses propos à Jean.

— J'ai entendu parler de son père, Ours Blanc, bien que je ne l'aie jamais rencontré, précisa-t-il. Cette tribu ne pratique pas le troc avec les Français, uniquement avec les autres Indiens. Après sa capture par les Crows, elle a été offerte à leur chef. Il voulait la prendre pour épouse, mais elle a refusé. Je te ferai remarquer au passage que c'est très inhabituel. Cette offre est considérée comme un honneur, et la repousser aurait pu lui valoir quelque désagrément. Il aurait pu la tuer mais, d'après ce qu'elle m'a raconté, il l'a traitée convenablement. Elle a tenté de s'enfuir à plusieurs reprises en dérobant l'un des chevaux, mais ils l'ont à chaque fois rattrapée et ramenée au camp.

— Je peux témoigner que c'est une cavalière incroyable. Elle chevauche dans n'importe quelles conditions et quel que soit le terrain. Je suis même étonné que mon cheval ait tenu le coup. Elle l'a davantage éreinté en trois jours que je ne l'ai fait en trois ans. Ce soir, nous risquons de le retrouver mort dans ta grange.

Luc ne put s'empêcher de rire.

— Il lui a fallu beaucoup de courage pour défier un chef. D'après ce qu'elle m'a dit, tu l'as aidée à se sauver... c'est une folie de ta part. S'ils t'avaient surpris en train de voler l'esclave et future femme du chef, ils t'auraient scalpé en moins de temps qu'il n'en faut pour le dire. Je ne sais pas comment vous vous en êtes tirés, tous les deux.

Apparemment, Wachiwi n'avait pas confié à Luc que Jean avait tué son ravisseur et caché son corps dans les fourrés.

— Nous avions une bonne longueur d'avance, se contenta-t-il de répondre. Je ne compte pas rester longtemps ici. Nous sommes encore trop près des Crows pour ma tranquillité d'esprit. Je veux gagner Saint Louis. Jusque-là, je ne me sentirai pas en sécurité.

— Je suis persuadé qu'il n'y a plus de danger, affirma Luc. Je vais vous donner l'un de mes chevaux. Vous avez besoin d'une monture fraîche. Wachiwi m'a dit qu'elle aurait souhaité rejoindre sa famille, mais que, désormais, c'est impossible. Elle ne veut pas mettre les siens en danger.

Luc posa alors sur son ami un regard interrogateur.

— Que comptes-tu faire d'elle, Jean ?

— Je n'en ai aucune idée, surtout si elle ne peut pas retourner dans sa tribu, ce qui me semble assez sage. Je ne sais pas où l'emmener.

— Es-tu amoureux d'elle ? lui demanda Luc tout à trac.

— Je ne la connais même pas.

Ce n'était pas tout à fait vrai, même si jusqu'ici ils n'avaient pas pu beaucoup communiquer.

— Je lui ai seulement apporté mon aide, ajouta-t-il.

— Elle dit qu'elle est ton esclave, maintenant.

— Je n'ai pas besoin d'une esclave, répliqua Jean avec douceur. Je n'ai même pas de maison. Tout ce que je possède, c'est un cheval et quelques cartes. Je pourrais peut-être la confier à mes cousins de La Nouvelle-Orléans, à moins qu'elle ne veuille rester à Fort Saint Charles.

— Que veux-tu qu'elle y fasse ? Elle ne parle ni l'anglais ni le français. Elle n'est jamais sortie de son village, sauf depuis son enlèvement. Elle n'est jamais allée dans une ville ou même un bourg. Tu l'imagines à La Nouvelle-Orléans ? Que deviendrait-elle ?

— Je n'en sais rien. Elle avait besoin d'aide, je n'ai pas réfléchi plus avant.

Jean ne voulait pas avouer la vérité à son ami.

— Je pense que tu devrais la garder, dit Luc en souriant à la jeune fille.

Elle lui rendit son sourire et lui dit que son plat était bon.

— Elle n'est pas un meuble ou un objet, pour l'amour du ciel ! s'indigna Jean. Je ne peux pas la « garder ». Elle a le droit d'avoir une vie, un mari, des enfants, que sais-je ! Je ne peux pas l'emmener partout avec moi, sur mon cheval.

— Tu devrais peut-être acheter une maison et l'y laisser. C'est une fille intelligente, qui a du caractère. Il suffit de lui parler pour s'en apercevoir. Elle dit qu'elle ne s'inquiète pas, puisqu'elle est avec toi.

— Sa confiance m'honore. En réalité, c'est grâce à elle si nous sommes ici. Je me serais perdu mille fois sans elle. Elle a un sens de l'orientation infaillible et elle connaît la forêt comme si elle y avait vécu toute sa vie. Elle n'a jamais paru effrayée et elle ne s'est jamais plainte.

— Si tu lui apprends le français, vous pourrez communiquer.

— Et ensuite ? Je pense que je vais l'emmener chez mes cousins. A Saint Louis, je lui achèterai des vêtements convenables.

— Les siens sont plus que convenables et ils témoignent qu'elle est fille de chef. Regarde les broderies, les piquants et les perles qui ornent sa robe et ses mocassins.

— Je ne crois pas que mes cousins verront les choses de cette façon. Si je la leur présente, il faudra qu'elle soit vêtue autrement. L'épouse de mon cousin, Angélique, est une femme très comme il faut.

Il y avait en Wachiwi une dignité et une grâce que n'importe qui pouvait remarquer. Mais Angélique était née à Paris, elle était une lointaine cousine du roi et elle n'aurait permis à personne de l'oublier. Bien que résidant à La Nouvelle-Orléans depuis quarante ans, elle restait très attachée à la France. Jean songea qu'il devrait enseigner quelques mots de français à Wachiwi avant leur rencontre.

A son arrivée au Nouveau Monde, le jeune homme avait séjourné pendant plusieurs mois chez ses cousins. Depuis, il passait chez eux de temps à autre, lorsqu'il ressentait le besoin de retrouver la civilisation. Mais il s'en lassait très vite et repartait vagabonder dans les contrées sauvages ; la découverte de nouveaux territoires le passionnait trop pour qu'il songe à s'installer en ville. Il ne pouvait pas imaginer non plus que Wachiwi puisse y être longtemps heureuse, mais c'était l'endroit idéal pour s'adapter à une nouvelle vie, loin des siens et coupée de sa culture. Pour une raison qu'il ne cherchait pas à s'expliquer, Jean était persuadé qu'elle pouvait apprendre. Elle semblait curieuse de tout. A cet instant précis, elle explorait la cuisine de Luc et commençait tranquillement à laver la vaisselle dans le seau prévu à cet effet. Tout comme lui, elle avait dévoré le repas simple mais délicieux que leur avait offert Luc, après quoi elle avait remercié leur hôte en sioux.

Ne disposant que d'une seule chambre, ce dernier insista pour que les deux jeunes gens s'y installent. Il dormit lui-même dans la grande salle, sur un vieux canapé confortable. Auparavant, il leur avait montré les lieux d'aisance, qui se trouvaient dehors. Elle n'en avait jamais vu. Pas plus qu'elle n'avait déjà vu de lit. Aussi se coucha-t-elle par terre. Jean la releva et lui montra le lit, lui faisant comprendre qu'il dormirait sur le plancher, mais elle refusa. Ils discutèrent par gestes pendant quelques minutes. Wachiwi prétendait être son esclave, alors qu'aux yeux de Jean elle était tout simplement une femme et elle avait chevauché aussi longtemps que lui. Pour finir, il s'étendit auprès d'elle, ce qui la fit rire. Il voulait lui faire comprendre que, si elle dormait par terre, il en ferait autant. Elle ne bougea pas d'un pouce et il fut étonné de constater à quel point elle pouvait se montrer têtue. Il était encore éberlué par l'histoire que lui avait racontée Luc et par le courage dont elle avait fait preuve. Et maintenant, elle chevauchait vers l'est en compagnie d'un parfait inconnu, ignorant le sort qui l'attendait. Mais il était clair qu'elle lui faisait entièrement confiance. Ils avaient survécu à l'épreuve du feu. Le sort de Wachiwi aurait été bien différent s'il avait été tué, et non Napayshni. Elle aurait peut-être été condamnée à mort pour avoir rencontré un homme blanc en secret. Jean ne l'avait pas seulement secourue, il lui avait sauvé la vie et elle le savait. A présent, elle s'imaginait qu'elle lui appartenait. A force d'insister, elle finit par le convaincre de prendre le lit. Et tandis qu'elle s'endormait profondément, enveloppée dans une couverture, Jean se mit à réfléchir. Ces trois journées ahurissantes avaient à jamais modifié le cours de sa vie. Il se sentait maintenant responsable de cette jeune Indienne à l'exquise beauté.

9

Avant le départ, Luc leur prépara un petit déjeuner, puis il leur donna de la nourriture et de l'eau fraîche pour le voyage. Il échangea la monture épuisée de Jean contre un jeune cheval robuste aux jambes solides, qui les emmènerait aussi loin qu'il le faudrait. Jean le remercia pour sa gentillesse et Wachiwi en fit autant dans sa langue. Leur périple jusqu'à Fort Saint Charles dura un peu plus de temps que Jean ne l'avait prévu et ils arrivèrent dans l'après-midi du troisième jour. Le trajet avait été pénible, mais sans danger. Jean avait déjà séjourné au fort, tenu par des soldats français. La présence de Wachiwi à ses côtés ne surprit personne : de nombreux hommes voyageaient avec des Indiennes. Elle fut conduite dans le secteur qui leur était réservé et fut traitée comme une esclave ou une servante. Quand Jean vint la voir après avoir dîné avec le commandant, elle lui parut fort malheureuse. Lui-même avait dégusté un délicieux lapin rôti, préparé par un cuisinier français et arrosé d'un excellent vin. Puis on lui avait servi un dessert raffiné et un bon café. Pour conclure, le commandant lui avait offert un cigare. C'était le meilleur repas que Jean avait fait depuis des mois.

Mais lorsqu'il rejoignit Wachiwi, il fut gêné de constater qu'on lui avait donné une sorte de pâtée pour chiens. Visiblement, on la traitait très mal, et il en fut bouleversé.

Il ne lui était jamais venu à l'esprit qu'elle recevrait un tel accueil. Les autres Indiennes semblaient bien moins dignes qu'elle. Il tenta de lui expliquer par gestes combien il était désolé et elle hocha la tête, comme si elle le comprenait. Quand la porte du dortoir s'ouvrit, il remarqua que les femmes dormaient sur des couvertures, par terre. Elles étaient davantage considérées comme des animaux que comme des êtres humains. Il décida donc de repartir dès le lendemain. Il avait hâte de se rendre à Saint Louis, où il pourrait prendre une chambre et procurer à la jeune fille des vêtements convenables.

Au matin, il apparut sur le seuil du dortoir. Il lui montra du doigt le cheval de Luc tout en s'adressant à elle en français pour lui faire comprendre qu'ils quittaient le fort. Wachiwi sembla ravie. Luc avait raison : la jeune fille devait apprendre une autre langue que le sioux. Ce serait l'anglais ou le français, et de préférence les deux. Si Wachiwi devait évoluer dans le monde civilisé, elle allait avoir beaucoup de connaissances à intégrer. Jean estimait qu'elle en était capable et, tout en chevauchant, il lui enseigna quelques termes de base dans les deux langues.

Elle l'intriguait et il aurait voulu en savoir davantage sur elle, sur son enfance, sur ses idées et ses pensées. Dès le début, il avait été ébloui par sa beauté et il était certain qu'elle possédait une âme d'une grande noblesse.

Cette fois, ils avancèrent à un rythme moins effréné. Théoriquement, ils étaient hors de portée des Crows. Wachiwi ne pourrait jamais revenir en arrière, mais désormais elle ne craignait plus rien, hormis les désagréments habituels de la route. Ce soir-là, ils campèrent dans les bois. Au fort, Jean s'était procuré des provisions et des couvertures en prévision de leurs deux jours de voyage. Etendus sur le sol, ils fixaient les étoiles. Jean réfléchissait à tout ce qui s'était passé et au chemin qu'il leur restait à faire, quand Wachiwi lui prit doucement la main et la posa sur son cœur. Comprenant que c'était sa façon de le remercier, il fut très touché. La confiance absolue de la jeune Indienne à son égard l'émouvait profondément. Wachiwi était à la fois vulnérable et forte, mais à cet instant elle lui parut surtout extrêmement jeune. Etant donné la façon dont on l'avait traitée au fort, il s'inquiétait pour son avenir.

Il dormit d'un sommeil agité et s'éveilla alors qu'il faisait encore nuit ; la pleine lune éclairait leur bivouac. Voyant que sa compagne avait les yeux grands ouverts, il se demanda si elle avait peur ou si elle était triste. Pour la rassurer, il lui caressa doucement le visage et les cheveux. Après les épreuves qu'ils avaient vécues ensemble, il s'arrangerait pour garantir sa sécurité. Il se sentait responsable d'elle, et c'était un sentiment qu'il n'avait jamais éprouvé auparavant. Il allait trouver un foyer digne de cette jeune fille. Il espérait que ses cousins de La Nouvelle-Orléans se montreraient bons pour elle et qu'ils l'engageraient éventuellement à leur service. Elle pourrait peut-être s'occuper des enfants d'Angélique. Il se tourna vers elle et lui adressa un sourire rassurant. Elle le lui rendit, puis, se redressant légèrement, elle se pencha vers lui, lui caressa le visage, et l'embrassa sur les lèvres. Ce geste inattendu surprit Jean. S'efforçant un instant de réprimer le désir qui naissait en lui, il finit par lui rendre son baiser. Pour rien au monde il n'aurait voulu profiter de la situation, mais la passion l'emporta. Ils étaient seuls dans cette forêt, isolés du reste du monde. Ensemble, ils avaient eu peur, avaient surmonté des épreuves et échappé à la mort. A présent, ils ressemblaient à des naufragés échoués sur une plage. Ils avaient survécu et se sentaient en sécurité l'un avec l'autre. Jean embrassa Wachiwi avec une ferveur qu'il ne se connaissait pas et elle l'étreignit avec toute l'ardeur qu'elle avait gardée en elle sa vie entière. Dans son village, elle n'avait jamais regardé un homme dans les yeux et, à présent, elle s'abandonnait dans les bras d'un homme blanc. Leur passion mutuelle s'était embrasée d'un coup, comme si quelqu'un y avait mis le feu. Sans réfléchir, Jean la rejoignit sous la couverture, où elle était nue. Il retrouva le corps exquis qu'il avait tant admiré au bord du lac, mais cette fois elle n'était plus une mystérieuse étrangère. Elle lui était familière, elle était ardente et entièrement sienne. Lorsqu'ils s'endormirent dans les bras l'un de l'autre au lever du soleil, ils savaient sans l'ombre d'un doute qu'ils s'appartenaient. En revanche, l'avenir demeurait un mystère...

Ils s'éveillèrent tard ; le soleil brillait haut dans le ciel. Quand Wachiwi ouvrit les yeux, Jean craignit d'y découvrir une lueur de regret. Mais la jeune fille sourit, lui ouvrant de nouveau les bras. Ebloui par sa beauté, il s'abandonna au désir qu'elle lui inspirait avec une passion et une joie sans mélange. Il ne s'était pas attendu à cela, il n'avait rien projeté, mais ce qui leur arrivait était comme un don du ciel. Une fois levés, ils ne purent s'empêcher de rire et de sourire. Ils ne pouvaient pas en parler, mais la signification de ce qui s'était passé leur apparaissait clairement à tous les deux. Quelque part en chemin, durant la nuit précédente ou bien plusieurs jours ou semaines auparavant, ils étaient tombés amoureux sans s'en apercevoir. Si Jean n'avait pas tué Napayshni, jamais ils ne se seraient enfuis ensemble, mais le destin s'en était mêlé. Le jeune homme ne put s'empêcher de se demander si un enfant naîtrait de leur union. En faisant l'amour avec Wachiwi, il avait su qu'elle était vierge.

Cette femme qui disait être son esclave était celle dont il souhaitait partager la vie, celle qu'il voulait aimer et protéger. A l'âge de vingt-quatre ans, alors qu'il n'était jamais jusque-là tombé amoureux, il n'y avait aucun doute dans son esprit à ce sujet. Des deux côtés, l'ardeur de la jeunesse s'était muée de manière imprévue en amour. Jean était profondément épris de Wachiwi, une jeune Sioux dakota rencontrée au bord d'un lac. S'ils en avaient un jour, ce serait une belle histoire à raconter à leurs petits-enfants. Auparavant, il devait la préparer à faire son entrée dans le monde.

Tandis qu'ils gagnaient tranquillement Saint Louis, il lui enseignait l'anglais et le français. Ces deux jours de voyage les virent souvent s'arrêter pour faire l'amour dans la forêt et, chaque fois, c'était le même émerveillement. Lorsqu'ils parvinrent à destination, la jeune fille pouvait prononcer quelques phrases dans les deux langues et elle connaissait plusieurs mots. Elle ne les employait pas toujours à bon escient, mais elle progressait de façon surprenante. Elle fut à la fois fascinée et intimidée par la pension où ils s'arrêtèrent. Jean conduisit le cheval à l'écurie avant d'entrer dans l'établissement. Wachiwi regardait autour d'elle avec étonnement. Jean trouva plus convenable de retenir deux chambres. L'employé fixa Wachiwi avec désapprobation, mais il s'abstint de tout commentaire et tendit les deux clefs au jeune homme. Suivi de sa compagne, il monta l'escalier et visita les deux pièces. Ils n'en occuperaient qu'une, la seconde ne servant qu'à préserver la réputation de Wachiwi. En réalité, il n'y avait rien à protéger puisque, pour les gens qui les croisaient, elle n'était qu'une Indienne accompagnant un Blanc. Ils auraient sans doute considéré que Jean jetait l'argent par les fenêtres en payant une chambre qu'il ne comptait pas utiliser. Mais, fidèle à l'éducation qu'il avait reçue, Jean se conduisait avec noblesse, et Wachiwi se sentait respectée.

Le soir, ils dînèrent dans la salle à manger de l'hôtel. Wachiwi utilisa sa cuillère, comme Luc le lui avait enseigné. Imitant Jean, elle posa sa serviette sur ses genoux, puis il lui montra comment se servir d'un couteau et d'une fourchette. Elle piquait la nourriture avec la fourchette, mais elle ne comprenait pas l'usage du couteau et les plats n'étaient pas faciles à manger pour elle. Jean devinait combien tout devait lui paraître étrange. Mais ce n'était rien comparé à l'aventure qui les attendait le lendemain, lorsqu'il l'emmènerait dans une mercerie et chez une couturière pour la vêtir convenablement.

Il commença par lui acheter plusieurs robes très simples chez la mercière. Quant à la couturière, elle leur en proposa trois qui semblaient avoir été créées pour Wachiwi tant elles lui allaient bien. Au total, cela en faisait deux que la jeune femme pourrait porter pour le dîner chez les cousins de Jean, et quatre plus modestes pour tous les jours. Il lui acheta aussi des chaussures, qu'elle détesta aussitôt, ainsi que cinq chapeaux qui lui allaient à ravir et des sous-vêtements dont la vendeuse dut lui expliquer l'emploi. Désormais, elle portait sur elle plus de vêtements qu'elle n'en avait jamais eu de toute sa vie. Sa garde-robe comportait encore des gants, plusieurs châles, trois sacs et un éventail. Le tout fut livré à leur pension. Par bonheur, ils prenaient le bateau pour se rendre à La Nouvelle-Orléans, car il aurait fallu plusieurs chevaux ou un train de mules pour transporter tous ces achats. Les boîtes furent entassées dans leurs chambres et Jean se procura deux malles pour ranger leurs acquisitions, après quoi il trouva quelqu'un pour ramener son cheval à Luc.

A la fin de la journée, les deux jeunes gens étaient épuisés. Dans un français hésitant, Wachiwi remercia Jean pour tous les cadeaux qu'il venait de lui faire. Elle paraissait un peu étourdie et, de retour à la pension, elle enfila sa robe en peau d'élan et ses mocassins, soulagée de retrouver des vêtements familiers et redevenant la petite Indienne que Jean avait rencontrée au bord du lac. Cette vision l'émut profondément.

Ce jour-là, il lui avait appris des expressions et mots français tels que *jolie robe, chaussures, chapeau, sous-vêtements* et *gants*, qu'il avait ensuite traduits en anglais. Ils se firent servir le dîner dans leur chambre, et lorsque Jean alluma un cigare, elle voulut le partager avec lui. Il la laissa faire en riant, mais il lui expliqua qu'elle ne pourrait se comporter ainsi qu'avec lui. De temps en temps, Ours Blanc aussi lui avait permis de tirer sur sa pipe, quand personne ne les voyait. Elle posa un doigt sur les lèvres, pour bien signifier que ce serait un secret... comme le cadavre qu'ils avaient caché dans les fourrés.

Ils firent l'amour avec la même ardeur qu'ils s'étaient déjà témoignée mutuellement. Leur passion était viscérale, sensuelle et explosive. Jean n'avait jamais rien connu de tel et c'était un mystère pour Wachiwi. Elle n'avait pas de mots pour l'exprimer, mais ils n'en avaient pas besoin. Ce qu'ils partageaient était magique.

Le lendemain, il l'aida à s'habiller, puis ils embarquèrent sur le bateau qui devait les emmener à La Nouvelle-Orléans. Très excitée, Wachiwi arborait un sourire heureux. Elle avait entendu parler du Mississippi, mais elle n'aurait jamais pensé le voir un jour. Son peuple l'appelait la Grande Rivière. S'ils avaient de la chance, si les vents et les courants étaient favorables, Jean et elle mettraient trois semaines pour parvenir à destination, avec de nombreuses escales pour débarquer ou embarquer des passagers.

Des canoës et des barges sillonnaient le Mississippi, qui fourmillait d'activité. Rayonnante, Wachiwi était fascinée par toute cette agitation. Comme à la pension, Jean avait pris deux cabines par souci de respectabilité. Ils placèrent les malles dans l'une et dormirent dans l'autre. La voyant parfois en difficulté, Jean aidait en riant Wachiwi à mettre ses sous-vêtements ou à lacer son corset. Suffoquée, elle lui demandait de le desserrer. Il ne pouvait espérer qu'elle se fasse en un seul jour à ces us et coutumes si nouveaux pour elle. Quelques jours auparavant, elle nageait nue dans un lac et, maintenant, elle s'apprêtait à rencontrer ses nobles cousins, vêtue comme une lady.

Cette perspective effrayait quelque peu Jean, démoralisé par les regards que les autres passagers leur lançaient lorsqu'ils s'apercevaient qu'il était accompagné d'une Indienne. Elle était si belle que les hommes le comprenaient, mais les femmes tournaient le dos à Wachiwi dès qu'elles la voyaient.

Il espérait que les habitants de La Nouvelle-Orléans se montreraient plus tolérants, comptant sur la beauté de sa compagne pour les charmer. Elle était si innocente, si délicate, si ensorcelante. Durant trois semaines, les nuits qu'ils passèrent sur le bateau furent incroyablement passionnées. Le voyage leur donna le temps dont ils avaient besoin pour mieux se connaître, tout en permettant à Wachiwi d'améliorer son anglais et son français.

Après avoir dépassé Fort Prudhomme et Fort Saint Pierre, ils parvinrent enfin à La Nouvelle-Orléans.

Ce jour-là, Wachiwi était particulièrement belle. Elle portait une robe bleu pâle qui offrait un délicieux contraste avec sa peau mate, un chapeau assorti dont Jean avait noué le ruban sous son cou et des gants qu'elle avait enfilés avec son aide, ainsi que les sous-vêtements adéquats. Elle était mi-femme, mi-enfant, et elle lui appartenait totalement. Pas comme esclave, mais comme sa femme. Wachiwi, la fille d'un chef. Il savait par Luc que son nom signifiait « danseuse ». Quand le bateau fut à quai, il l'aida à descendre et elle marcha derrière lui avec une grâce silencieuse. Ils se firent conduire en calèche jusqu'à une pension. Il ne voulait pas s'imposer à ses cousins, qui vivaient sur une plantation en dehors de la ville. Il leur envoya cependant un message pour les prévenir de son retour, en compagnie d'une amie. Deux heures plus tard, il reçut une réponse de sa cousine, Angélique de Margerac. Elle insistait pour qu'ils viennent sur-le-champ prendre quartier chez elle. Son billet ne mentionnait pas Wachiwi, mais Jean supposa qu'Angélique l'incluait dans l'invitation, puisqu'il lui avait fait nettement comprendre dans sa missive qu'il voyageait avec elle. Ce n'était pas habituel, mais il était certain que ses cousins pouvaient les recevoir tous les deux et seraient même ravis de le faire. La réponse d'Angélique était tout à fait chaleureuse.

Elle leur envoya sa propre calèche, une élégante berline française tirée par quatre chevaux, ainsi qu'une autre voiture pour leurs malles. Lorsqu'ils s'installèrent pour effectuer le long trajet jusqu'à la plantation, Jean sourit à Wachiwi, pensant à tout le chemin parcouru depuis leur première rencontre. La contemplant avec fierté, il lui prit la main. Il ne doutait pas un instant que ses cousins allaient l'aimer, eux aussi. C'était la première fois de sa vie qu'il voyageait avec une femme, mais les Margerac de La Nouvelle-Orléans étaient sa famille et ils avaient toujours fait montre d'une extrême hospitalité à son égard. Il était sûr qu'il en serait de même cette fois encore.

10

Angélique de Margerac était mariée à un cousin du père de Jean. Issue d'une famille illustre d'aristocrates ancrée en Dordogne, elle était une parente directe du roi. Quarante ans auparavant, elle avait épousé Armand de Margerac, puis celui-ci l'avait amenée à La Nouvelle-Orléans malgré ses objections. Elle souhaitait vivre à Paris, non au Nouveau Monde. Il avait bataillé dur pour la convaincre. La Nouvelle-Orléans avait été fondée par les Français trente-cinq ans avant leur arrivée. Son mari avait déployé des trésors d'imagination pour la rendre heureuse : il lui avait acheté une maison en ville, ainsi qu'une immense demeure de style créole dans les terres, qu'il lui avait permis de décorer à sa guise avec les meubles et objets anciens envoyés par sa famille. Armand cultivait le coton et la canne à sucre. Sa plantation était devenue la plus prospère de la région, la maison d'Angélique la plus élégante du pays et Angélique elle-même avait la réputation d'être l'hôtesse la plus aimable de la Louisiane. Quant à leurs enfants, ils avaient aujourd'hui chacun leur propre exploitation.

Depuis leur installation, la France avait cédé la colonie aux Espagnols, mais Angélique et Armand étaient des amis proches du gouverneur, qu'ils invitaient souvent à dîner à la plantation. Elle adorait recevoir et elle avait convaincu Jean de séjourner chez elle pendant plusieurs mois avant qu'il entreprenne son voyage à travers le Canada, puis dans les Grandes Plaines de l'Ouest. Elle s'était montrée fort accueillante et l'avait présenté à tous ses amis, ainsi qu'à plusieurs jeunes filles très séduisantes.

La région était cosmopolite. Peuplée non seulement de Français et d'Espagnols, elle comportait aussi une importante communauté d'Allemands. Selon Angélique, ces derniers rendaient ses soirées encore plus intéressantes. Elle était particulièrement fière de recevoir de nombreuses personnalités à l'occasion des bals qu'elle donnait.

La plantation des Margerac était située entre Baton Rouge et La Nouvelle-Orléans, et l'élégante calèche importée de France par bateau mit deux heures à faire le trajet. Deux laquais se tenaient à l'arrière et le cocher menait les chevaux à un rythme soutenu. Angélique souhaitait qu'ils arrivent à temps pour le dîner, auquel elle avait certainement convié plusieurs amis. La veille, Jean avait préparé Wachiwi à cette éventualité et il espérait qu'elle avait bien retenu ses leçons. Il était rassuré à l'idée que les robes qu'il lui avait achetées à Saint Louis conviendraient parfaitement pour cette soirée. Bien entendu, elles ne seraient pas aussi élégantes que celles d'Angélique, qui les faisait venir par bateau de Paris deux fois par an. Elle avait aussi une petite couturière très habile capable de reproduire tous les modèles parisiens.

Ils approchaient de la plantation Angélique, ainsi qu'Armand l'avait nommée. Elle se trouvait au bout d'une interminable route bordée de chênes. Quelques minutes plus tard, ils aperçurent l'immense demeure.

Jean sourit à Wachiwi et lui tapota la main. Elle ne comprenait pas encore suffisamment le français pour qu'il pût la rassurer comme il l'aurait voulu.

— Tout ira bien, affirma-t-il doucement sur un ton qui en disait autant que les mots.

Il portait une veste de laine bleu sombre bien coupée qu'il avait apportée de France soigneusement roulée dans son sac, et qu'il n'avait endossée que très rarement. Cette visite à la plantation lui en offrait l'occasion. Pour le dîner, il revêtirait les hauts-de-chausses et la veste de satin qu'il avait laissés chez ses cousins. Par bonheur, il n'était pas obligé de mettre une perruque ou de se poudrer les cheveux, comme cela aurait été le cas en Europe. Ses cousins n'étaient pas trop à cheval sur les traditions et sa chevelure de jais ferait très bien l'affaire.

Lorsqu'ils approchèrent de la maison, Wachiwi écarquilla des yeux immenses. Comme elle lui lançait un regard inquiet, il songea que n'importe quelle autre femme aurait été terrifiée à l'idée de galoper plus vite que le vent, juchée sur un cheval. Quant à elle, elle aurait sans doute préféré être en selle plutôt que d'affronter cette situation. En choisissant de le suivre, elle s'était montrée très courageuse, et il éprouva le désir ardent de la protéger de tout mal.

Six serviteurs noirs en livrée les attendaient au bas des marches. Jean savait qu'il s'agissait d'esclaves... des centaines d'entre eux travaillaient dans les champs de cannes à sucre ou de coton qui avaient rendu immensément riche le cousin de son père. Jean n'eut pas le temps d'adresser quelques mots supplémentaires à Wachiwi, car Angélique apparut, majestueuse et souriante, sur le seuil de la demeure pour les accueillir. Elle ne vit pas tout de suite Wachiwi, cachée derrière

Jean. Après avoir embrassé sa cousine, ce dernier s'écarta d'un pas pour lui présenter sa compagne. Le visage de leur hôtesse exprima immédiatement une émotion mêlée d'horreur. Repoussant la main que la jeune fille lui tendait, elle recula et fixa Jean avec stupeur.

— Oh... je vois... dit-elle dédaigneusement.

Elle entra dans la maison sans un mot pour Wachiwi, qui suivit Jean dans le hall spacieux, visiblement terrorisée.

— Pourquoi ne pas conduire tout de suite la jeune femme dans sa chambre pour qu'elle puisse se reposer après le trajet ? suggéra Angélique.

Sur ces mots, elle glissa quelques mots dans l'oreille d'un serviteur en livrée, qui fit signe à Wachiwi de le suivre. A peine entrée, celle-ci disparut donc aussitôt. Manifestement soulagée de s'être débarrassée d'elle aussi rapidement, Angélique embrassa de nouveau son cousin avec un sourire chaleureux. A cet instant, son mari sortit de la bibliothèque. Il parut ravi de voir Jean et ne put s'empêcher de le taquiner un peu.

— Si j'ai bien compris, vous avez amené une jeune dame avec vous. Dois-je en conclure que vous aurez bientôt de bonnes nouvelles à nous annoncer ? Peut-être pourrons-nous vous convaincre de vous installer à La Nouvelle-Orléans. A ce propos, où est-elle ?

Il était surpris de trouver Jean en tête à tête avec Angélique. Ils avaient été tous les deux un peu choqués que, dans son message, il n'ait pas mentionné un chaperon qui les aurait accompagnés, une tante, une mère, une sœur ou une cousine. Persuadés qu'il ne leur aurait pas présenté une maîtresse, ils espéraient que la jeune personne était digne de lui et de bonne naissance.

Jean avait remarqué l'expression réprobatrice d'Angélique à la vue de Wachiwi. Bien que cette dernière ne maîtrisât pas encore le français, il craignait qu'elle n'ait compris ce que cela signifiait. Sa cousine lui avait montré très clairement qu'elle n'était pas la bienvenue dans sa maison. Elle était indienne et il n'en fallait pas plus à Angélique : la compagne de Jean n'existait pas à ses yeux. Elle ne comprenait d'ailleurs pas comment son cousin avait pu commettre un tel impair. En agissant ainsi, il les insultait, son mari et elle.

— Je l'ai fait conduire dans sa chambre pour qu'elle se repose avant le dîner, expliqua-t-elle.

Jean espérait que sa cousine ne se montrerait pas désagréable avec Wachiwi pendant le repas. Ses hôtes lui offrirent une coupe de champagne, puis il gagna sa propre chambre.

Il fut conduit dans la partie de la maison réservée aux invités, au premier étage. Jean connaissait parfaitement cette demeure, où il avait séjourné plusieurs fois durant les cinq dernières années. Il se demandait dans quelle chambre se trouvait Wachiwi, mais n'osa pas s'en enquérir. Toutes les portes des chambres d'amis étaient fermées.

Quelques minutes avant le dîner, il commença à s'inquiéter sérieusement. Il savait qu'elle aurait besoin d'aide pour enfiler sa robe, et sans doute craindrait-elle d'en demander. Il entreprit de frapper aux portes, souhaitant la trouver sans provoquer un scandale. Lorsqu'il passait la tête à l'intérieur, les pièces étaient plongées dans l'obscurité, désertes. Ne sachant que faire, il se résigna à sonner. Ce fut un vieil homme nommé Tobias qui répondit à son appel. Il occupait les fonctions de valet chez Armand depuis des années et il avait toujours été très gentil avec Jean. Il l'avait d'ailleurs accueilli avec chaleur quand le jeune homme était arrivé avec Wachiwi.

— Est-ce que tu sais où se trouve la jeune lady, Tobias ? Je ne parviens pas à la trouver et je souhaiterais la voir avant que nous ne descendions dîner.

— Bien sûr, monsieur, répliqua respectueusement Tobias.

C'était l'une des rares plantations où les esclaves étaient bien traités. Armand de Margerac avait la réputation d'être juste. La plupart du temps, il s'efforçait de maintenir ensemble les membres d'une même famille. Ce n'était pas le cas dans les autres propriétés, où les maris et les femmes étaient fréquemment vendus à des propriétaires différents, ou séparés de leurs enfants. Cette pratique rendait Jean malade. C'était l'une des choses qu'il n'approuvait pas, dans le Nouveau Monde. En France, il aurait été inconcevable de faire le commerce des humains comme s'il s'agissait de bétail.

— Dis-moi où est sa chambre, en ce cas.

— Elle se trouve dans une case à côté de la mienne, déclara très bas Tobias en baissant les yeux.

Il avait le sentiment que cela n'allait pas plaire au jeune cousin de ses maîtres.

— Que dis-tu ?

Jean crut qu'il avait mal compris. Occupées par les esclaves, les cases ne comportaient pas de chambres d'amis. Derrière la maison, il y avait quatorze de ces logements.

— Votre cousine a pensé qu'elle y serait plus à son aise.

Tobias y avait emmené Wachiwi dès son arrivée. Elle paraissait si apeurée et perdue qu'il en avait été désolé pour elle. Il l'avait confiée à sa femme.

— Conduis-moi immédiatement jusqu'à elle, ordonna Jean entre ses dents serrées.

146

Ils descendirent l'escalier, sortirent par une porte latérale et traversèrent un jardin avant de franchir un portail dont Tobias avait la clef. Les serviteurs qui jouissaient de ce privilège étaient peu nombreux. Les autres esclaves n'avaient pas accès à la maison et, apparemment, Wachiwi non plus, si elle était derrière cette grille.

Ils empruntèrent une série de chemins formant une sorte de labyrinthe et dépassèrent plusieurs cases. Chacune abritait deux dizaines d'esclaves. Quelques-unes, plus petites et plus jolies, étaient réservées aux esclaves de confiance qui travaillaient dans la maison. S'arrêtant devant la case la plus convenable, il y introduisit Jean. Des pièces minuscules étaient disposées de chaque côté d'un étroit couloir, telles les alvéoles d'une ruche. Le jeune homme aperçut plusieurs personnes dans chacune d'elles. Wachiwi se trouvait tout au fond, en compagnie de quatre femmes. Assise sur l'une de ses malles, elle semblait désespérée.

— Viens avec moi, lui dit calmement Jean, les yeux étincelants de colère.

Comme il lui faisait signe de le suivre, elle parut terrifiée à l'idée qu'il était fâché contre elle. Elle ignorait qui étaient ces gens et pourquoi on l'avait amenée parmi eux. Elle n'avait pas vu Jean de tout l'après-midi.

Lui qui s'était imaginé qu'elle se reposait tranquillement dans une chambre d'amis alors qu'elle avait été envoyée chez les esclaves ! Se tournant vers Tobias, il lui ordonna de faire porter les malles de la jeune fille dans sa chambre.

Dès qu'ils se retrouvèrent seuls, Jean lui enleva son chapeau, lui caressa les cheveux et lui dit combien il était désolé. Elle ne connaissait pas tous les mots qu'il employait, mais elle comprit le sens de ses propos. Quand deux esclaves apportèrent les malles, elle avait retrouvé le sourire. Jean en ouvrit une et sortit une robe du soir.

Il l'habilla lui-même, l'aidant à enfiler les sous-vêtements et serrant les lacets de son corset. Il lui mit dans la main l'éventail qu'il avait acheté pour elle et lorsqu'il eut terminé, dix minutes plus tard, elle était éblouissante, métamorphosée. Il lui brossa les cheveux jusqu'à ce qu'ils brillent ; en voyant son reflet dans la glace, Wachiwi lui jeta un regard reconnaissant. Ainsi apprêtée, elle avait un charme exotique, tout en paraissant élégante, jeune, fraîche et respectable. Après avoir glissé la main de la jeune fille sous son bras, Jean descendit avec elle le grand escalier qui menait au salon.

Angélique et Armand l'y attendaient. Ils avaient invité quelques amis à dîner. Pour l'instant, aucun d'entre eux ne s'était annoncé. Lorsqu'ils ignoraient encore qui était Wachiwi, ils avaient projeté de boire un verre avant le dîner avec Jean et son amie. Angélique avait exposé la situation à son époux, qui était très soulagé qu'elle ait résolu aussi vite le problème. Ils s'accordaient à penser qu'à force de fréquenter les sauvages leur cousin avait perdu tout à la fois l'esprit et le sens des convenances. Il était inconcevable qu'il ait amené une Indienne avec lui.

Lorsqu'il entra dans la pièce, Wachiwi à son bras, ils parurent horrifiés. La robe de la jeune fille était adaptée à la soirée, mais sa coiffure était inconvenante, puisque ses longs cheveux noirs flottaient sur ses épaules. Angélique crut qu'elle allait s'évanouir, mais se reprit bien vite.

— A quoi pensez-vous, Jean ? demanda-t-elle.

Son époux fixait Wachiwi. Il devait admettre qu'elle était belle et il comprenait pourquoi son jeune cousin souhaitait sa compagnie, mais certainement pas dans le salon de ses hôtes.

Une lueur dangereuse s'alluma dans le regard de Jean. Normalement, il en fallait beaucoup pour le mettre en colère, mais le tort qui avait été fait à sa compagne le mettait en rage.

— Ce que je pense, cousine ? J'estime que vous vous êtes montrée très impolie envers mon invitée. Je l'ai trouvée il y a une heure dans le secteur des esclaves. Il y a certainement eu une erreur, aussi l'ai-je installée dans ma propre chambre, conclut-il d'une voix douce. Je suis certain que vous le comprendrez.

— Absolument pas ! s'exclama Angélique en se levant d'un bond, le regard aussi menaçant que le sien. Je ne veux pas d'une sauvage dans ma maison. Comment avez-vous *osé* l'amener ici ? Sa place est parmi les esclaves, là où Tobias l'a conduite. Il est hors de question que je reçoive une femme noire à ma table. J'exige qu'elle s'en aille immédiatement.

Tout comme son mari, elle souhaitait que Wachiwi disparaisse avant l'arrivée des invités. Leur réaction révolta le jeune homme.

— Elle n'est pas noire. Wachiwi est une Sioux dakota et son père est un chef.

— Quoi ? Vous voulez dire ces barbares qui se promènent tout nus et tuent les gens ? Qui a-t-elle massacré avant de venir ici ? Quel enfant blanc a-t-elle assassiné ? Avez-vous perdu la raison ? fulmina Angélique.

Visiblement, sa fureur égalait celle de Jean.

— Ce sont des propos ignobles, répliqua-t-il froidement. Nous allons repartir sur-le-champ pour La Nouvelle-Orléans. Faites-nous préparer la calèche.

— C'est une excellente idée. Et où croyez-vous pouvoir descendre, en ville ? Aucune pension de famille décente ne vous recevra. Vous ne pouvez pas amener une Indienne dans un établissement convenable, pas plus que vous ne pourriez y amener l'un de nos esclaves.

— Elle n'est pas une esclave, déclara fermement Jean. C'est la femme que j'aime.

— Vous êtes fou ! Grâce à Dieu, vos parents ne sont plus là pour entendre de telles absurdités.

Les yeux de Wachiwi allaient de l'un à l'autre. Elle devinait bien qu'elle était la cause de cette dispute et qu'elle n'était pas la bienvenue dans cette maison. Elle ne voulait pas que Jean ait des problèmes avec sa famille à cause d'elle, mais il se tenait à son côté comme s'il voulait à la fois la protéger et la rassurer. A la dureté de leur voix, elle sentait combien ils étaient en colère. Depuis qu'elle le connaissait, Wachiwi n'avait jamais vu Jean dans un tel état, jamais elle ne l'avait entendu s'exprimer avec une telle violence. Il s'était toujours montré doux et gentil avec elle, ainsi qu'avec tous ceux qu'ils avaient rencontrés.

— Nous trouverons un endroit où nous installer en ville, dit-il fermement.

— J'en doute, répliqua Angélique d'une voix perçante.

A cet instant, on entendit les roues d'un attelage crisser sur l'allée, devant la demeure. Les époux de Margerac semblèrent pris de panique.

— Emmenez immédiatement cette femme hors de chez moi, ordonna sèchement Angélique.

Sans un mot, Jean prit Wachiwi par le bras et l'entraîna vers l'escalier. Ils parvenaient à l'étage, quand les premiers invités franchirent le seuil. Dès qu'ils furent dans sa chambre, Jean expliqua à Wachiwi le plus simplement possible qu'ils devaient retourner en ville.

— Ils sont en colère contre moi, articula-t-elle, visiblement triste pour lui.

A cet instant, Tobias pénétra dans la chambre. Jean lui demanda de ranger leurs affaires. Les malles de Wachiwi encombraient la pièce, mais ils avaient sorti fort peu d'effets.

— Non, c'est moi qui suis fâché contre eux, dit-il.

La réaction de ses cousins l'avait choqué. Etait-ce ce qui les attendait, s'ils restaient à La Nouvelle-Orléans ? Avec une certaine naïveté, il avait espéré un accueil plus chaleureux. A présent, où étaient-ils censés aller ? Où vivraient-ils s'ils restaient ensemble, ce qu'il souhaitait de toute son âme ? Dans une cabane à la frontière du territoire indien, comme Luc Ferrier, qui s'était retiré là avec sa concubine indienne jusqu'à la mort de cette dernière, sans jamais regagner le monde policé ? Se pouvait-il que les gens soient si étroits d'esprit, si mesquins, si absurdes ?

Ses cousins de La Nouvelle-Orléans étaient les seuls parents qu'il avait en Amérique. Il ne connaissait personne d'autre, hormis des voyageurs, des explorateurs, des géomètres et des soldats qu'il avait rencontrés durant son périple. C'était une chose de mener seul une vie de nomade, c'en était une autre de courir les routes avec Wachiwi. Il avait cru qu'ils pourraient séjourner chez ses cousins pendant quelques mois. De cette façon, il aurait eu le temps de réfléchir à leur avenir. Ce soir, le temps de la réflexion s'était considérablement raccourci.

Une demi-heure plus tard, la calèche des Margerac les ramenait en ville. Il était près de minuit lorsqu'ils arrivèrent à la pension de famille où ils avaient passé quelques heures, un peu plus tôt dans la journée. Jean n'avait pas eu de problème alors pour retenir une chambre, mais il avait précisé qu'ils ne resteraient que fort peu de temps et, surtout, personne n'avait vu Wachiwi. Cette fois, l'employé les regarda d'un drôle d'air. Malgré l'heure tardive, il alla consulter le directeur et finalement il leur attribua une petite chambre réservée aux clients peu recommandables, à l'arrière de la maison. Du moins avaient-ils un toit au-dessus de leurs têtes.

— Vous comptez rester longtemps, monsieur ? lui demanda l'employé, l'air gêné.

— Je n'en sais rien, répondit-il avec franchise. Peut-être quelques semaines.

Il se demandait s'il pourrait emmener Wachiwi dans le Nord, mais, pour l'instant, il était incapable de prendre une décision.

Une fois dans la chambre, il retira son manteau puis aida sa compagne à ôter sa robe. Elle la rangea dans la malle, heureuse d'être débarrassée du corset et de tous ces dessous compliqués. Jean lui avait acheté plusieurs chemises de nuit, mais elle préféra enfiler son vêtement en peau d'élan, plus confortable et familier.

Assis auprès d'elle dans la petite pièce, il lui parla de son pays natal. Il ne savait que dire pour la distraire. Tout en lui parlant, il tâchait de comprendre ce qui avait pu causer la réaction de ses cousins. Bien sûr, il en avait une petite idée. Il n'était pas certain que ce serait mieux en France, mais, en tout cas, cela ne pourrait pas être pire qu'à La Nouvelle-Orléans. Craignant que Wachiwi ne fût mal accueillie où qu'elle allât dans le Nouveau Monde, il voulait l'emmener dans sa patrie.

Il lui expliqua que sa maison se trouvait de l'autre côté d'un grand lac, appelé océan Atlantique, et qu'il leur faudrait deux lunes pour y parvenir. Il lui parla de la beauté de sa région d'origine, la Bretagne, des gens qu'elle rencontrerait en France et de son frère, qui vivait dans le château familial. Il ajouta que leur wigwam était beaucoup plus grand que celui qu'elle avait vu ce soir. Très amusée, elle lui fit remarquer qu'il s'agissait d'une maison, non d'un wigwam, et ils rirent ensemble de bon cœur. Avec elle, il se sentait capable de gravir n'importe quelle montagne et de surmonter tous les obstacles. Il ferait tout pour qu'elle ne subisse plus jamais l'humiliation et le terrible affront infligés chez les Margerac. Devinant que d'autres ici se montreraient aussi grossiers que ses cousins, il était convaincu que la situation serait différente en France. Il espérait qu'on considérerait Wachiwi comme un oiseau rare et exotique, non en *persona non grata*.

Il comptait écrire dès le lendemain matin à son frère pour l'avertir qu'ils embarqueraient sur le prochain bateau en partance. Sa lettre n'arriverait que quelques semaines ou quelques jours avant eux, mais il tenait à ce que son aîné soit informé de la date de leur arrivée. Après ce qu'ils avaient vécu, la perspective d'être secoués pendant deux mois sur l'océan ne semblait pas si terrible. Pour la première fois depuis cinq ans, Jean se sentait prêt à rentrer chez lui. Il avait réalisé son projet, découvert de nouvelles contrées, vécu des aventures étonnantes. Pour finir, il avait trouvé l'amour de sa vie, une belle femme sioux avec qui il souhaitait avoir des enfants. Il ignorait ce que son frère en penserait, mais Tristan était un homme sage et compréhensif. De toute façon, quelle que soit l'opinion des gens à l'égard de Wachiwi, Jean savait qu'elle était faite pour lui. Tout en lui souriant, il songea que sa vie d'homme commençait tout juste. Avec, à son bras, celle qui en partagerait chacun des instants.

11

Le lendemain matin, Jean écrivit à son frère une longue lettre. En termes prudents, il lui retraçait les grandes lignes de son histoire. Il ne précisait pas qu'il avait tué un chef crow et pris la fuite avec celle qui avait été son esclave. Il lui disait simplement qu'il avait enfin rencontré la femme de sa vie et qu'il était prêt à rentrer pour l'aider à gérer la vaste propriété familiale. Sa période d'errance était terminée. Il était temps pour lui de se fixer.

Il avait dix ans de moins que son frère, qui était veuf et père de deux jeunes enfants. Quand Jean était parti, Tristan avait une belle et jeune épouse, ainsi qu'un fils d'un an. Une année plus tard, la jeune femme mourait en mettant au monde leur second bébé. Pour autant que Jean le sût, son frère ne s'était pas remarié. Il doutait qu'il eût une maîtresse, car Tristan était un homme trop convenable pour s'engager dans autre chose que le mariage et une existence respectable.

Ils possédaient le château le plus imposant de la région et une grande étendue de terres. Tristan avait toujours assumé très sérieusement ses responsabilités. Il serait certainement soulagé d'apprendre que son jeune frère comptait s'installer à son tour. Dans sa lettre, Jean chantait les louanges de sa future épouse, précisant qu'ils comptaient se marier dans l'église familiale, située sur le domaine. Quand leurs parents étaient morts, au cours d'une terrible épidémie, les deux frères avaient respectivement dix-huit et huit ans. Ayant hérité du titre et de tout ce que cela impliquait, Tristan était devenu chef de famille, se comportant tout autant en père qu'en frère pour Jean. Les deux hommes étaient très proches, avant que Jean ne quittât la France avec le désir ardent de voyager. C'était un luxe que Tristan n'aurait pu se permettre, lui qui était responsable de toutes leurs propriétés et de leurs terres. Ils avaient des intérêts dans le commerce maritime et avaient hérité d'un magnifique hôtel particulier à Paris. Ils l'utilisaient rarement, bien que Tristan fréquentât régulièrement la cour. Il était très attaché à la monarchie et, désormais, Jean voulait l'être aussi.

Jean avait mûri, et la ravissante jeune femme indienne qu'il comptait ramener avec lui l'y avait aidé. Dans sa lettre, il disait tout ce qu'il estimait important à son propos, à deux détails près. Après le fiasco qu'il avait connu chez ses cousins, il ne voulait pas que Tristan jugeât Wachiwi avant de la rencontrer. Il s'abstint donc de préciser qu'elle était sioux ou de la désigner par son prénom. Il était certain que son frère l'accepterait et l'aimerait, lui aussi. Il lui expliquait donc combien elle était ravissante, courageuse, bonne et gentille, une jeune femme à la grande noblesse. Jean était sûr que Tristan le verrait immédiatement, tant il était bon lui-même. Le jeune homme avait énormément d'admiration pour ce frère aîné et tout ce qu'il avait accompli pendant tant d'années sans jamais se plaindre. Pressé de lui présenter Wachiwi, il comptait enseigner sérieusement le français à la jeune femme pendant leur long voyage. Ainsi, elle pourrait converser avec son frère et tous leurs amis lorsqu'ils arriveraient en Bretagne. Désormais, elle n'avait plus besoin d'apprendre l'anglais...

Tandis qu'ils se préparaient pour se rendre au port, Jean constata avec un sourire que Wachiwi s'habillait avec soin. En chemin pourtant, il perçut les regards désapprobateurs qu'on leur lançait. Il n'aurait pas été davantage blâmé s'il s'était promené avec une esclave nue. Comme Wachiwi était belle, les hommes la fixaient avec concupiscence, tandis que les femmes se détournaient avec dégoût. Ces dernières, surtout si elles étaient mariées, avaient parfaitement conscience de ce que les hommes faisaient quand la bonne société ne les voyait pas. Mais parader en compagnie d'une Indienne, même si elle était ravissante, c'était dépasser les bornes. Les gens étaient visiblement indignés que Jean eût habillé sa compagne comme une femme respectable et se comportât envers elle comme si elle l'était. Ils auraient été moins outrés s'il avait mis une robe et un chapeau à son cheval. La beauté de Wachiwi semblait empirer les choses et accroître le mépris dont la gratifiait la gent féminine. Malgré son innocence et son ignorance des coutumes de ce peuple, la jeune femme ne pouvait manquer de remarquer cette hostilité. Elle en demanda la raison à Jean lorsqu'une matrone offensée rassembla ses enfants autour d'elle, glissa quelques mots à son mari et força sa famille à traverser la rue plutôt que de se trouver sur le même trottoir que le jeune couple. Les femmes n'étaient pas les seules à réagir ainsi. Même s'ils enviaient Jean, les hommes manifestaient tout autant leur désapprobation. Puisque eux-mêmes ne pouvaient pas se comporter comme lui, ils lui en déniaient le droit. La Nouvelle-Orléans n'était décidément pas hospitalière.

Ce matin-là, il parla à deux capitaines, Wachiwi à son côté. Estimant qu'il valait mieux dire qu'ils étaient mariés, il leur expliqua qu'ils souhaitaient prendre un bateau en partance pour la France au plus vite. Le premier dévisagea longuement Wachiwi avant de prétendre qu'il n'avait plus de place, ce que Jean ne crut pas un instant. Il était clair que cet homme ne souhaitait pas affronter les récriminations des autres passagers. Les femmes, en particulier, s'estimeraient offensées de la présence parmi elles d'une ravissante Indienne. Plus encore s'il la présentait comme son épouse. Si le capitaine devait braver leur fureur pendant sept ou huit semaines, cela lui vaudrait quelques migraines qu'il préférait éviter.

Le second se montra plus conciliant. Lui aussi avait aisément reconnu les origines de Wachiwi, mais il ne paraissait pas s'en soucier. A son haleine, Jean comprit qu'il avait bu. Le capitaine prit l'argent que lui tendait Jean sans poser de questions, sans s'inquiéter du fait que Wachiwi n'avait pas de papiers. En ce qui concernait ses passagers, il n'avait de comptes à rendre à personne. Et, n'étant ni espagnole ni française, Wachiwi n'avait pas besoin de papiers pour entrer en France.

Le capitaine précisa qu'ils lèveraient l'ancre deux semaines plus tard pour Saint-Malo ; il estimait que le trajet durerait de six à huit semaines. Fin septembre, la saison des ouragans serait presque terminée. Avec de la chance et du beau temps, et si l'océan n'était pas trop agité, il pensait pouvoir atteindre la côte française en novembre. Jean espérait seulement qu'on leur permettrait de garder leur chambre d'hôtel jusque-là. En revanche, il avait réservé la meilleure cabine sur le bateau qui allait les emmener. Avant de quitter le port, il confia sa lettre pour son frère à un autre capitaine.

Ce dernier devait partir le lendemain sur un voilier minuscule, qui paraissait en piètre état. Si cette embarcation ne sombrait pas, Tristan saurait que son frère revenait en France.

Plus que jamais, Jean était décidé à épouser Wachiwi dès qu'ils seraient sur le sol français. Il l'aurait volontiers fait avant de partir, mais il était certain qu'aucun prêtre de La Nouvelle-Orléans n'accepterait de les unir.

Durant les deux semaines suivantes, ils restèrent le plus souvent dans leur chambre. Le soir, ils faisaient de longues promenades, flânant dans la ville animée et respirant l'air embaumé. Il était plus facile de sortir la nuit que d'affronter les regards des gens « respectables ». Dans la journée, Jean occupait leurs heures d'enfermement à enseigner le français à Wachiwi. Elle progressait de façon étonnamment rapide et savait désormais désigner un grand nombre de choses. Elle avait davantage de difficultés à exprimer des concepts ou des sentiments, mais elle y parvenait aussi, même si elle le faisait parfois de façon maladroite. Ils pouvaient à présent avoir des conversations, partager des idées et rire ensemble. La jeune femme semblait parfaitement heureuse avec Jean. Quant au langage des corps, il était universel et leur passion mutuelle n'avait pas de limites.

Le cousin de Jean, Armand de Margerac, lui rendit visite quelques jours après leur passage catastrophique à la plantation. Il tenta de dissuader Jean d'emmener Wachiwi en France. Selon lui, tout le monde serait très choqué, il deviendrait un paria et, à cause de lui, sa famille et son frère connaîtraient la honte et l'humiliation.

— Votre inquiétude à mon propos me touche, cousin, lui répondit poliment Jean.

Les opinions d'Armand le dégoûtaient, mais le vieil homme n'était certainement pas le seul à les avoir. Jean n'avait contacté aucune de ses relations. L'expérience avec ses cousins lui avait suffi.

— Cependant, je ne suis pas sûr d'être d'accord avec vous, continua-t-il. Depuis plusieurs années, on sait que notre monarque éprouve une grande admiration envers les tribus indiennes de l'Ouest. Il a invité plusieurs chefs à la cour, non en tant que curiosités, mais comme des hôtes honorés. Mon frère m'a écrit une ou deux fois à ce sujet. Ce devait être assez stupéfiant. Ils portaient leurs coiffes et leurs mocassins, associés à des vêtements de cour que le roi leur avait fait parvenir pour éviter qu'ils ne se sentent déplacés. Certains d'entre eux avaient conservé leur tenue d'origine. Je n'ai jamais entendu dire que des femmes indiennes se trouvaient parmi eux, mais je parierais que des hommes appartenant à la tribu de Wachiwi ont fréquenté la cour du roi Louis XVI.

Le monarque français était fasciné par les Indiens du Nouveau Monde. Le récit de Jean était parfaitement exact. Il n'y avait aucune raison de penser que les choses avaient changé depuis lors.

Armand prit un air horrifié.

— Vous comptez la conduire à la cour ?

Dans son esprit, cela équivalait à y amener l'une de ses esclaves, ce qui aurait constitué un scandale inconcevable. Pendant des années, il avait eu des relations sexuelles avec certaines d'entre elles. Deux générations d'enfants naturels en avaient découlé. Toutefois, il ne lui serait jamais venu à l'esprit de s'afficher avec l'une de ces femmes en public ou dans la bonne société. Il serait mort plutôt que de les présenter à la cour. Ses esclaves étaient tout juste bonnes pour coucher avec lui, pas plus. Aux yeux d'Armand, le comportement de Jean était inadmissible et il ne pouvait l'expliquer que par la folie de la jeunesse. Il était clair qu'il avait vécu trop longtemps éloigné de la civilisation.

Le jeune homme commençait à s'amuser du malaise visible de son cousin. L'hypocrisie d'Armand l'écœurait, mais il trouvait assez plaisant de le choquer.

— C'est bien possible, dit-il. Je n'y vais pas très souvent, en tout cas moins fréquemment que mon frère. Il faut avouer qu'il est plus respectable que moi et assez proche du roi, ainsi que de certains ministres. Si je l'accompagne un jour, j'emmènerai Wachiwi. Je suis certain qu'elle fascinera notre vénéré roi. Elle retrouvera peut-être quelques-uns de ses parents dans son entourage. On m'a dit en outre que certains Indiens s'étaient installés en Bretagne, région où ils ont débarqué en arrivant du Nouveau Monde. Ils se sont très bien intégrés à la société locale.

— C'est épouvantable, remarqua Armand sur un ton chagrin.

On aurait dit qu'il déplorait une sorte d'infestation... de rongeurs, par exemple. L'idée que des Indiens se mêlassent à la société française le rendait malade. Dans son esprit, cela ne faisait que confirmer la décadence de ses compatriotes. Au moins, dans le Nouveau Monde, ils savaient maintenir leurs esclaves à la place qui était la leur... Hors de vue et certainement pas dans les salons.

— Je pense que vous commettez une terrible erreur en l'emmenant en France, insista-t-il. Vous devriez la laisser dans le pays auquel elle appartient. Elle n'est pas éduquée, elle est inculte, elle ne parle pas le français. Pensez à l'embarras dans lequel vous allez plonger votre frère. C'est une chose que d'inviter des sauvages à la cour en guise de distraction quand on est roi. C'en est une autre en ce qui vous concerne. Que ferez-vous, quand vous serez fatigué d'elle ?

— Je vais l'épouser, répliqua tranquillement Jean. La sauvage inculte dont vous parlez va devenir ma femme. Elle sera comtesse de Margerac, tout comme votre épouse.

Jean décocha sa flèche avec un sourire aimable. Il savait qu'il avait frappé fort, car la comparaison entre Wachiwi et Angélique était plus que son cousin n'en pouvait supporter. Ce dernier prit congé quelques minutes plus tard, écumant de rage, offensé au-delà des mots. Jean ne pensait pas le revoir avant son départ et il ne le souhaitait pas non plus. Il rejoignit Wachiwi dans leur chambre, où ils reprirent la leçon de français. Il était absolument certain que, lorsqu'ils atteindraient la Bretagne, elle parlerait couramment sa langue.

Ils arrivèrent sur le quai avec leurs bagages plusieurs heures avant le départ. Depuis quelques jours, le temps était orageux, mais la saison des ouragans semblait terminée. Ils montèrent à bord de la *Maribelle*, un petit navire marchand qui avait visiblement connu des jours meilleurs. Tout comme son capitaine.

Jean espérait que le voyage ne serait pas trop pénible pour Wachiwi. Il ne reviendrait sans doute jamais lui-même dans le Nouveau Monde, pensait-il. Les passagers s'installèrent dans leurs cabines. Il y avait quatre autres couples et deux hommes qui voyageaient seuls. Tous, y compris le capitaine et son équipage, étaient français. Wachiwi aurait de nombreuses occasions de pratiquer la langue. Les femmes lui avaient lancé des regards interrogateurs, mais Jean n'avait pas ressenti l'hostilité dont ils avaient fait l'expérience dans les rues de La Nouvelle-Orléans ou à l'hôtel. Wachiwi intriguait les passagers, ils se posaient des questions sur leur relation et la façon dont ils s'étaient rencontrés, mais aucun d'entre eux ne fit de commentaire désagréable lorsqu'il la présenta comme son épouse. Chaque fois qu'il s'adressait à elle, le capitaine l'appelait poliment « madame la comtesse ». Dans une lettre qu'il avait remise au capitaine et sur laquelle il avait apposé son sceau, Jean se portait garant de Wachiwi de Margerac, ainsi qu'il nommait sa compagne. Leur destination était Saint-Malo. Ensuite, les deux jeunes gens se rendraient directement au château familial, situé à peu de distance du port.

Lorsque le navire leva l'ancre, Jean et Wachiwi restèrent sur le pont avec les autres. Ils regardèrent La Nouvelle-Orléans disparaître lentement. Jean était soulagé de quitter cette ville. Ce dernier séjour lui avait laissé une si mauvaise impression qu'il serait ravi de ne jamais y revenir. En revanche, il savait qu'il regretterait le Nouveau Monde : les magnifiques contrées, les forêts et les terres qu'il avait parcourues au Canada et, dans l'Ouest, les montagnes majestueuses, les plaines incroyables qui s'étendaient à l'infini et où paissaient les bisons, ainsi que tous les animaux qui vivaient librement dans le pays de Wachiwi. Il devinait que tout cela lui manquerait, à elle aussi. Il passa un bras autour de ses épaules, tandis que l'Amérique disparaissait à l'horizon et que leur bateau s'éloignait sur une mer houleuse. Plusieurs passagers avaient regagné leurs cabines, ne se sentant pas bien. Wachiwi, qui ne possédait pas encore un vocabulaire suffisant pour le formuler, utilisa le langage des signes pour faire comprendre à Jean qu'elle appréciait le tangage du bateau. Il lui apprit à le dire en français. Enveloppée dans un châle épais, elle souriait, ses longs cheveux noirs flottant au vent. Elle ressentait les mêmes émotions que lorsqu'elle galopait à cheval à travers la plaine. L'océan lui procurait une merveilleuse sensation de liberté. Et, où que Jean choisisse de l'emmener, elle se sentait heureuse en sa compagnie. Tout comme lui, elle attendait beaucoup de l'avenir. Jean comptait lui acheter des chevaux, qu'il ajouterait à ceux qui se trouvaient déjà dans les écuries du château. C'était une cavalière extraordinaire, qui méritait les meilleures montures. Tristan, très bon cavalier lui-même, serait certainement impressionné par l'habileté de Wachiwi.

A la nuit tombée, le navire tanguait fortement, mais Wachiwi n'était pas incommodée. Jean était soulagé qu'elle eût le pied marin ; dans le cas contraire, ces deux mois leur auraient paru bien longs. Après avoir dîné légèrement dans la salle à manger exiguë, ils allèrent se coucher. Wachiwi lui expliqua que le bateau ressemblait à un berceau et ils ne tardèrent pas à s'endormir, bercés par la houle.

Le lendemain, ils se promenèrent sur le petit pont. La moitié des passagers étaient malades et gardaient le lit, dans leurs cabines. Wachiwi resta toute la journée dehors et Jean demeura assis auprès d'elle, dans un coin abrité. Tandis qu'il lisait, elle brodait une chemise qu'elle lui destinait avec de minuscules perles indiennes achetées à La Nouvelle-Orléans. Il fut ravi d'apprendre qu'il devrait la porter le jour de leur mariage. La nuit fut paisible et les jours suivants se passèrent bien.

Ils étaient en mer depuis trois semaines, quand Jean se plaignit d'un mal de gorge. Wachiwi alla lui chercher du thé à la cuisine. Elle aurait voulu y ajouter les herbes adéquates pour le soigner, mais il n'y avait rien de tel sur le bateau. Elle dut se contenter de poser une couverture sur les épaules de Jean. Comme ils étaient sur le pont la plupart du temps, Jean pensait avoir attrapé froid, mais son état s'aggrava pendant la nuit.

Le lendemain, il brûlait de fièvre et, pendant une semaine, il fut très malade, délirant la plupart du temps. Assise près de lui, Wachiwi le quittait rarement. Le capitaine rendit visite à Jean. Selon lui, le jeune homme aurait eu besoin d'une saignée, mais il n'y avait pas de médecin à bord. Il avait vu quelqu'un atteint du même mal, et il pensait qu'il s'agissait d'une « esquinancie inflammatoire », une grave infection de la gorge. Celle-ci était si gonflée et douloureuse que Jean ne pouvait plus déglutir. Wachiwi s'efforçait de lui faire avaler quelques gorgées d'eau ou de thé, sans beaucoup de succès. Il parvenait à peine à respirer.

Son état empirait de jour en jour. Wachiwi restait à ses côtés, chantant à mi-voix pour invoquer les Grands Esprits qu'elle avait priés toute sa vie. Elle les suppliait de le guérir. Elle savait qu'une tente à sudation, le bain de vapeur qui permettait à son peuple d'entrer en relation avec les quatre éléments, aurait pu faire baisser cette fièvre. Hélas, impossible d'en avoir une sur ce navire exposé à tous les vents. Pour le réchauffer, elle recouvrait le corps tremblant de Jean avec tout ce qu'elle possédait, et, lorsqu'il se sentait glacé jusqu'aux os, elle se couchait sur lui pour lui communiquer un peu de sa chaleur. Mais elle avait beau le serrer dans ses bras toute la nuit, rien n'y faisait.

Ils étaient maintenant partis depuis presque six semaines et le capitaine estimait qu'ils n'étaient plus qu'à quinze jours du rivage. Jean allait de plus en plus mal. Sa maladie, quelle qu'elle soit, le détruisait. Une nuit, Wachiwi rêva d'un bison blanc. Elle pensa qu'il

164

s'agissait d'un signe dont elle ignorait le sens. Elle n'avait personne pour le lui expliquer, pas plus qu'elle ne disposait des herbes, des potions et des baies qu'elle aurait pu utiliser pour le soulager. Au bout du dix-septième jour de ce régime, elle s'endormit en pleurant, sans relâcher son étreinte. Cette nuit-là, Jean mourut paisiblement. Lorsqu'elle s'éveilla, ses bras l'enlaçaient. Ses yeux grands ouverts la fixaient comme s'il l'avait contemplée au moment de mourir et sa mâchoire inférieure pendait. Ses membres étaient déjà froids et raidis par la mort. Elle l'enveloppa dans une couverture et l'installa avec douceur sur leur lit. Elle était foudroyée. Il ne lui était jamais venu à l'esprit que Jean pourrait mourir et la laisser seule. Il était si jeune et si fort qu'elle avait cru en sa guérison, malgré son état très préoccupant. Refermant doucement la porte derrière elle, elle alla voir le capitaine, que la nouvelle plongea dans le désarroi. Il redoutait une épidémie sur son bateau. Il ne savait pas si la maladie du défunt était contagieuse. Même si elle ne s'était pas encore propagée comme certaines affections qui se répandaient en mer à la façon d'une traînée de poudre, le capitaine ne voulait prendre aucun risque : pour rien au monde le corps de Jean ne devait rester à bord.

Le capitaine expliqua tout cela à Wachiwi après qu'ils eurent quitté la cabine où Jean gisait, comme endormi. La jeune femme hocha la tête. Elle était en état de choc. Ce qu'il lui décrivait ne correspondait en rien aux coutumes de sa tribu, mais elle était prête à faire ce qu'il pensait être le mieux. Ils convinrent que la cérémonie funèbre aurait lieu dans l'après-midi. Le capitaine voulait lui accorder un peu de temps avec Jean. Elle resta assise auprès de lui, embrassant son visage glacé et caressant ses cheveux soyeux. Il paraissait en paix et elle comprit alors la signification de son rêve. Le bison blanc était venu pour emporter Jean. Elle entama une lente mélopée tout en priant les Grands Esprits de l'accueillir et de le protéger.

Quand quatre marins entrèrent dans la chambre et déposèrent sur une civière le corps de l'homme qu'elle aimait, elle fut anéantie. Elle les suivit sur le pont où elle retrouva tous les passagers, à l'exception de deux femmes victimes du mal de mer depuis le départ.

L'assistance était solennelle. L'un des hommes s'était proposé pour lire un passage de la Bible et dire une prière. Le capitaine avait offert d'envelopper Jean dans un drapeau, mais Wachiwi avait souhaité le laisser dans la couverture pour qu'elle lui tînt chaud. Elle craignait de l'abandonner dans ces eaux sombres et profondes, mais elle comprenait qu'il n'y avait pas d'autre choix. Au moment où les marins inclinèrent la civière et où le corps de Jean glissa sans bruit dans la mer, elle couvrit sa bouche de sa main pour étouffer un gémissement. Il disparut presque aussitôt et elle lança le cri lugubre qui marquait le deuil dans sa tribu.

Elle resta longtemps à l'arrière du bateau, à fixer l'océan tandis que des larmes silencieuses coulaient sur ses joues. Les autres passagers et les membres d'équipage l'avaient laissée seule et, quand la nuit tomba, elle retourna dans la cabine. Etendue sur le lit où Jean avait reposé, elle pleura toute la nuit. Jean était le seul homme qu'elle aimerait jamais et elle se moquait bien de ce qui pouvait lui arriver. Elle aurait voulu sauter dans l'océan derrière lui, mais elle n'avait pas osé. Pour la première fois de sa vie, le courage lui avait manqué.

Au matin, elle remonta sur le pont, portant dans ses bras toutes les affaires de Jean. Dans son français hésitant, elle expliqua que, dans son village, on offrait toutes les possessions d'un homme après sa mort, parce qu'il ne pouvait pas les emporter avec lui. Elle avait été dans l'incapacité de respecter les autres rites sioux, mais elle voulait au moins honorer celui-ci. Elle offrit ses chemises aux marins. L'un des passagers accepta avec plaisir le pantalon en peau de daim. Le capitaine prit la veste bleue, bien qu'elle fût un peu trop serrée pour lui. Il y avait aussi un mousquet, qui pourrait être utile à bord. Un autre passager reçut les bottes et sa femme fut ravie d'avoir ses livres. Un par un, ils prirent tous quelque chose lui ayant appartenu. Wachiwi ne garda que la chemise qu'elle brodait pour lui. Elle aurait voulu la lui mettre avant la cérémonie funèbre, mais elle n'avait pas eu le temps de terminer son ouvrage. Elle savait que les images qu'elle conservait de lui resteraient à jamais vivantes dans sa mémoire... Leur première rencontre près de la cascade, leurs retrouvailles quotidiennes, leur fascination mutuelle, l'excitation et la surprise qu'ils avaient éprouvées en présence l'un de l'autre, le terrible combat avec Napayshni, leur fuite éperdue à cheval... sa gentillesse envers elle... sa douceur... la passion qui animait leurs corps... les mots qu'il lui avait appris... les belles robes achetées à Saint Louis... la manière dont il la regardait, avec un amour mêlé de tendresse et de respect... les promesses qu'il lui avait faites à propos de la vie qu'ils mèneraient en France... Il avait tout emporté avec lui en glissant dans l'océan. Mais Wachiwi savait qu'aussi longtemps qu'elle vivrait elle l'aimerait et ne l'oublierait jamais.

12

Grâce à un vent arrière qui forcit de façon inattendue, la *Maribelle* parvint à destination quelques jours plus tôt que prévu. Le voyage avait pris un peu moins de huit semaines. Wachiwi se tenait sur le pont, ne sachant ce qui allait se passer une fois qu'ils seraient à quai. Elle connaissait le nom du château familial dont Jean lui avait parlé si souvent, mais elle ignorait comment s'y rendre, comment trouver son frère ou encore ce qu'il ferait en apprenant que Jean était mort. S'il décidait de la renvoyer, elle n'avait nulle part où aller. Elle avait confié au capitaine l'argent laissé par Jean, mais elle ne savait pas ce que représentait cette somme ni combien de temps elle lui permettrait de vivre. Elle ne savait rien de l'argent des Blancs, elle qui n'avait connu que le troc de fourrures et de chevaux.

Les réflexions du capitaine suivaient le même cours. Il se demandait si quelqu'un viendrait chercher la belle Indienne et si on l'accepterait sans son compagnon. Il envisageait de lui faire une proposition, car il avait perdu son épouse dix ans auparavant et ne s'était jamais remarié. Wachiwi lui plaisait. Elle avait distribué toutes les possessions de Jean, hormis elle-même. Le capitaine décida d'attendre discrètement les prochains événements.

Sur le quai de Saint-Malo, les passants regardaient la *Maribelle* entrer dans le port. Il fallut un certain temps à l'équipage pour arrimer le navire. De chaque côté des digues, il y avait des plages de sable et des promontoires rocheux. Wachiwi contempla longuement cette côte à la beauté sauvage. Les passagers se hâtaient de quitter le bateau, contents de retrouver la terre ferme après cette longue réclusion en mer. Après avoir examiné les papiers de Jean, le capitaine ordonna à l'un de ses hommes de se rendre à cheval au château de Margerac pour prévenir le marquis que le bateau avait accosté. Le marin revint deux heures plus tard. Il avait informé un serviteur et était reparti aussitôt après. Il n'avait pas rencontré M. de Margerac. Ainsi que le lui avait demandé le capitaine, il n'avait pas précisé que le frère du marquis était décédé.

A présent, tous les autres passagers étaient partis. Avec beaucoup de gentillesse, le capitaine expliqua à Wachiwi qu'elle pouvait rester à bord pendant les deux semaines que la *Maribelle* passerait au port, au cas où personne ne viendrait la chercher. Ils commençaient tous les deux à penser que le marquis ne se montrerait peut-être pas. Quant à sa proposition de mariage, le capitaine ne voulait pas lui en parler prématurément.

Wachiwi resta assise de longues heures sur le pont, près de l'endroit d'où les marins avaient fait glisser le corps de Jean dans l'océan. Elle regardait tristement la surface ondulante de l'eau, quand une énorme calèche noire tirée par quatre chevaux blancs se présenta sur le quai. Des hommes en livrée se tenaient à l'avant et à l'arrière de l'attelage, dont les portières étaient ornées d'armoiries. L'équipage était impressionnant et l'homme qui descendit de la voiture, quelques minutes plus tard, l'était plus encore. C'était le portrait craché de son jeune frère, sauf qu'il était plus grand, plus imposant et qu'il avait visiblement dix ans de plus. C'était néanmoins un très bel homme et, bien qu'il fût simplement vêtu, nul n'eût pu douter de ses origines aristocratiques. Il portait une veste bleu marine semblable à celle de son frère, dont le capitaine était maintenant l'heureux propriétaire. Ce dernier quitta immédiatement son bateau pour se porter à sa rencontre. Il s'inclina profondément devant le marquis et ôta son chapeau.

— Votre présence m'honore, monsieur, dit-il avec humilité.

Le marquis fixait le navire, étonné qu'une si petite embarcation ait accompli un si long périple. Il devinait que le voyage n'avait pas dû être de tout repos pour les passagers.

— Je suis venu chercher mon frère, le comte de Margerac, expliqua-t-il.

De nouveau, le capitaine salua. Ce n'était pas souvent qu'il rencontrait un homme aussi distingué.

— J'en ai conscience, monsieur, mais je dois malheureusement vous annoncer une très mauvaise nouvelle. Votre frère est tombé malade à mi-parcours. Je crois qu'il souffrait d'une esquinancie inflammatoire, une terrible infection de la gorge. Il est mort il y a un peu plus de deux semaines et nous avons été obligés de l'immerger en mer.

Le marquis se figea, fixant le capitaine comme s'il venait de recevoir une balle en plein cœur. Le fils prodigue, ou le frère dans son cas, lui était presque revenu et voilà qu'il était parti pour toujours. C'était impensable, et les yeux du marquis se mouillèrent instantanément de larmes. Il les essuya sans honte.

— Mon Dieu, dit-il, c'est affreux ! J'ai reçu la lettre qui m'annonçait son retour il y a quelques jours et, ce matin, votre message me prévenant que vous aviez accosté... C'est terrible. D'autres personnes ont-elles été atteintes du même mal ?

— Non, monsieur.

Le capitaine s'abstint de souligner qu'il avait mal à la gorge depuis quelque temps. Néanmoins il n'avait pas de fièvre et il se sentait en forme. Ce pouvait être un coup de froid ou le début de la maladie, mais il n'avait pas voulu affoler les autres passagers, aussi avait-il préféré se taire.

— Je suis désolé, ajouta-t-il. Votre frère avait l'air d'un homme de qualité.

— Il l'était.

Jean avait davantage été un fils qu'un frère pour Tristan, et maintenant il était mort. Cette nouvelle lui brisait le cœur.

— Son épouse est encore là, monsieur, dit doucement le capitaine comme s'il avait mentionné une malle oubliée.

A voir le visage surpris du marquis, il comprit que ce dernier n'était pas au courant. Tristan, lui, se demandait si cette information était vraie. Tout ce que Jean lui avait écrit, c'était qu'il comptait épouser la jeune fille qu'il ramenait avec lui, mais il connaissait suffisamment son frère pour savoir qu'il pouvait avoir présenté sa fiancée comme son épouse dans le but de préserver sa réputation jusqu'à leur mariage.

— Où est-elle ? demanda-t-il, encore bouleversé par ce qu'il venait d'apprendre.

Le capitaine lui montra la silhouette solitaire sur le pont. La jeune femme était assise et leur tournait le dos. Les yeux fixés sur la mer, elle ne paraissait pas avoir conscience de la présence du marquis.

Hochant la tête, ce dernier monta à bord et gravit les quelques marches qui le séparaient d'elle. Il ne savait trop ce qu'il allait lui dire, sauf qu'il était navré comme elle l'était certainement elle-même. Les longs cheveux noirs de l'inconnue flottaient dans son dos. Il toussota pour l'avertir de sa présence. Se tournant lentement vers lui, elle devina immédiatement son identité. Il ressemblait tant à Jean. Il était certes plus grave et plus imposant, mais il avait le même regard chaleureux. Elle réprima l'envie de jeter ses bras autour de son cou. Au lieu de cela, elle se leva et fit la révérence que Jean lui avait apprise. Tristan la fixait avec ébahissement. Dans sa lettre, Jean n'avait pas précisé que sa future épouse appartenait au peuple indien. Décontenancé à la fois par ses origines et par sa surprenante beauté, il la contempla un instant sans mot dire avant de s'incliner à son tour.

— Comtesse… dit-il en lui prenant la main pour un baisemain.

Elle ne le laissa pas faire. Ne voulant pas lui mentir, elle expliqua d'une voix douce :

— Je n'étais pas son épouse. Nous devions nous marier ici.

— Je le sais. C'est ce qu'il m'avait écrit… mais le capitaine a dit…

Un sourire timide aux lèvres, elle secoua négativement la tête. Pour rien au monde elle n'aurait prétendu être ce qu'elle n'était pas. Elle n'était pas comtesse et elle ne le serait jamais, désormais. Elle ne pleurait pas le titre, seulement l'homme.

— Je suis désolé, autant pour vous que pour moi, dit Tristan avec bienveillance. Qu'allez-vous faire, maintenant ?

Nageant lui-même en pleine confusion, il n'avait aucune suggestion en tête. Que ferait-il d'une jeune Indienne qui n'avait aucune attache en France, et certainement pas d'argent ?

— Je n'en sais rien. Je ne peux pas retourner parmi mon peuple.

— Peut-être pourriez-vous séjourner quelque temps au château, en attendant d'avoir pris une décision ? proposa-t-il.

Il pouvait voir combien elle était anéantie par la mort de Jean.

— Vous voulez bien venir avec moi ? s'enquit-il avec courtoisie.

Hochant la tête, Wachiwi le suivit. Elle quitta donc le navire avec le marquis, non sans avoir abondamment remercié le capitaine. Après avoir précisé qu'un serviteur viendrait chercher les bagages de la jeune femme, Tristan la conduisit jusqu'à la calèche. L'impressionnant attelage quitta rapidement le port, puis se dirigea vers les collines. Wachiwi, qui avait remarqué les magnifiques chevaux, aurait voulu pouvoir les monter. Tristan l'observait avec attention, cherchant à comprendre qui elle était et pourquoi son frère l'avait aimée. Pour l'instant, cela restait un mystère. Soudain, il prit conscience qu'il ne connaissait pas son identité.

— Jean ne m'a pas dit votre nom.

— Je m'appelle Wachiwi, dit-elle simplement.

— Vous êtes indienne, j'imagine.

Ce n'était pas un jugement, juste une constatation. Dans la bouche des gens qu'elle avait rencontrés à La Nouvelle-Orléans, cela ressemblait davantage à une malédiction.

— Sioux, précisa-t-elle.

— J'ai rencontré deux de vos grands chefs à la cour de notre roi. Peut-être étaient-ils de vos parents, ajouta-t-il aimablement.

Tristan n'arrivait pas à croire que le frère qu'il aimait tant était mort et qu'à sa place se tenait une jeune Indienne. Cela faisait beaucoup à assimiler d'un seul coup. Qu'allait-il faire de cette jeune femme ? Où irait-elle ? Il ne pouvait la garder indéfiniment au château. Il devrait l'aider à trouver une solution, mais pour l'instant elle resterait auprès de ses enfants et de lui. Tout en regardant le paysage défiler, il sourit intérieurement. Cela ressemblait bien à son frère de tomber follement amoureux d'une Indienne, au risque de choquer tout leur entourage, puis de mourir et de laisser son aîné gérer la situation. Toute cette histoire avait quelque chose de totalement absurde, de choquant, et aussi de merveilleux. Il était certain que Wachiwi était quelqu'un de remarquable, même s'il ne savait pas encore en quels aspects. Il lui restait à découvrir ce que Jean avait aimé en elle. Déjà, il devait admettre qu'elle était ravissante.

— Bienvenue en France, Wachiwi, lui dit-il sur un ton paternel.

Elle lui répondit avec toute la politesse que lui avait enseignée Jean.

— Je vous remercie, monsieur.

Tristan imaginait que son frère les regardait en souriant, où qu'il soit. Peut-être même riait-il.

Perdue dans ses propres pensées, Wachiwi percevait la présence de Jean. Depuis sa mort, elle n'avait jamais cessé de la sentir, et plus encore depuis son arrivée en France.

13

Le trajet dura plus longtemps que Wachiwi ne s'y attendait, car Jean lui avait dit qu'il avait grandi au bord de la mer et tout près du port. Même avec quatre puissants chevaux, il leur fallut près d'une heure pour parvenir à destination.

Construit au XIIe siècle, le château était immense et imposant. Perché en haut d'une colline au relief accidenté, il jouissait d'une vue magnifique sur l'océan. Des jardins remplis de fleurs multicolores, ombragés par des arbres centenaires, adoucissaient ce paysage austère. Wachiwi n'avait jamais rien vu d'aussi beau.

Tandis qu'ils approchaient, Tristan lui raconta une partie de l'histoire familiale. Ses ancêtres avaient été des guerriers, ce qui expliquait que leur demeure ressemblât à une forteresse. Elle devait être inaccessible, pour les protéger de leurs ennemis. Elle avait bien rempli son office pendant des siècles. Wachiwi sourit et dit que ses propres ancêtres étaient aussi des guerriers. Comme elle expliquait à Tristan que les hommes de sa tribu l'étaient encore, elle pensa à ses frères et son visage s'assombrit. De nouveau, Tristan ne put s'empêcher de se demander de quelle façon elle était devenue la compagne de son frère et comment Jean s'y était pris pour l'arracher aux Sioux. Il était probable que la jeune femme se fût enfuie avec lui.

— Il faudra que vous me racontiez votre rencontre avec mon frère, lui dit-il avec curiosité.

Elle hocha la tête sans répondre. Il était trop tôt pour lui confier que Jean avait tué un homme à cause d'elle.

Un valet l'aida à descendre de voiture, puis le marquis la conduisit à l'intérieur. Wachiwi pénétra dans le vaste hall central, rempli de trophées de chasse et d'étendards aux armes de la famille. Il donnait sur la grande salle de bal que le marquis n'avait plus utilisée depuis la mort de son épouse, quatre ans auparavant, ainsi que sur plusieurs pièces de réception moins grandioses.

De longs couloirs sombres partaient dans toutes les directions. Leurs murs disparaissaient sous les portraits des ancêtres de Tristan, dont certains lui ressemblaient, ainsi qu'à Jean. L'ensemble était froid, exposé aux courants d'air et très intimidant. Wachiwi se demanda si elle aurait eu la même impression en visitant les lieux avec Jean et non avec son frère aîné, si grave et si sérieux. Tout en marchant, il lui parlait de ses aïeux. Elle ne comprenait pas tout ce qu'il disait, mais elle s'efforçait de paraître attentive. Tristan parlait très vite, ne sachant pas qu'elle n'avait appris le français que très récemment.

Ils gravirent un escalier et entrèrent dans un immense salon. Avec tous ces fauteuils et ces nombreux divans, il lui apparut comme une sorte de salle du conseil. Elle pouvait imaginer les guerriers de la famille se retrouvant ici pour projeter des expéditions contre d'autres tribus. D'une certaine façon, leurs histoires et leurs traditions familiales n'étaient pas si différentes. La guerre et la chasse... Elle remarqua avec intérêt qu'aucun

bison ne figurait sur les murs. Il n'y avait que des trophées de daims, d'antilopes et d'élans.

Une femme vêtue d'une robe noire, un tablier de
dentelle noué autour de la taille, entra dans la pièce
et leur proposa de servir le thé. Un instant plus tard,
elle revint avec deux autres servantes et un homme
qui portait un gigantesque plateau en argent, presque
trop lourd pour être déplacé. Dessus, on avait disposé
des théières en argent, des pots de porcelaine et des
assiettes pleines de petits sandwichs et de biscuits.
Wachiwi, qui mourait de faim, examina le tout avec
attention. Elle s'assit sur le siège que Tristan lui dési-
gnait et mangea le plus délicatement possible. La nourriture lui parut délicieuse. Tout était encore très
nouveau pour elle, mais Jean lui avait enseigné les
bases de la politesse, ne souhaitant pas qu'elle soit
embarrassée ou mal à l'aise lorsqu'elle arriverait en
France.

Elle remarqua que Tristan l'observait attentivement,
cherchant sans doute à décider ce qu'il ferait d'elle.
De temps à autre, elle jetait un coup d'œil en direction
de l'océan. Elle pensait à l'esprit de Jean, qui habitait
désormais la mer. A cet instant, deux enfants firent
irruption dans la pièce, suivis par une grande et jeune
femme au visage sérieux et au teint pâle. Vêtue d'une
robe grise, elle avait des cheveux d'un brun terne, des
yeux gris, et elle dégageait une impression de tristesse.
Les enfants, qui l'appelaient « Mademoiselle », paraissaient désireux d'échapper à sa surveillance. Ils se figè-
rent en apercevant Wachiwi. La petite fille devait avoir
quatre ans, et son frère six. Malgré leurs ravissants
vêtements très particuliers, ils rappelèrent à Wachiwi
les enfants qu'elle avait connus. Ils sautaient en tous
sens comme des chiots, gambadaient autour de leur

père et lorgnaient les gâteaux qui se trouvaient sur le plateau. Mademoiselle s'efforçait sans succès de les calmer et de les faire asseoir. Ils lui obéissaient l'espace d'une minute, puis ils se levaient d'un bond pour jouer et rire avec leur père, qui semblait ravi de les voir.

Cette femme à l'aspect trop austère ne plut pas à Wachiwi et il était clair que les enfants ne l'appréciaient pas non plus. Wachiwi la trouvait froide et distante. Quant à Mademoiselle, elle feignait de l'ignorer, témoignant à la jeune Indienne le mépris que Jean et elle avaient subi à La Nouvelle-Orléans.

— Voici mes enfants, dit Tristan, un large sourire aux lèvres. Matthieu et Agathe. Quand Jean est parti pour le Nouveau Monde, Matthieu avait un an. Agathe est née après son départ.

Les deux intéressés fixaient Wachiwi avec curiosité. Bien qu'elle fût vêtue normalement, ils sentaient qu'il y avait quelque chose de différent en elle, ne serait-ce que sa peau d'un brun doré. Agathe lui sourit immédiatement, tant elle la trouvait jolie et gentille.

— C'est une amie de votre oncle Jean, expliqua Tristan.

La jeune femme ne put s'empêcher de rire, car il tentait de les écarter des biscuits, qu'ils dévoraient avec une rapidité déconcertante.

— C'est la dame qu'oncle Jean va épouser ? demanda la fillette en sautant sur le canapé, au côté de son père.

Mademoiselle émit aussitôt un grondement réprobateur. Selon elle, les enfants devaient rester debout lorsqu'ils se présentaient devant leur père. La gouvernante blâmait le manque de fermeté du marquis à leur égard.

— En effet, confirma-t-il.

Il leur en avait parlé quelques jours auparavant, quand il avait reçu la lettre de Jean. Très excitée à l'idée du mariage, la petite fille avait voulu savoir si elle pourrait y assister.

— Où est oncle Jean ? demanda Matthieu.

Il y eut un bref silence. Le regard triste, Tristan finit par leur répondre :

— Il est avec votre maman maintenant, au paradis. Ils sont ensemble et sa fiancée est venue toute seule.

Agathe tourna vers Wachiwi un visage étonné.

— Toute seule ? répéta-t-elle. Sur un bateau ?

Wachiwi hocha la tête en souriant. Le minois rond et angélique de la petite fille était encadré par des boucles blondes. Elle était vraiment irrésistible.

— Oui, répondit Wachiwi, je suis venue en bateau. Je suis arrivée aujourd'hui.

— Tu n'as pas eu trop peur ? s'enquit l'enfant, les yeux écarquillés.

— Non, tout s'est bien passé, mais le voyage était un peu long... deux lunes. Je veux dire presque deux mois, se corrigea-t-elle.

— Je n'aime pas les bateaux, affirma Agathe. Ils me rendent malade.

— Moi aussi, intervint Matthieu.

Grand pour son âge, il ressemblait à Tristan et à Jean. Pour l'instant, il observait Wachiwi, comprenant qu'elle était différente et intéressante. En tout cas, elle était gentille, ils l'avaient déjà décidé tous les deux.

Le frère et la sœur bavardèrent avec animation pendant quelques instants, puis Mademoiselle annonça qu'il était temps de quitter les grandes personnes. Agathe et Matthieu protestèrent en vain. Leur gouvernante leur ordonna de dire bonsoir à leur père avant de les escorter fermement jusqu'à la porte.

— Ils sont merveilleux ! s'exclama Wachiwi avec sincérité dès qu'ils furent partis. Votre fils vous ressemble ainsi qu'à Jean.

Cette remarque fit sourire Tristan.

— C'est exact. Agathe est le portrait de sa mère, qui est morte à sa naissance. Je suis très content de leur gouvernante, que nous avons engagée quand Matthieu est né. En l'absence de leur mère, il est particulièrement nécessaire que quelqu'un les éduque, d'autant que je ne suis pas toujours là.

Tout en parlant, Tristan trouvait étrange d'aborder de telles questions avec Wachiwi, mais la femme que son frère avait voulu épouser suscitait sa curiosité. Contrairement aux craintes de la jeune femme, son origine indienne ne paraissait pas le choquer outre mesure. En réalité, on aurait même dit qu'il ne s'en souciait pas le moins du monde. C'était un homme bienveillant, à l'esprit étonnamment ouvert.

— Elle a l'air extrêmement sévère, remarqua Wachiwi avec franchise.

La gouvernante lui avait déplu au premier coup d'œil, mais elle était trop avisée pour le dire et elle ne voulait pas offenser son hôte. Dans la culture indienne, Mademoiselle aurait été une parente de la famille, toutefois elle savait déjà par Jean qu'en Europe les gens qui travaillaient pour eux s'appelaient des « serviteurs », et à La Nouvelle-Orléans, des « esclaves ».

— On va vous montrer votre chambre, dit alors Tristan. Vous devez être fatiguée après ce long voyage. Par bonheur, vous n'avez pas attrapé la maladie de mon frère. Vous vous sentez bien, n'est-ce pas ?

Il s'inquiétait de sa santé, mais aussi d'une éventuelle contagion. Heureusement, elle avait l'air bien portante, et la jeune Indienne le lui confirma.

Tristan tira sur un cordon qui se trouvait près de la cheminée. Une femme qui aurait pu être une parente plus âgée de Mademoiselle ne tarda pas à apparaître. Tristan lui ordonna de conduire Wachiwi dans sa chambre. Il dit à la jeune femme qu'on lui servirait son dîner dans son appartement ce soir-là, mais qu'il la verrait dans la matinée. Il ne souhaitait pas prendre ses repas en tête à tête avec une jeune femme célibataire. Il ne savait pas comment il s'organiserait par la suite, mais cela ne lui paraissait pas convenable. En l'absence de Jean, la situation était pour le moins bizarre. Peut-être pourrait-elle manger avec les enfants... C'était sans doute la meilleure solution.

L'appartement qu'il lui avait attribué ne ressemblait en rien à la case des esclaves où sa cousine Angélique avait relégué la jeune femme. Il se composait d'un immense salon dont les fenêtres donnaient sur l'océan, et d'une chambre avec un lit à baldaquin digne d'une princesse. La jeune femme disposait en outre d'un cabinet de toilette spacieux, d'une petite pièce où ranger ses vêtements et d'un bureau comportant un élégant secrétaire. Wachiwi n'avait aucune idée de ce qu'elle ferait d'un tel espace. L'absence de Jean lui broyait le cœur. Elle l'ignorait, mais s'il avait été avec elle Tristan les aurait installés à son étage, dans une immense suite. Vu les circonstances, il avait préféré la loger dans une autre aile du château. La chambre des enfants se trouvait juste au-dessus. Elle pouvait les entendre, mais elle n'osait pas monter et affronter le regard glacial et la désapprobation de Mademoiselle.

Elle erra dans son nouveau domaine, ouvrant des tiroirs et des placards, curieuse de tout ce qu'elle voyait. On lui apporta un immense plateau d'argent, croulant sous un assortiment de viandes, de légumes et de fruits.

Il y avait aussi des sauces, une assiette de fromages, du pain et un dessert joliment présenté. La générosité de son hôte fit pleurer Wachiwi, mais tout ce qu'elle voulait, c'était Jean.

Elle dormit d'un sommeil agité. Les rideaux de satin rose de son lit étaient ornés de glands et le matelas semblait rempli de plumes. Elle rêva de nouveau du bison blanc. La dernière fois que c'était arrivé, Jean était mort, et elle se demanda s'il revenait la voir sous forme d'esprit. Elle aurait voulu qu'il lui dise ce qu'elle devait faire maintenant. Sans lui, elle était perdue en ce lieu inconnu.

De son côté, Tristan était tout aussi perplexe. Il l'imaginait vivant dans les greniers du château jusqu'à ce qu'elle devienne une vieille femme, telle une sorte d'héritage que lui aurait légué son frère. Que pouvait-il faire d'autre ? En tout cas, pas la renvoyer en Amérique, puisqu'elle lui avait dit qu'elle ne pourrait pas rejoindre son peuple. Il était incapable de l'éconduire ou de lui refuser l'hospitalité. D'un autre côté, il était difficilement envisageable qu'elle demeure chez lui à jamais, à moins qu'il ne lui trouve une activité. Mais il n'avait aucune idée de ce qu'elle savait faire… sans doute pas grand-chose. En outre, Wachiwi était issue d'un univers entièrement différent et elle ne connaissait rien du leur. Elle était seule au monde.

Au matin, Wachiwi s'habilla soigneusement. Elle aurait aimé se promener dans les jardins, mais elle ne savait pas comment s'y rendre. Elle monta donc à l'étage supérieur, où elle pensait trouver les enfants. Elle ne se trompait pas. A mesure qu'elle approchait de leur chambre, leurs voix se faisaient plus fortes. Elle entendit la gouvernante les gronder. Comme Jean le lui avait appris, elle cogna à la porte avant de l'ouvrir.

Agathe était par terre, en train de jouer avec sa poupée. Matthieu, quant à lui, s'amusait avec un cerceau, alors que Mademoiselle venait de lui demander de le poser immédiatement.

Wachiwi leur sourit ; dès qu'ils la virent, ils se précipitèrent vers elle, visiblement ravis. Après leur avoir parlé pendant quelques minutes, elle leur demanda comment rejoindre les jardins. Matthieu supplia aussitôt la gouvernante de les laisser l'y conduire. Manifestement contrariée par l'intrusion de Wachiwi dans la nursery, elle accepta néanmoins. Un instant plus tard, vêtus de leurs manteaux, ils dévalaient l'escalier, suivis de la jeune Indienne. Le temps était froid et ensoleillé, le vent de novembre mordait, mais cela ne gênait pas les enfants, qui couraient dans le dédale des allées, sur l'herbe et parmi les plates-bandes de fleurs. Wachiwi les imitait et s'amusait follement, ayant tout d'une enfant elle-même. Aucun d'entre eux ne s'aperçut que Tristan était sorti sur le seuil du château et les observait. Jamais il n'avait vu ses enfants rire autant.

Wachiwi ne remarqua sa présence que lorsqu'elle le bouscula par inadvertance, tentant d'échapper à Matthieu qui la poursuivait. Hors d'haleine, elle le fixa avec stupeur avant de se répandre en excuses.

— Ne les laissez pas vous épuiser, lui conseilla-t-il.

— Oh, ne vous inquiétez pas, j'adore cela, dit-elle d'une voix haletante.

Il comprit qu'elle était sincère. Mademoiselle profita de l'occasion pour emmener Agathe et Matthieu, sous prétexte qu'ils devaient se laver les mains avant le déjeuner.

— Vous avez des enfants merveilleux, dit Wachiwi avec admiration. Nous avons bien joué.

Elle souriait, désolée qu'ils aient dû partir.

— Vous avez bien dormi ? lui demanda Tristan.

— Très bien, merci.

C'était l'une des réponses polies que Jean lui avait apprises en premier.

— Mon lit est très confortable, ajouta-t-elle.

C'était exact, en revanche ses cauchemars et l'inquiétude qu'elle se faisait pour son avenir l'avaient empêchée d'en profiter.

— J'en suis ravi. J'espère que vous avez eu assez chaud. La maison peut être un peu froide.

Wachiwi se mit à rire.

— Un tipi aussi.

Il la fixa un instant sans savoir que dire, puis il l'imita. Cette jeune femme était la franchise même, elle n'avait pas peur d'être ce qu'elle était ou de dire ce qu'elle pensait, sans jamais être grossière ou tenir des propos inappropriés.

— Jean m'a dit que vous aviez des écuries magnifiques.

Elle brûlait de les voir.

— Je ne dirais pas cela, répliqua-t-il. Au printemps, je compte acheter de nouveaux chevaux. Nous en avons quelques-uns qui sont bons. Je m'en sers principalement pour chasser. Vous aimeriez les voir ?

Il comptait déjeuner avec elle par politesse, mais cette visite constituerait une distraction bienvenue avant le repas. Il supposait qu'ils avaient peu de points communs, aussi la conversation risquait-elle d'être très pauvre. Pourtant, son frère devait bien discuter avec elle, à moins que leur relation ne fût purement physique et passionnelle. Il devait admettre qu'elle parlait admirablement le français. Elle faisait parfois quelques fautes, qu'elle corrigeait elle-même. Son frère l'avait préparée efficacement à son arrivée en France et à son entrée dans leur monde.

Dès qu'elle franchit le seuil de l'écurie, le visage de Wachiwi s'éclaira. Elle passa en revue les chevaux, entrant parfois dans les stalles pours palper leurs muscles ou leurs jambes. Elle leur parlait doucement dans une langue qui devait être le sioux, se dirigeant d'un œil expert vers les meilleurs d'entre eux. Tristan fut impressionné par son aisance.

— Vous devez aimer monter, dit-il plaisamment.

Elle se mit à rire.

— Oui. Je chevauchais souvent avec mes cinq frères. Parfois, ils me faisaient faire la course avec leurs amis.

— Des courses à cheval ? s'étonna Tristan.

C'était inhabituel même dans la tribu de Wachiwi, mais il ne pouvait pas le savoir. Les jeunes filles n'affrontaient pas les hommes. Tristan supposa qu'elle ne montait que des bêtes très dociles.

— Aimeriez-vous faire une promenade cet après-midi ?

Voilà une activité qu'il pouvait lui proposer. Il la traitait en invitée d'honneur, ce qu'elle était. Aussitôt, les yeux de Wachiwi étincelèrent.

— Vous utilisez une selle pour dame, je suppose ?

Elle secoua la tête. Elle avait vu des femmes monter en amazone à La Nouvelle-Orléans, mais cette méthode lui paraissait inconfortable, peu sûre et finalement très sotte. Elle l'avait dit à Jean, qui lui avait répondu en riant qu'elle devrait apprendre. C'était la seule suggestion de Jean qu'elle eût repoussée. Pour elle, monter à cheval était sacré.

— Que préférez-vous ? lui demanda Tristan, déconcerté.

Il ne pouvait imaginer qu'elle chevauchât comme un homme... Peut-être était-ce une tradition chez les Sioux.

— Je ne veux pas de selle, juste une bride et des rênes, dit-elle, utilisant les mots que Jean lui avait enseignés. J'ai monté à cru toute ma vie.

Tristan parut étonné. Il était curieux de voir quel genre de cavalière elle était.

— Est-ce que quelqu'un nous verra ? demanda-t-elle, ce qui le surprit encore davantage.

— Seulement les valets d'écurie et les palefreniers.

— Puis-je m'habiller comme je le veux ?

La question l'effraya un peu, mais comme il souhaitait se montrer poli envers la presque épouse de son frère, il acquiesça.

— J'aimerais porter une robe que je mettais pour monter à cheval, expliqua-t-elle. Je ne peux pas bouger correctement ainsi vêtue, ajouta-t-elle.

Joignant le geste à la parole, elle désigna sa jupe volumineuse, ses gants, son chapeau et ses chaussures.

— Faites comme vous l'entendez, ma chère, répondit Tristan avec douceur. Après le déjeuner, nous ferons une belle promenade dans les collines. Avez-vous remarqué une monture qui vous plaît particulièrement ? lui demanda-t-il en regagnant le château avec elle.

Wachiwi décrivit le cheval qu'elle avait remarqué.

— Il est très dangereux, expliqua Tristan. Son dressage n'est pas encore terminé et je ne voudrais pas que vous vous blessiez.

Jean ne le lui aurait jamais pardonné et il se sentait responsable d'elle désormais, même s'il se demandait quelles seraient les implications de cette responsabilité. En attendant, il fallait gérer au mieux la situation, et cela impliquait de ne pas la laisser se faire tuer par un cheval fougueux !

Ils déjeunèrent dans l'immense salle à manger, au bout d'une table incroyablement longue. Wachiwi mangea tout ce qu'on lui présenta, notamment une délicieuse soupe de poisson, puis elle monta se préparer. Lorsqu'elle redescendit, Tristan fut assez surpris de la voir enveloppée dans une couverture. En dessous, elle était vêtue de sa robe en peau d'élan ornée de piquants, par-dessus un pantalon de daim. Ses pieds étaient chaussés des mocassins brodés. Très à l'aise dans cette tenue, elle se déplaçait avec une grâce saisissante. Légèrement embarrassé, Tristan espéra que personne, en dehors des valets d'écurie, ne la verrait ainsi vêtue. Elle marchait avec une souplesse de danseuse digne de son nom, dont elle lui avait expliqué la signification. Il ne fit aucun commentaire sur sa tenue, lui demandant seulement si elle était sûre de pouvoir monter à cheval ainsi habillée. Il avait tenté, en vain, de la convaincre de choisir une autre monture, et avait constaté à cette occasion qu'elle pouvait se montrer très têtue. Il s'efforça de ne pas remarquer l'expression incrédule des palefreniers lorsqu'elle monta à cru, vêtue de sa robe en peau d'élan, ses cheveux noirs flottant sur ses épaules. Dès qu'elle fut sur son dos, le cheval se cabra. Wachiwi se transforma sous les yeux de Tristan en l'espace de quelques secondes, pour ne faire plus qu'un avec l'animal ombrageux, qui se calma peu à peu. D'une main experte, elle le fit sortir tranquillement de l'écurie. Tristan les suivit sur son propre cheval, époustouflé par la facilité avec laquelle elle maîtrisait sa monture. Elle semblait apaisée et heureuse.

Ils suivirent en silence un sentier que Tristan connaissait bien. Quand le cheval de Wachiwi se mit de nouveau à caracoler, elle lâcha la bride sur le cou de l'animal, qui partit comme une flèche. Il était si rapide et Wachiwi se confondait si bien avec lui que Tristan fut incapable de les suivre. Il comprit alors qu'il avait devant les yeux une incroyable cavalière, plus douée qu'aucune personne, homme ou femme, de sa connaissance. Elle volait littéralement, sautant par-dessus les haies, couchée sur l'encolure, maîtrisant totalement sa monture. Il ne savait lequel des deux s'amusait le plus, de Wachiwi ou de son cheval. C'était fascinant ! Il riait lorsqu'il parvint à la rejoindre, hors d'haleine. Wachiwi, elle, n'était absolument pas essoufflée.

— Rappelez-moi de ne jamais chercher à vous apprendre quoi que ce soit sur les chevaux, lui dit-il plus tard. Seigneur ! Vous êtes une cavalière étonnante. Je comprends maintenant pourquoi vos frères pariaient sur vous quand ils organisaient des courses. Je suppose qu'ils ne perdaient pas souvent. Dommage que nous ne puissions en faire autant ici.

Sa sincérité était totale. Sur un cheval, Wachiwi était un poème en mouvement.

— Pourquoi non ? lui demanda-t-elle en toute simplicité.

Ils retournaient lentement au château. Leur promenade dans les collines avait duré deux heures, mais la jeune femme n'avait pas envie de rentrer, et pour une fois Tristan non plus.

— Les femmes ne participent pas à des courses.

— Chez mon peuple non plus, avoua-t-elle. Jean montait très bien à cheval, ajouta-t-elle.

Elle se rappelait leur longue fuite, du lac jusqu'à Saint Louis. Leur habileté et leur endurance leur avaient sauvé la vie.

— C'est vrai, dit Tristan.

— Et vous aussi, remarqua-t-elle avec un sourire. J'ai vraiment apprécié cette promenade en votre compagnie.

Il était moins intrépide qu'elle en selle – peu d'hommes la surpassaient en ce domaine –, mais c'était, lui aussi, un excellent cavalier.

— Moi de même. Faire du cheval avec vous est très amusant, Wachiwi. C'est peut-être la robe, plaisanta-t-il. Elle doit être magique.

— Je la portais quand je me suis enfuie avec Jean du village où les Crows avaient fait de moi une esclave.

Cette révélation choqua Tristan. Soudain, il prit conscience qu'il savait très peu de choses sur la jeune femme et les coutumes de son peuple, pas plus qu'il ne connaissait l'exacte nature de sa relation avec son frère. Le fait qu'elle eût été réduite en esclavage l'horrifiait.

— Votre frère m'a sauvée, dit-elle. Nous avons galopé sans souffler pendant plusieurs jours.

— Ce devait être affreux, répliqua-t-il avec un effroi teinté d'admiration.

— En effet, dit-elle calmement. J'avais déjà essayé de m'enfuir à plusieurs reprises, mais ils m'avaient à chaque fois rattrapée et ramenée au camp.

Tout en parlant, elle lui montra la déchirure produite par la flèche qui l'avait blessée à l'épaule. Elle avait recousu sa robe, mais la zébrure était toujours là, tout comme la vilaine cicatrice sur sa peau.

— C'est épouvantable ! Vous êtes vraiment très courageuse.

Wachiwi suscitait en lui une curiosité grandissante. Elle n'était pas seulement belle, remarquable cavalière et une interlocutrice intéressante, elle avait une histoire et des talents qu'il devinait fascinants.

— Votre père était-il chef ?

Son assurance, sa dignité et sa grâce le lui faisaient penser. Elle acquiesça d'un signe.

— Oui, un grand chef. Il se nommait Matoskah, ce qui signifie Ours Blanc. Mes frères sont appelés au même destin. Ce sont déjà de braves guerriers.

Elle posa sur Tristan des yeux tristes, mouillés de larmes. Elle pensait souvent à eux et ils lui manquaient. Ils étaient si loin, désormais ! Elle avait bien conscience qu'elle ne les reverrait jamais.

— Deux d'entre eux ont été tués quand j'ai été enlevée par les Crows. Je n'ai jamais revu les autres. Si je retournais dans ma tribu, les Crows nous feraient la guerre parce que je me suis enfuie. J'ai été offerte à leur chef.

— C'est stupéfiant, répondit doucement Tristan, qui allait d'étonnement en étonnement.

Ils ramenèrent leurs montures à l'écurie et regagnèrent le château. Il était tard. Tristan était fatigué, alors que Wachiwi débordait de vitalité. Cette course dans les collines lui avait permis d'apaiser son âme.

— Demain, je pars pour Paris, lui dit-il avant de la quitter au pied de l'escalier monumental. Je serai absent pendant quelques jours.

— Vous irez à la cour ? lui demanda-t-elle avec autant de curiosité que Matthieu ou Agathe.

— Probablement, mais je dois aussi m'occuper de mes affaires. Quand je reviendrai, nous ferons une autre promenade. Vous me montrerez peut-être quelques-uns de vos tours.

— Je vous apprendrai à monter comme un Sioux, répliqua-t-elle en riant.

— Après ce que j'ai vu aujourd'hui, l'idée me sourit assez. Merci, Wachiwi.

En regagnant ses appartements, la jeune femme entendit les rires des enfants à l'étage supérieur. Au lieu de se rendre directement chez elle, elle monta les saluer. Sa robe en peau d'élan les subjugua. De manière prévisible, la gouvernante arbora une mine pincée et se détourna en laissant échapper un soupir dégoûté.

— Je t'ai vue monter à cheval avec papa par la fenêtre, dit Matthieu. Tu galopais vraiment très vite.

— C'est vrai. J'aime bien cela, parfois.

— Je déteste les chevaux ! s'exclama Agathe.

— Tu m'apprendras à monter comme toi ? demanda Matthieu avec espoir.

— Oui, si tu le souhaites.

Peut-être pourrait-elle ainsi remercier Tristan pour sa gentillesse à son égard et son hospitalité. Sinon, elle se sentirait inutile, ici. Elle n'était pas venue pour ne rien faire, mais pour épouser Jean. A présent, elle devait se trouver un autre but. La foudroyant du regard, Mademoiselle eut une moue méprisante. Elle n'avait jamais rien vu d'aussi choquant que la robe de Wachiwi. Dès que cette dernière fut partie, elle fit part de son opinion à Agathe.

— Moi, elle me plaît beaucoup, rétorqua la petite fille sur un ton provocant. Et les choses bleues qu'il y a dessus sont très jolies. Elle a dit qu'elle les avait faites elle-même avec des baies.

Agathe était très fière de sa nouvelle amie, qu'elle trouvait plus gentille que cette grincheuse de Mademoiselle.

— C'est répugnant, lâcha celle-ci en lui tournant le dos pour ranger les jouets.

De retour dans sa chambre, Wachiwi contempla l'océan tout en réfléchissant. Elle savait qu'elle ne se marierait jamais. Elle avait repoussé les hommes de son village, puis Napayshni. Le seul homme qu'elle avait aimé était Jean, et maintenant il était parti. A cette pensée, une larme coula le long de sa joue. Mais au moins pouvait-elle se montrer aimable envers son neveu, sa nièce et son frère pendant la durée de son séjour. Car tôt ou tard, elle devrait s'en aller : elle ne pourrait rester ici indéfiniment, alors que Jean n'y était plus.

Le lendemain matin, elle vit Tristan partir pour Paris avant l'aube. Elle s'était réveillée de bonne heure et se tenait derrière la fenêtre lorsqu'elle le vit sortir de l'écurie avec son valet et un palefrenier. Matthieu lui avait dit que les trois hommes descendraient dans une auberge ce soir-là. Ils passeraient une quinzaine d'heures par jour à cheval avant de parvenir à destination le lendemain soir. Tristan lui avait confié qu'il n'aimait pas se rendre à Paris. Il avait trop de tâches à accomplir sur sa propriété pour perdre du temps à la cour. Depuis la mort de sa femme, avait-il ajouté, il y allait le plus rarement possible, mais il ne voulait pas manquer de respect au roi, c'est pourquoi il s'imposait cette corvée de temps à autre.

Wachiwi se demandait à quoi pouvait bien ressembler la cour. D'après les descriptions de Jean, elle l'imaginait remplie de femmes comme sa cousine Angélique, ce qui lui paraissait très intimidant. Il lui avait dépeint des milliers de chandelles et de miroirs, de longues tables croulant sous les mets, la musique, les danses et des intrigues compliquées qui n'avaient aucun sens pour elle. Jean lui avait dit que de nombreux courtisans auraient fait n'importe quoi pour obtenir les faveurs du roi et de la reine.

Elle ne pouvait se figurer Tristan dans un tel milieu, ou même en train de danser, tant il semblait posé et tranquille. Il était certainement plus heureux sur un cheval ou avec ses enfants. Elle se le représentait avec difficulté en culotte de satin, coiffé d'une perruque poudrée.

Elle le regarda s'éloigner à cheval, ses deux compagnons chevauchant à ses côtés. Lorsqu'elle les perdit de vue, il commençait à pleuvoir. Elle espérait qu'il n'attraperait pas froid ou ne tomberait pas malade. La mort de Jean lui avait appris que même les hommes forts pouvaient se révéler fragiles. Elle appréciait Tristan et le respectait. Il était le grand frère qu'elle n'avait plus et qu'elle regrettait, celui dont Jean avait parlé avec amour et respect. Elle savait qu'il était une personne digne de confiance, solide. Bien sûr, elle était gênée de dépendre de lui, mais Tristan et ses enfants étaient tout ce qu'elle avait. Elle pria le ciel qu'il revienne sain et sauf de Paris, pour le salut de sa famille et le sien.

14

L'avion qui emportait Brigitte vers Paris décolla de l'aéroport Kennedy un peu avant minuit ce vendredi-là. La jeune femme regardait par le hublot, réfléchissant à ce qu'elle allait faire. Avant d'aller en Bretagne, elle comptait se rendre à la Bibliothèque nationale à Paris. Une fois qu'elle saurait comment se repérer parmi les archives, elle rechercherait le nom du marquis de Margerac pour voir s'il y avait des informations à son sujet, outre son mariage avec Wachiwi.

La semaine précédente, elle avait révisé son français à l'aide de DVD. A l'université, elle ne se débrouillait pas trop mal et elle avait même rédigé quelques bons articles dans cette langue, mais elle ne l'avait pas parlée depuis seize ans. Quand l'hôtesse s'adressa à elle en français, elle fut paralysée. Elle comprenait le sens de ses paroles, mais elle était incapable de répondre. Il ne lui restait plus qu'à espérer qu'on parlait anglais au département des archives, car elle comptait s'y rendre dès le lundi.

Elle avait retenu une chambre dans un petit hôtel de la rive gauche. Ted et elle avaient toujours voulu visiter Paris, mais ne l'avaient pas fait. Au lieu de cela, ils avaient contemplé le Grand Canyon et ils avaient visité la grande foire de l'art à Miami. Ils n'étaient jamais allés plus loin. Et maintenant, voilà qu'elle se retrouvait seule à Paris, pendant qu'il entamait des fouilles en Egypte. Leurs chemins différaient, mais le sien lui plaisait et elle ne regrettait pas sa décision.

Lorsqu'elle arriva en France le samedi matin, le soleil brillait dans le ciel malgré la fraîcheur hivernale. A l'aéroport, elle prit un taxi. Le chauffeur n'eut aucun mal à la comprendre quand elle lui indiqua le nom et l'adresse de son hôtel, ce qui constitua une grande victoire à ses yeux. L'excitation lui faisait tourner la tête. Le chauffeur proposa de lui montrer les grands monuments. La voiture emprunta les Champs-Elysées, puis ils traversèrent la place de la Concorde, où des mariées japonaises se faisaient prendre en photo dans leurs belles robes. Ils franchirent la Seine, et elle aperçut la tour Eiffel à sa droite. Un instant plus tard, ils étaient parvenus à son hôtel, rive gauche.

Le petit établissement était propre et sa chambre minuscule. Mais il y avait un bistro de l'autre côté de la rue, une pharmacie pas loin, un pressing… Tout ce dont elle pouvait avoir besoin. Après avoir adressé quelques mots en français au réceptionniste – une autre victoire… – et déposé sa valise dans sa chambre, elle traversa la rue, s'attabla à la terrasse d'un café et commanda son déjeuner. Tout en observant les passants, elle se sentait maîtresse de son destin. De nombreux couples s'embrassaient, on voyait des hommes en scooter avec des passagères serrées contre eux… ou l'inverse. Paris était la ville des amoureux, mais elle ne souffrait pas d'être seule. Car son projet l'emplissait de joie et d'excitation, et elle avait hâte de se rendre aux archives. Elle espérait seulement rencontrer une personne suffisamment compétente en anglais pour l'aider. Dans le cas contraire, il lui faudrait faire avec son français rouillé. A sa grande stupéfaction, elle n'était même pas anxieuse.

Après le déjeuner, elle se promena dans les rues étroites de la rive gauche, puis elle retrouva son hôtel sans avoir à demander son chemin. Ce soir-là, étendue sur son lit, elle relut ses notes sur Wachiwi. Tout ce qu'il lui fallait maintenant, c'était trouver son nom et celui du marquis dans les archives. Avec un peu de chance, il serait fait mention de leur présence à la cour. Peut-être même apprendrait-elle comment la jeune Indienne avait fait la connaissance du marquis. Cela n'avait pas grande importance, d'ailleurs. Il suffisait de savoir qu'elle l'avait épousé et qu'elle avait porté ses enfants. Mais si Brigitte découvrait une trace de leur passage à la cour, ce serait *la cerise sur le gâteau*, comme disent les Français.

Le dimanche, Brigitte explora un peu plus Saint-Germain-des-Prés et assista à un office religieux dans l'église située au cœur du quartier. Elle marcha jusqu'au Louvre et se promena le long de la Seine. Elle aimait cette ville si belle, qui faisait partie de son héritage. L'Irlande en faisait partie aussi, puisque son père en était originaire, mais elle n'avait jamais été très intéressée par ce pays, avec lequel elle ne se sentait aucune affinité. En outre, la mort de son père avait entraîné un relâchement de ses liens avec ses ancêtres irlandais. La France lui paraissait bien plus romantique et son histoire l'avait toujours captivée, sans doute parce que sa mère lui en parlait souvent.

La journée passa plus vite qu'elle ne s'y attendait. Le soir, elle dîna dans le bistro qui se trouvait en face de son hôtel. Sans être extraordinaire, la nourriture était assez bonne. Avant d'aller se coucher, elle flâna encore sur les quais de la Seine pour regarder passer les bateaux-mouches, tout illuminés. Elle admira Notre-Dame de loin et eut la satisfaction de voir la tour Eiffel étinceler. Ravie, elle se sentait comme une enfant émerveillée. La veille, le chauffeur de taxi lui avait expliqué que, depuis l'année 2000, la tour scintillait dix minutes par heure. Les Parisiens eux-mêmes appréciaient le spectacle.

Elle se coucha très excitée en songeant à ce qui l'attendait le lendemain. Elle se réveilla de bonne heure. Après le petit déjeuner composé de café et de croissants, elle prit un taxi qui l'emmena à la Bibliothèque nationale, située sur le quai François Mauriac. Brigitte se rendit à l'accueil et expliqua ce qu'elle voulait, ainsi que les années approximatives concernées par sa recherche. On l'envoya à l'étage supérieur, où une bibliothécaire lui signifia clairement par son attitude qu'elle n'avait pas la moindre envie de l'aider. Elle ne parlait pas un mot d'anglais et semblait importunée par la requête. On était loin de l'assistance et de l'amabilité que les mormons lui avaient réservées à Salt Lake City.

Brigitte écrivit soigneusement sur une feuille le type de livres qu'elle souhaitait consulter, l'objet de son étude et la période qui l'intéressait. La femme lui rendit son papier tout en déversant sur elle un flot de paroles hostiles et incompréhensibles. Brigitte éprouva une brusque envie de pleurer, mais elle prit une profonde inspiration et tenta de nouveau sa chance. La femme se contenta de hausser les épaules et de pousser la feuille vers elle avant de lui tourner le dos. Brigitte la regarda, envahie par une furieuse envie de l'étrangler. Elle s'apprêta à s'en aller, vaincue. Sachant qu'elle ne trouverait ce qu'elle cherchait nulle part ailleurs, elle avait besoin de réfléchir. Comme elle faisait demi-tour, elle heurta un homme qui se trouvait derrière elle. Elle s'attendait à ce qu'il s'énerve, mais il lui sourit.

— Je peux vous aider ? Ils ne sont pas très accueillants envers les étrangers ici. Vous devez préciser très exactement l'objet de votre recherche, expliqua-t-il dans un anglais excellent.

Comprenant qu'il n'avait rien perdu de la discussion, Brigitte lui tendit la feuille sans mot dire. Agé d'une quarantaine d'années, l'inconnu parlait l'anglais avec cet accent britannique propre aux Français instruits. Vêtu d'un jean et d'une parka, les pieds chaussés de mocassins, il avait des cheveux presque aussi sombres que ceux de Brigitte, des yeux bruns et un gentil sourire. Il prit le papier et s'approcha du guichet pour expliquer à la femme ce qu'il pensait être la requête de Brigitte. L'employée hocha la tête, disparut, revint et lui donna l'emplacement de la section adéquate. Il avait pourtant demandé la même chose qu'elle !

— Je suis désolé, lui dit-il. Ils ne sont pas très sympathiques. Je viens souvent et je peux vous guider jusqu'à votre rayon si vous voulez. J'ai écrit un livre sur Louis XVI l'an dernier, et je sais où il se trouve.

— Vous êtes écrivain ? lui demanda-t-elle en le suivant.

— Je suis historien au départ, puis je suis devenu romancier parce que personne n'achète des traités d'histoire. Les gens préfèrent qu'on brode un peu, pour rendre les choses plus intéressantes. Alors que la vérité est souvent plus passionnante que la fiction, mais la plupart du temps c'est moins bien écrit. Vous êtes aussi écrivain ?

Il lui rendit son papier en souriant. De taille moyenne, il avait des cheveux légèrement ébouriffés qui lui donnaient un air juvénile. En tout cas, il avait bien l'air français. Brigitte sourit intérieurement, songeant qu'Amy l'aurait qualifié de « mignon ». Pour sa part, elle le trouvait sympathique.

— Je suis anthropologue, répondit-elle. Je fais des recherches pour ma mère sur notre histoire familiale. Du moins, au départ, je le faisais pour elle, mais ensuite je me suis passionnée pour le sujet et maintenant je crois que je le fais pour moi. J'espère trouver des chroniques sur la cour française. Vous savez si cela existe, par hasard ?

Sans lui, elle savait qu'elle avait peu de chances de réussir.

— Il y en a énormément, dit-il. Vous allez devoir les feuilleter. Vous cherchez quelque chose en particulier ?

— Je suis en quête de récits mentionnant des Sioux invités à la cour par Louis XVI, ainsi que d'informations sur l'un de mes ancêtres qui était marquis.

— Cela semble intéressant. Vous devriez écrire un roman là-dessus, plaisanta-t-il.

— Je ne rédige que des essais universitaires qui ne rapportent pas d'argent et font bailler d'ennui les lecteurs.

— Moi aussi, c'est ce que je faisais jusqu'à ce que je passe aux romans historiques. C'est bien plus amusant ! Vous partez d'une base historique, vous mêlez des personnages fictifs aux vrais et ils font ce que vous voulez... La plupart du temps, en tout cas.

Il la quitta pour s'atteler à ses propres recherches. Brigitte prit une pile d'annales dans le rayon qu'il lui avait montré, les feuilleta toutes, mais ne trouva aucune allusion à Wachiwi ou aux Margerac. Estimant qu'elle avait perdu sa journée, elle quitta le bâtiment en fin d'après-midi. Elle croisa de nouveau l'inconnu si obligeant sur les marches, à l'extérieur. Elle était restée dans la bibliothèque pendant des heures, sans même faire une pause pour déjeuner.

— Vous avez trouvé quelque chose ? lui demanda-t-il.

Elle secoua la tête, l'air déçu.

— C'est dommage, mais vous ne devez pas renoncer. C'est ici, quelque part, dit-il calmement.

Sauf que lui savait comment s'y prendre, contrairement à Brigitte.

— Sur quoi travaillez-vous ? lui demanda-t-elle poliment.

— J'écris un livre sur Napoléon et Joséphine. C'est assez banal, mais cela m'amuse. J'enseigne la littérature à la Sorbonne, ce qui paie mon loyer, et les livres m'aident aussi.

Brigitte le trouvait spontané et aimable. Il s'appelait Marc Henri. Sans qu'elle sache pourquoi, ce nom très français avait une consonance familière à ses oreilles.

Le lendemain, elle le revit parmi les rayons. En fin d'après-midi, elle n'avait toujours rien trouvé d'intéressant et elle était fatiguée de lire en français. Elle devait constamment consulter le dictionnaire, ce qui rendait la tâche fastidieuse. Marc Henri, qui s'apprêtait à quitter la bibliothèque, s'approcha d'elle.

— Comment s'appelait votre ancêtre marquis ? lui demanda-t-il. Je peux peut-être le dénicher pour vous.

Elle le lui écrivit aussitôt sur un bout de papier.

— Je vais le saisir sur un ordinateur, peut-être le retrouverai-je sur leurs listes.

Cinq minutes plus tard, c'était fait. Brigitte fut gênée de constater combien cela avait été facile pour lui, mais le classement bibliographique était déconcertant et ce n'était pas sa langue.

Ils découvrirent l'adresse parisienne de Tristan de Margerac en 1785. Brigitte avait l'impression que sa demeure, située sur la rive gauche, n'était pas très loin de son hôtel. Elle se demanda si le bâtiment existait encore. En revanche, il n'y avait aucune allusion à son épouse.

— Nous devrions trouver d'autres détails dans les chroniques demain, dit Marc avec optimisme, surtout s'il venait souvent à la cour. Est-ce qu'il vivait à Paris de façon permanente ?

— Non. Le château familial se trouvait en Bretagne. Je compte le visiter la semaine prochaine, si c'est possible.

— Vous avez des ancêtres de qualité, remarqua-t-il en riant. Les miens étaient pauvres, ou prêtres ou en prison. Qu'est-ce qui vous intéresse chez les Sioux ? Ce sont aussi des parents ?

Il plaisantait et ne s'attendait pas à une réponse positive.

— Le marquis de Margerac a épousé une Sioux. C'était une fille de chef, originaire du Dakota du Sud. Je voudrais comprendre comment ils se sont rencontrés. Je suppose que c'était à la cour, mais j'ignore comment elle a atterri en France. Ce devait être une jeune fille extraordinaire.

— Certainement, si un aristocrate français l'a épousée.

Brigitte lui parla alors des recherches qu'elle avait effectuées chez les mormons et à l'université du Dakota du Sud.

— C'est fascinant ! Je comprends pourquoi vous persistez. Quand j'ai lu des documents sur Joséphine, j'ai éprouvé le même enthousiasme. C'était une femme ensorcelante, elle aussi, tout comme Marie-Antoinette.

Je pourrais vous donner des livres à leur propos, mais ils sont tous rédigés en français.

En sortant de la bibliothèque, il lui proposa d'aller boire un verre. D'ordinaire, elle n'acceptait pas les invitations des étrangers, mais, emportée par leur intérêt commun pour l'histoire, elle accepta d'entrer avec lui dans un café tout proche.

Lorsqu'ils furent assis à une table, il l'interrogea :

— Alors, dites-moi ce que vous faites, quand vous n'entreprenez pas des recherches à travers la France sur vos lointains parents ? Vous enseignez l'anthropologie ou vous vous contentez d'écrire des livres ?

Elle faillit enjoliver la réalité, mais préféra s'en tenir à la vérité :

— J'ai travaillé pendant dix ans au service des admissions de l'université de Boston, mais j'ai été licenciée... virée, quoi. Un ordinateur m'a volé mon poste.

— J'en suis navré. Qu'est-ce que vous allez faire, maintenant ?

— Pour l'instant, je vais continuer d'enquêter sur les Margerac. Ensuite, je décrocherai sans doute un emploi similaire dans une autre université. Elles sont légion, à Boston. C'est là que j'habite.

— J'ai fait une maîtrise de littérature à Harvard et une autre à Oxford, précisa-t-il avec un sourire. Je me suis bien plus amusé à Boston. Où habitez-vous, exactement ?

Lorsqu'elle le lui dit, il précisa qu'il avait vécu à quelques rues de chez elle. Cette curieuse coïncidence suscita chez Brigitte une association d'idées : soudain, elle comprit pourquoi son nom lui avait paru familier.

— Vous avez écrit un livre sur un petit garçon qui cherche à retrouver ses parents après la guerre, n'est-ce pas ? Je me rappelle votre nom, maintenant. J'en ai lu la traduction anglaise et je l'ai trouvé extrêmement touchant et très triste.

Marc parut ravi.

— Ce petit garçon était mon père, et ma mère, la fille de ses parents adoptifs. Mes grands-parents, résistants, ont été tués pendant l'Occupation. C'était mon premier livre et je le leur ai dédicacé.

— Je m'en souviens. J'ai pleuré comme une Madeleine quand je l'ai lu.

— Moi aussi, quand je l'ai écrit.

Brigitte était très impressionnée. Même traduit, le récit était magnifiquement écrit et très poignant.

— Vous savez que vous ressemblez à une Indienne ? remarqua-t-il en la regardant.

— L'employée de la bibliothèque mormone me l'a dit aussi, mais c'est certainement parce que j'ai les cheveux noirs.

— J'adore l'idée que du sang sioux coule dans vos veines… c'est très exotique et tout aussi passionnant. En général, les histoires de généalogie sont parfaitement ennuyeuses, mais regardez la vôtre ! Votre arrière-arrière-arrière-arrière-grand-mère est venue d'Amérique pour épouser un marquis !

— Mieux que cela ! Elle a été enlevée par une autre tribu et elle a échappé à son ravisseur. Il se peut qu'elle l'ait tué pour s'enfuir avec un Français, en tout cas un homme blanc, pour aboutir finalement ici. Un véritable exploit pour une femme de cette époque.

— Votre héritage génétique est extraordinaire, fit-il avec admiration.

Le sien n'était pas mal non plus, se dit Brigitte en songeant à son livre. Ses grands-parents avaient été des héros, décorés comme tels à titre posthume par le général de Gaulle. Ils avaient sauvé un nombre considérable de vies avant de perdre la leur.

— Dites-m'en davantage sur vous, reprit Marc. Je sais seulement que vous écrivez des ouvrages universitaires et que vous travailliez pour l'administration d'une université jusque récemment. Vous êtes mariée ?

Il semblait s'intéresser à elle, et c'était d'ailleurs réciproque. Néanmoins, Brigitte gardait la tête sur les épaules : Marc Henri avait beau être séduisant, elle s'envolerait bientôt pour rentrer aux Etats-Unis et il vivait en France. Même s'il y avait une certaine attraction entre eux, ils ne pouvaient être qu'amis. Envisager autre chose aurait été absurde. Elle n'était pas du genre à avoir des aventures d'un soir ou à coucher avec des hommes qu'elle ne reverrait jamais. En outre, elle était encore meurtrie par sa rupture avec Ted. Le mieux était donc de s'en tenir à des relations amicales.

— Non. J'ai trente-huit ans, je ne me suis jamais mariée et, il y a quelques semaines, mon compagnon et moi avons rompu. Il travaillait à l'université, lui aussi, raconta-t-elle franchement.

— Ah ! Deux intellectuels, si je comprends bien. Pourquoi vous êtes-vous séparés ?

La question était un peu directe, il le savait, mais cette jeune femme suscitait sa curiosité.

— Il est parti en Egypte sur un champ de fouilles. Il est archéologue, il compte y rester plusieurs années. Il a pensé qu'il valait mieux pour nous deux que l'on continue la route chacun de notre côté.

Marc parut surpris.

— Et vous ? Vous avez eu le cœur brisé ? demanda-t-il en la regardant dans les yeux.

— Pas vraiment, répliqua-t-elle en haussant les épaules. Plutôt déçue. Je pensais qu'entre nous c'était pour la vie, mais je me trompais.

Elle s'efforçait de s'exprimer avec un détachement qu'elle n'éprouvait pas tout à fait. La blessure était trop récente pour être complètement cicatrisée.

— J'ai eu le même genre de relation, lui confia Marc. Je suis sorti avec la même femme pendant dix ans et nous avons rompu l'an dernier. Elle avait pris conscience qu'elle ne souhaitait pas se marier et avoir des enfants, contrairement à ce que je croyais. J'attendais qu'elle ait terminé ses études de médecine, mais, une fois parvenue au but, elle n'a plus voulu de moi. Je me suis senti stupide après tout ce temps. J'ai compris ensuite que nous n'étions plus amoureux. Nous l'étions au début et cela a duré pendant quelques années. Ensuite, nous sommes restés ensemble par commodité, par facilité. Parfois, on se laisse entraîner par le courant et, un jour, on se réveille et on se retrouve dans un endroit où l'on n'a pas envie d'être avec quelqu'un qu'on ne connaît pas. Je ne me suis jamais marié non plus et, après cette expérience, je ne suis pas certain d'en avoir envie. J'ai donné dix ans de ma vie à cette relation, et je le regrette. Maintenant, je jouis de ma liberté et je fais ce que je veux.

Exactement ce qui s'était passé avec Ted.

— Il m'a fallu du temps pour passer à autre chose, conclut Marc, mais maintenant je vais bien. Nous sommes devenus amis, je l'invite à dîner de temps en temps. Elle n'a rencontré personne d'autre et je crois qu'elle voudrait revenir en arrière, mais pas moi. J'apprécie ma vie telle qu'elle est.

— Je ne crois pas que Ted et moi deviendrons amis, ne serait-ce que pour des raisons géographiques.

Je m'en suis beaucoup voulu de m'être accrochée à des suppositions. Et j'ai manqué tous les signaux d'alarme.

— Cela nous arrive à tous. Je pourrais en dire autant à mon sujet. Maintenant, j'ai quarante-deux ans et je suis célibataire. Ce n'était pas ce que j'avais prévu, mais c'est bien ainsi.

— Je ressens la même chose, dit-elle tranquillement. J'ai parfois l'impression d'être un de ces personnages, sur les posters, qui disent « Oups ! J'ai oublié de faire des enfants ! ». J'étais bien trop occupée à être une enfant moi-même. C'est fréquent, quand on travaille dans une université. On oublie son âge. On se prend pour un étudiant.

— Je suis assez d'accord. J'aime enseigner, mais je ne voudrais pas exercer ce métier à plein temps. C'est un monde très fermé.

Marc vida son verre de vin et sourit à Brigitte.

— Si nous allions voir où vivait votre illustre ancêtre ? proposa-t-il.

Brigitte avait recopié l'adresse à la bibliothèque.

— Très volontiers.

Elle appréciait la franchise et l'honnêteté de Marc. Par ailleurs, elle trouvait sa conversation très intéressante. Décidément, il lui plaisait. Elle regrettait qu'il n'habite pas à Boston, car il aurait pu faire un bon ami.

La demeure du marquis se trouvait rue du Bac. Parvenus au bon numéro, ils l'observèrent un instant. L'hôtel particulier devait avoir été splendide, mais sa façade arborait une beauté fanée par les ans. Voyant que la porte était ouverte, ils pénétrèrent dans la cour intérieure. Au vu des panneaux qui se trouvaient à l'entrée, le bâtiment était occupé par des bureaux ministériels, comme de nombreuses demeures anciennes de la rive gauche. On imaginait facilement ce que celle-ci avait été autrefois. Les emplacements réservés aux attelages avaient été transformés en parking, mais les hautes fenêtres n'avaient pas été modifiées. Marc dit à Brigitte qu'il y avait sans doute un grand jardin sur l'arrière du bâtiment. L'endroit était magnifique et la jeune femme s'exalta à la pensée que Tristan de Margerac avait habité là quand il venait à Paris. Elle était presque sûre que Wachiwi y avait vécu avec lui lorsqu'ils séjournaient dans la capitale.

Après qu'ils furent ressortis, Marc l'accompagna jusqu'à son hôtel, non loin de là. Avant de la quitter, il lui demanda si elle retournerait à la bibliothèque le lendemain. Elle le lui confirma et il lui proposa de déjeuner avec lui. Elle accepta volontiers l'invitation.

Le lendemain, Marc l'attendait dans le hall. Il avait rassemblé quelques références pour elle et, cette fois, le filon était bon. Quand elle consulta les documents en question, Brigitte faillit pousser un cri de joie. Dans son journal, une dame d'honneur de la cour évoquait le marquis de Margerac et sa ravissante épouse indienne. Elle rapportait qu'elle avait assisté à leur mariage dans une église située près de leur hôtel particulier de la rue du Bac. Ensuite, ils avaient donné une petite réception, puis la nouvelle marquise avait été présentée au roi et à la reine. Elle mentionnait même le prénom de la jeune femme.

Brigitte fut transportée à l'idée que la réception avait eu lieu dans la demeure qu'elle avait vue la veille avec Marc. C'était incroyable, et pourtant réel. En revanche, le journal ne fournissait aucune information sur la façon dont Wachiwi était venue en France. Plus tard dans l'après-midi, Brigitte parcourut une autre chronique de la cour rédigée par la même correspondante.

Elle faisait allusion à la naissance du premier enfant de Tristan et de Wachiwi, ainsi qu'à son baptême. On lui avait donné le prénom du jeune frère décédé du marquis, celui qui avait accompagné Wachiwi pendant son voyage. Selon la narratrice, il l'avait sauvée et c'est lui qu'elle aurait dû épouser, mais il était mort lors de la traversée. Finalement, Wachiwi s'était mariée avec son frère aîné, le marquis. Tout devenait clair, désormais... Jean, comte de Margerac et frère cadet de Tristan, avait amené la jeune femme de La Nouvelle-Orléans jusqu'en Bretagne. Jean était sans doute le Français mentionné dans les récits oraux du Dakota du Sud. Etait-ce lui qui avait tué le chef crow, pour favoriser la fuite de Wachiwi ? Personne ne saurait jamais comment ils s'étaient rencontrés, mais à présent Brigitte avait une petite idée de la façon dont la jeune Indienne était arrivée en France. La dame d'honneur mentionnait aussi les chefs sioux qui venaient à la cour de temps en temps. Apparemment, ils n'avaient aucun lien de parenté avec Wachiwi. La femme de lettres jugeait ces Indiens assez turbulents, et curieuse l'obsession du roi à leur égard, mais elle ne faisait que des compliments à propos de Wachiwi. Selon elle, la jeune femme était ravissante et le marquis n'aurait pu trouver meilleure épouse.

A la fin de la journée, lorsqu'elle parla de toutes ses découvertes à Marc, elle était surexcitée. De son côté, Marc avait trouvé des anecdotes concernant Joséphine, rapportées par ses dames d'honneur et l'une de ses plus chères amies.

— Qu'est-ce que vous allez faire, maintenant ? demanda-t-il avec intérêt.

Ils étaient attablés à une terrasse et buvaient tranquillement un verre.

— Je n'en sais rien... Je vais commencer par mettre tout cela au propre pour ma mère.

— Cette fille est hors du commun. Vous devriez écrire un livre sur elle. Si vous y introduisez un peu de fiction, cela pourrait faire un roman extraordinaire. Ou alors vous conservez les faits bruts, comme je l'ai fait pour mes parents et mes grands-parents. Parfois, comme on dit, la réalité dépasse la fiction.

Cette suggestion était certainement plus intéressante que son essai sur le vote des femmes. Cependant, elle craignait de trahir Wachiwi et de ne pas lui rendre justice.

— Elle me fascine parce que c'est mon ancêtre, mais vous croyez que d'autres personnes éprouveront le même intérêt pour elle ? demanda-t-elle timidement.

— Bien sûr. Rappelez-vous que l'histoire de mon père, qui n'était qu'un petit garçon, vous a captivée. Cette fille a traversé des continents, franchi un océan, elle a été enlevée par des Indiens et mariée à un aristocrate français. Que voulez-vous de plus ? Savez-vous ce qui leur est arrivé pendant la Révolution ? Ont-ils été massacrés ?

— D'après les dates qui figurent sur les registres, ils sont morts plus tard.

— De nombreux aristocrates bretons ont résisté et ont échappé à la guillotine. Le fait qu'ils vivaient loin de Paris les a aidés à tenir bon. Certains ont réussi à préserver leurs châteaux. Les Français les ont appelés les *Chouans*.

— J'en saurai davantage quand je serai à Saint-Malo. Je compte y passer quelques jours.

Une idée folle lui passa par la tête. Elle ne le connaissait que depuis peu de temps, mais il lui avait apporté une aide précieuse et ils étaient en train de devenir amis.

— Vous voulez m'accompagner ?

Il n'hésita pas une seconde.

— Cela me plairait beaucoup.

Brigitte se sentit soudain nerveuse. Elle ne voulait pas que Marc se méprenne sur ses intentions. Elle ne lui proposait pas une liaison, elle lui demandait seulement de la soutenir dans ses recherches, en ami.

Il l'avait toutefois compris. Lui non plus ne souhaitait pas gâcher leur amitié naissante et il avait également conscience qu'elle retournerait bientôt aux Etats-Unis.

— Ne vous faites pas d'illusions, précisa-t-elle.

Il se mit à rire. Les manières directes des Américaines l'avaient un peu surpris quand il faisait ses études à Boston.

— Nous sommes bien d'accord, dit-il. Ne vous inquiétez pas, je me contenterai du rôle d'assistant.

— Jusqu'à maintenant, vous avez été fantastique, lui dit-elle avec sincérité.

C'était la providence qui l'avait mis sur son chemin. Elle lui en serait éternellement reconnaissante.

— Je connais un hôtel très sympathique, dit-il. Je vais m'occuper des réservations. Je retiendrai deux chambres et je me procurerai une ceinture de chasteté pour la dame.

Brigitte rougit.

— Pardonnez-moi… Vous me trouvez impolie ?

— Pas du tout. J'apprécie votre franchise. Nous savons tous les deux où nous en sommes.

— Je trouve seulement que nous aurions tort de nous lancer dans une liaison, alors que je vais bientôt repartir. Nous risquerions d'en souffrir.

— Etes-vous toujours aussi raisonnable ?

Elle réfléchit un instant avant de répondre.

— Je le suis sans doute trop.

— Vous n'êtes pas obligée de repartir, vous savez. Vous n'avez plus de travail. Vous pourriez trouver un emploi administratif à l'université américaine de Paris, tout en continuant à travailler sur votre livre.

Ainsi, Marc avait déjà réfléchi à son futur. Il aimait organiser la vie des gens et les aider à obtenir ce qu'ils voulaient. Mais elle n'avait aucune envie d'écrire un livre sur ses lointains ancêtres ou de rester à Paris. Elle rentrerait comme prévu aux Etats-Unis.

— Je ne vous ai jamais dit que j'écrirais un livre sur cette femme, répliqua-t-elle avec un sourire.

Vraiment, il était français jusqu'au bout des ongles... et il voulait qu'elle prolonge son séjour.

De fait, Marc l'appréciait beaucoup. Cela faisait bien longtemps qu'il n'avait rencontré quelqu'un d'aussi captivant.

— Pourquoi ne pas solliciter un entretien à l'université américaine de Paris ? insista-t-il. Si vous passiez un an ici, vous verriez si cela vous plaît.

Brigitte se mit à rire. Il était fou ! Heureusement, il n'insista plus. Ils dînèrent sur place et, en regagnant son hôtel, Brigitte éprouva un curieux sentiment. Tristan et Wachiwi avaient vécu dans une maison toute proche. Ils s'y étaient mariés, y avaient donné une réception, peut-être leur premier enfant était-il né là. Leurs vies s'étaient déroulées si près de l'endroit où elle se trouvait qu'il lui semblait qu'ils vivaient encore et qu'ils lui tendaient les bras.

Marc avait-il raison de penser qu'elle pourrait leur consacrer un livre, un hommage à leur amour ? C'était une idée tentante, ainsi que la suggestion de poser sa candidature à l'université américaine de Paris. Paris exerçait sur elle une grande séduction, avec sa tour Eiffel scintillante, ses bistros, ses cafés et même Marc. Bien décidée à résister à la tentation, elle verrait ce qu'elle trouverait en Bretagne, ensuite elle rentrerait à Boston. C'était la vraie vie, pas une fiction. Et, dans la vraie vie, on faisait des rencontres, il ne se passait rien et chacun regagnait son foyer. Ou alors, la personne rencontrée partait pour l'Egypte après vous avoir dit au bout de six ans qu'elle n'était pas du genre à se marier.

Voilà ce qu'était la vraie vie.

15

1784-1785

Une semaine après son départ, le marquis revint de Paris, se réjouissant de revoir Wachiwi.

La gouvernante lui apprit que son fils était en train de prendre une leçon d'équitation avec la jeune femme. Quand il les rejoignit dans les écuries, Wachiwi avait déjà montré à Matthieu comment palper les muscles du cheval et se sentir en parfaite harmonie avec lui. Elle venait de le jucher sur le dos de l'animal pour un tour de manège à cru. Dès qu'il aperçut son père, Matthieu poussa un cri de joie. Wachiwi l'aida à descendre de sa monture, et il alla se jeter dans les bras de Tristan.

Wachiwi comptait proposer à Agathe une promenade à poney dans l'après-midi. Elle voulait l'aider à surmonter sa peur. Depuis le départ de leur père, elle était devenue le professeur d'équitation des enfants. Ses méthodes n'étaient pas très orthodoxes, mais son habileté était sans pareille. Tristan savait que, si Matthieu suivait ses conseils, il deviendrait un cavalier exceptionnel. Cette perspective le réjouissait. Lui-même aurait aimé acquérir un peu du naturel de Wachiwi. Souriant à la jeune femme par-dessus la tête de son fils, il la remercia pour ses leçons.

— Cela me plaît encore plus qu'à lui, répliqua-t-elle.

Désormais, elle passait la journée dans les écuries et se promenait seule à cheval dans les collines. Aucune autre femme n'en aurait fait autant dans la région, mais elle était parfaitement détendue. Elle ne craignait rien ici. Il n'y avait pas de tribu susceptible de l'attaquer ou de l'enlever. Tristan lui proposa de chevaucher avec lui dans l'après-midi.

— Comment était la cour du roi ? demanda-t-elle poliment, alors qu'ils regagnaient le château.

— Comme toujours. Très agitée, fourmillant de courtisans qui se livrent à mille intrigues. C'est très fatigant, mais on ne peut échapper à cette obligation. Cela ferait mauvaise impression.

— Au moins, vous pouvez séjourner dans votre maison quand vous êtes là-bas.

— Depuis la mort de ma femme, je n'y vais que rarement. Elle appréciait la cour davantage que moi et nous nous rendions plus souvent à Paris de son vivant.

— Votre demeure se trouve-t-elle en ville ?

— Oui, non loin du palais du Louvre. Mais, vous savez, le roi et la reine résident dorénavant à Versailles, qui est situé à quelque distance de Paris. Peut-être m'y accompagnerez-vous un jour.

Il avait parlé d'elle à l'un de ses amis, qui lui avait suggéré de l'amener à la cour. Mais Tristan restait prudent. Même sa présence au château avait quelque chose d'incongru. Il est vrai que ses enfants et lui l'appréciaient beaucoup... Lorsqu'il se rendit à la nursery pour voir Agathe, elle se précipita d'abord dans les bras de Wachiwi, puis dans ceux de son père. Elle recherchait la mère qu'elle n'avait jamais eue.

Les leçons d'équitation se poursuivirent pendant plusieurs mois. Matthieu fit des progrès considérables et Wachiwi enseigna à son père quelques-uns de ses « tours », ainsi qu'il les appelait. Un jour, elle lui coupa le souffle en lui montrant comment se dissimuler sur le flanc de sa monture lancée à toute allure. Agrippée à la crinière de l'animal, elle semblait faire corps avec lui. Lui-même n'était pas près de tenter un tel exploit. Wachiwi n'éprouvait aucune crainte. Elle pouvait se tenir debout sur le dos d'un cheval au galop ou bondir sur sa croupe lorsqu'il passait devant elle. Elle exerçait une espèce de pouvoir magique sur les chevaux, qui faisaient pour elle ce qu'ils n'auraient fait pour personne d'autre.

Les enfants l'adoraient. Désormais, Agathe elle-même appréciait les promenades à poney. Tout comme sa mère, elle ne serait jamais une cavalière émérite, mais elle n'avait plus peur et, quand elle sautait à bas de sa monture, elle aimait lui offrir une pomme.

Wachiwi avait une autre particularité qu'ils avaient tous remarquée. Lorsqu'elle se déplaçait, elle ne faisait absolument aucun bruit, qu'elle ait aux pieds ses mocassins ou des chaussures normales. On eût dit qu'elle marchait dans l'air, ainsi que le lui disait son père autrefois. Elle avait la grâce d'un papillon, dont elle possédait aussi la discrétion.

Par ailleurs, elle était capable de se moquer d'elle-même, un trait de caractère que Tristan admirait. Lorsqu'elle faisait quelque chose de stupide ou si elle se trompait, elle était la première à en rire et tous riaient avec elle. Jamais Tristan ne s'était senti aussi à l'aise avec une femme.

Un jour qu'ils rentraient tous ensemble à la maison, Agathe déclara :

— Je veux une robe comme Wachiwi.

La gouvernante lui jeta aussitôt un regard furieux. Cette tenue, qui moulait la silhouette de la jeune femme et s'arrêtait au-dessus des genoux, lui paraissait très laide. En dépit du pantalon qu'elle portait en dessous, Mademoiselle la trouvait indécente. Elle était bien usée désormais, et la remarque d'Agathe donna une idée à Wachiwi. Elle cousait très bien. A Noël, elle avait confectionné une petite poupée pour la fillette et un ours pour Matthieu. Ils avaient tous les deux adoré ses cadeaux. Elle allait y réfléchir.

C'était le printemps maintenant, et la température était très douce pour la saison. Durant l'hiver, le roi avait été malade et la reine avait donné naissance au duc de Normandie quelques semaines auparavant. Le marquis n'était pas retourné à la cour, mais il projetait de s'y montrer bientôt. Il le fallait, car il souhaitait offrir un cadeau au bébé royal. Néanmoins, il avait beaucoup de travail sur ses terres. Ces temps-ci, ses gens avaient été très occupés à couper les arbres endommagés par les orages hivernaux. Il aimait parler avec Wachiwi des tâches à entreprendre sur son domaine. Toujours intéressée, elle avait d'excellentes idées, ce qui, venant d'une fille aussi jeune, ne manquait pas de l'étonner.

Un après-midi, après une longue promenade, il la surprit en lui proposant de dîner avec lui dans la salle à manger. D'ordinaire, elle prenait ses repas avec les enfants.

Wachiwi accepta volontiers l'invitation. Elle avait grand plaisir à discuter avec lui. Tristan était un homme bien informé et désormais ils pouvaient aborder de nombreux sujets. Il lui avait promis de lui apprendre à lire, ainsi qu'elle le souhaitait, mais il n'en avait pas eu le temps pendant l'hiver. Les livres qui se trouvaient dans la bibliothèque la fascinaient.

Ce soir-là, il lui raconta quelques intrigues de cour tout en lui expliquant les raisons pour lesquelles elles le lassaient. Pendant plusieurs années, les gens s'étaient plaints des extravagances de la reine. Pour sa part, Tristan l'avait toujours trouvée aimable, même si Marie-Antoinette lui avait paru un peu futile dans sa jeunesse. Depuis qu'elle était mère, elle lui semblait plus réfléchie et plus mûre. Il était agacé par les stratégies et les manipulations des ministres, des courtisans et des opportunistes qui pullulaient à la cour. Certes, la reine avait entraîné la cour dans des excès incroyables, si bien qu'elle était constamment sollicitée. Mais les gens avaient tendance à oublier que la reine était autrichienne et qu'elle était à peine sortie de l'enfance lorsqu'elle était devenue reine, puisque son mariage avait été arrangé alors qu'elle n'avait que quatorze ans. Elle avait été investie trop jeune d'un trop grand pouvoir. Wachiwi lui rapporta que ce genre d'unions se pratiquait aussi dans son peuple. Les filles se mariaient jeunes, à la suite de négociations. Elle était reconnaissante à son père de ne pas lui avoir imposé cette tradition. A la fin du dîner, ils n'avaient toujours pas épuisé le sujet. Les récits de Tristan passionnaient Wachiwi, mais elle comprenait qu'il n'éprouvait pas le même intérêt qu'elle pour les affaires de cour. Lorsqu'il se trouvait à Versailles, il passait généralement ses soirées à parler politique avec d'autres gentilshommes.

Depuis la mort de son épouse, il arrivait à Tristan de se sentir seul et il enviait Wachiwi, qui dînait en compagnie des enfants. Il aurait bien aimé les rejoindre, mais c'était contraire aux usages. Pendant le repas, il lui vint une idée qu'il soumit à la jeune femme avec un sourire prudent.

— Aimeriez-vous m'accompagner à Paris la prochaine fois ? Je dois y aller dans quelques semaines. Je suis certain que le roi et la reine seraient désireux de vous rencontrer et l'expérience vous intéressera sûrement.

Cette suggestion flatta beaucoup Wachiwi, qui s'inquiéta cependant de ne pas avoir une tenue convenable pour se présenter à la cour. Tristan lui promit que la couturière locale s'en chargerait. Elle le remercia chaleureusement pour cette invitation exceptionnelle et en parla aux enfants dès le lendemain. La nouvelle les transporta. Quand Agathe lui suggéra de mettre sa jolie robe ornée de piquants, Wachiwi eut un sourire mystérieux. L'anniversaire de la fillette avait lieu quelques jours plus tard et le cadeau qu'elle lui confectionnait depuis plusieurs mois était presque prêt.

Elle avait eu du mal à réunir les matériaux nécessaires. Elle avait remplacé la peau d'élan par une peau de daim achetée au village, qui lui avait rappelé le pantalon en cuir de Jean, donné après sa mort. Trouver des piquants de porc-épic n'avait pas été une mince affaire. Ce fut le garde-chasse de Tristan qui les lui procura. Quant à elle, elle dénicha les baies nécessaires pour fabriquer la pâte servant à les colorer. Elle avait prélevé quelques perles sur la chemise de Jean, et les avait soigneusement cousues sur la petite robe. Il lui en était resté assez pour les minuscules mocassins.

Le jour de l'anniversaire d'Agathe, elle enveloppa les cadeaux dans un tissu rouge et noua autour un gros ruban, puis elle les lui offrit dans la chambre des enfants. En voyant le vêtement, la fillette poussa des cris de joie et voulut l'essayer sur-le-champ, au grand déplaisir de Mademoiselle. La robe allait très bien à Agathe et les mocassins chaussaient parfaitement ses petits pieds. C'était la réplique exacte de sa propre tenue. Agathe était tellement excitée qu'elle dévala immédiatement l'escalier pour se montrer à son père, sans demander la permission à sa gouvernante. Lorsqu'il la vit, Tristan éclata de rire.

— Tu ressembles à une petite Sioux !

Rayonnante, Agathe se pavanait devant lui.

Quand Wachiwi les rejoignit, il la remercia.

Elle avait partagé avec eux un grand nombre de ses talents et de ses coutumes, et il aurait eu du mal à croire qu'elle ne résidait au château que depuis cinq mois. En leur rendant de petits services, elle espérait les remercier de leur bonté envers elle. Elle ne pourrait pas toujours profiter de l'hospitalité du marquis. Mais, pour l'instant, elle était heureuse du franc succès remporté par la nouvelle tenue d'Agathe.

La robe que Tristan lui avait fait faire pour sa visite à la cour en eut encore plus. Elle fut prête la veille de leur départ pour Paris. Elle lui allait parfaitement et mettait en valeur sa beauté de façon spectaculaire. Taillée dans un merveilleux satin rose, largement décolletée, avec une jupe volumineuse, dotée de paniers et de manches ornées de dentelle délicate, elle rehaussait le teint de Wachiwi. A sa vue, Agathe resta bouche bée un long moment avant d'affirmer qu'elle avait l'air d'une reine. Tristan était du même avis. La robe fut empaquetée dans une malle. Wachiwi en emporta plusieurs autres, achetées par Jean l'année précédente. Tristan et elle voyageraient dans une élégante calèche, tandis que leurs affaires se trouveraient dans une deuxième voiture.

Au moment du départ, les enfants leur adressèrent des adieux touchants. Wachiwi ressentait une excitation teintée de nervosité. Tristan et elle bavardèrent agréablement tout au long de la journée. Ils avaient quitté le château à l'aube et s'arrêtèrent dans une auberge relativement confortable pour passer la nuit. Ils parvinrent à Paris le lendemain, après minuit. Des serviteurs avaient apprêté la maison pour les accueillir. Des chandelles brûlaient un peu partout, les meubles étincelaient à force d'avoir été astiqués et leurs chambres avaient été ouvertes et aérées. Le seul fait de traverser la ville à la nuit tombée avait été palpitant pour Wachiwi, mais dès qu'elle eut franchi la porte de la demeure, les paupières lourdes de sommeil, la jeune femme fut éblouie par le hall central, par le magnifique escalier de marbre et enfin par ses appartements. Après l'avoir confiée à la gouvernante, Tristan lui dit qu'il la reverrait le lendemain matin et gagna sa propre chambre.

Cette nuit-là, Wachiwi put à peine dormir tant elle était excitée. S'étant levée de fort bonne heure, elle eut la surprise de trouver Tristan en train de terminer son petit déjeuner au rez-de-chaussée. Peu après, il sortit pour vaquer à ses affaires, non sans lui avoir conseillé de se reposer, car ils se rendraient à la cour dans l'après-midi. Une coiffeuse viendrait la coiffer et lui poudrer les cheveux, si elle le désirait. La jeune femme préférait conserver sa couleur naturelle. Puisque le roi attendait sa visite et savait qu'elle était sioux, il pourrait être déçu si, comme tout le monde, elle avait les cheveux poudrés. Cette mode avait été imposée par la jeune reine, qui nourrissait une passion pour tout ce qui était blanc.

Dans la matinée, Wachiwi fit une promenade, escortée par un valet ainsi que le voulaient les usages. Au bout d'une longue marche, elle parvint à la Seine. Elle contempla le fleuve, les ponts, les bateaux qui passaient et les bâtiments qui se trouvaient sur la rive opposée. Elle n'avait jamais rien vu d'aussi beau que cette ville, nullement effrayante.

Revigorée, elle rentra rue du Bac, où la coiffeuse l'attendait. Au retour de Tristan, elle était presque prête. Deux servantes l'aidaient à s'habiller. Les dessous et le corset étaient encore plus compliqués que ceux que Jean l'aidait à enfiler à Saint Louis. Lorsqu'elle descendit enfin, elle était exquise. Tristan l'attendait au pied du grand escalier. Il était vêtu d'une culotte de satin bleu qui s'arrêtait au genou, d'une veste de brocart rouge et d'une chemise à jabot de dentelle, et ses cheveux étaient poudrés. Elle le reconnut à peine. Il sourit largement. Il n'avait jamais vu une femme aussi ravissante que Wachiwi.

Ils bavardèrent tout au long du chemin, si bien que le trajet leur parut très court. Tristan devina que sa compagne était nerveuse, ce qu'elle admit timidement. Il lui tapota la main. Pour sa part, lui dit-il, il était convaincu qu'elle allait gérer merveilleusement la situation.

A Versailles, on les conduisit dans la petite salle où le roi et la reine devaient les recevoir avant qu'ils rejoignent les autres courtisans. Tristan lui rappela qu'elle ne devait pas oublier de faire une profonde révérence devant leurs majestés. Elle l'exécuta à la perfection et le roi la trouva charmante. Marie-Antoinette commença par l'ignorer, ainsi qu'elle le faisait souvent avec ses invités. Elle chuchotait avec deux de ses dames d'honneur. Enfin, la reine daigna remarquer la présence de

Wachiwi. Quelques instants plus tard, elles pouffaient ensemble comme deux adolescentes. Ravi, Tristan jugea que leur audience s'était magnifiquement déroulée.

Le roi avait interrogé la jeune femme avec beaucoup d'intérêt. Wachiwi lui avait parlé de son père et de ses cinq frères. Tristan avait ajouté que, sur un cheval, elle avait des talents de guerrière. Ensuite, ils avaient quitté la pièce pour se joindre aux centaines de courtisans qui attendaient la venue de leurs souverains. Le dîner fut servi, après quoi un orchestre joua de la musique et l'on dansa. Les salons grouillaient d'hommes et de femmes qui bavardaient, négociaient des marchés, échangeaient des informations ou des ragots. Tristan présenta Wachiwi à plusieurs de ses amis qu'elle intriguait visiblement. En revanche, aucun d'entre eux ne parut désapprobateur ou choqué comme cela avait été le cas à La Nouvelle-Orléans. Versailles était une société sophistiquée, qui lui manifestait d'autant plus d'intérêt qu'elle était indienne. Sa chevelure noire et brillante, réunie en grosses boucles sur le sommet de son crâne, attirait les regards parce qu'elle n'était pas poudrée. Wachiwi remportait un grand succès et Tristan était envié par tous les hommes. Grâce à la robe que le marquis avait commandée à son intention, elle était aussi élégante que les autres femmes. La case des esclaves où on l'avait bannie à La Nouvelle-Orléans lui paraissait bien loin.

Elle s'amusait tellement qu'elle n'avait pas envie de partir. Elle adorait regarder les gens danser, bien qu'elle en fût incapable elle-même, et elle trouvait la musique très harmonieuse. Tristan songea qu'il devrait lui enseigner quelques danses, surtout si elle l'accompagnait encore à la cour, ce qui semblait probable. Elle avait trop fait sensation pour qu'il la privât de ce plaisir. En outre, pour la première fois depuis des années, il ne s'était pas ennuyé de la soirée... Il était fier et charmé de la voir entourée par tous ces gens qui voulaient lui parler.

Dans la calèche qui les ramenait rue du Bac, elle parla avec animation de tout ce qu'elle avait vu et entendu. Tout en l'écoutant, Tristan souriait avec indulgence. Elle semblait aussi excitée qu'Agathe après ses fêtes d'anniversaire.

— Je suis content que la réception vous ait plu.

Il se détendait, heureux que ce soit fini. Les visites à la cour étaient exténuantes et, en outre, la poudre qui recouvrait ses cheveux le faisait éternuer, ce qui suscita les moqueries de Wachiwi.

— Et moi, je vous remercie de votre bonté à mon égard, Tristan. J'ai passé de merveilleux moments à la cour.

Elle regrettait seulement que Jean n'ait pas été présent. Il lui manquait tant.

— Je n'avais jamais vécu une soirée aussi parfaite, ajouta-t-elle.

Elle s'exprimait avec une élégance qui le fit sourire. Il avait été très fier d'elle, ce soir. De nombreuses personnes lui avaient fait des compliments à son sujet. Il en avait été quelque peu surpris, s'attendant à ce qu'au moins certaines femmes la critiquent. Cela n'avait pas été le cas. Au contraire, elles avaient paru enchantées de l'accueillir. La jeune Indienne s'était montrée si innocente et ouverte qu'elles l'avaient adoptée avec enthousiasme. Le roi lui avait d'ailleurs demandé expressément de la ramener à la cour.

Cette nuit-là, Wachiwi ne dormit presque pas, repassant dans son esprit tous les moments de la soirée. Elle avait encore du mal à croire qu'elle était allée à la cour. C'était plus merveilleux que tout ce qu'elle avait imaginé. Elle se leva de bonne heure et retrouva Tristan pour le petit déjeuner.

Il lui proposa de lui montrer quelques-uns des plus beaux endroits de Paris. Ils se promenèrent dans les jardins du Palais-Royal et aux Tuileries. La calèche les amena à Notre-Dame, puis se dirigea vers la place Royale – future place des Vosges – et dans le Marais. Le soir, ils dînèrent tranquillement. Wachiwi avait hâte de raconter aux enfants sa rencontre avec le roi et la reine. Elle avait promis à Agathe de lui faire le récit détaillé de cette aventure. Elle comptait lui dire combien son père était beau dans sa veste de brocart rouge, avec sa culotte de satin bleu, et ses élégantes chaussures à boucles.

Le lendemain, dans la calèche qui les ramenait en Bretagne, il enveloppa la jeune femme dans une couverture pour qu'elle ne soit pas gênée par l'air froid du matin. Lui-même portait des vêtements de voyage et un long manteau noir, destiné à le protéger de la poussière.

Le retour leur parut plus court que l'aller. Lorsqu'ils parvinrent au château, à la fin du deuxième jour, il était tard et tout le monde dormait. Wachiwi remercia une nouvelle fois Tristan.

Le lendemain, avant le petit déjeuner, Wachiwi gravit l'escalier quatre à quatre. Quand elle eut raconté aux enfants leur soirée à la cour, Agathe s'écria qu'elle voulait y aller aussi, un jour. Wachiwi lui assura que son père serait très fier d'elle, et qu'elle ressemblerait à une princesse dans sa belle robe.

— Tu viendras ? demanda la fillette, les yeux étincelants.

Wachiwi hésita un instant avant de répondre. Elle l'ignorait, mais Tristan venait d'entrer dans la nursery.

— Je ne sais pas si je serai encore là, dit-elle franchement.

Elle n'avait jamais menti à un enfant, pas plus qu'à quiconque. Son père l'avait éduquée ainsi. La sagesse et la droiture d'Ours Blanc avaient fait de lui un grand chef, respecté de tous.

— Ce sera dans longtemps, ajouta-t-elle. Je serai une vieille femme.

— Je veux que tu restes avec nous, répliqua Agathe d'une voix inquiète.

— Alors, elle restera, dit son père en faisant quelques pas dans la pièce.

Wachiwi sursauta.

— De toute façon, à ce moment-là, vous saurez tout ce qu'il y a à savoir sur les chevaux, dit-elle à tous les trois avec un sourire. Et je serai trop âgée pour continuer les leçons ; je devrai me contenter du poney d'Agathe.

Puis Wachiwi quitta discrètement la pièce, pendant qu'Agathe et son frère assaillaient leur père de questions.

Quelques minutes plus tard, Tristan la rejoignit. Il n'avait pas apprécié la réponse de Wachiwi à la question d'Agathe, pas plus que ses enfants. Ceux-ci lui en avaient parlé dès qu'elle était partie.

— Les enfants veulent que vous restiez, Wachiwi, et moi aussi.

— Je ne peux pas toujours vous imposer ma présence, répliqua-t-elle.

Elle s'exprimait si bien qu'il était difficile de croire qu'elle ne parlait le français que depuis un an.

— Vous ne vous imposez pas, dit Tristan. Nous aimons vous avoir parmi nous. Vous rendez mes enfants heureux... et moi aussi, même si je ne le dis pas, ajouta-t-il doucement, d'une voix enrouée par l'émotion.

Il comprenait pourquoi son frère était tombé amoureux d'elle. Douce et forte à la fois, elle se montrait toujours aimable envers ses hôtes. Parfois, elle était farouche et fière, et à d'autres moments, aussi légère qu'une plume. Aux yeux de Tristan, elle serait une épouse parfaite pour lui et une mère idéale pour ses enfants. Mais personne d'autre que lui-même ne pouvait lui demander si elle l'autorisait à la courtiser.

— Acceptez-vous de rester avec nous ? lui demanda-t-il avec un air solennel.

— Aussi longtemps que vous voudrez de moi.

Hochant la tête avec reconnaissance, il quitta la pièce, visiblement en proie à un grand trouble. Elle ne le revit que plus tard, dans l'après-midi. Ils firent quelques pas dans le jardin, puis s'assirent sur un banc et regardèrent la mer.

— Il me semble que vous avez toujours été là, dit-il doucement.

— J'ai souvent la même impression, mais parfois je pense à mon père, à mes frères et à mon village.

— Est-ce qu'ils vous manquent beaucoup ?

Elle acquiesça d'un signe de tête, tandis qu'une larme coulait le long de sa joue. Il l'essuya doucement du bout des doigts. Sans crier gare, il se pencha pour l'embrasser avant de se reculer vivement, de peur qu'elle ne pense qu'il profitait de la situation. Elle leva vers lui des yeux surpris. Auparavant, il ne lui avait jamais témoigné ce type d'intérêt et elle ignorait la signification de ce baiser.

Tristan avait pensé attendre un mois ou deux le moment opportun – il avait pris sa décision à Paris –, mais il changea brusquement d'avis. La jeune femme devait savoir que ses intentions étaient honorables. Il ne cherchait pas une maîtresse, mais une épouse.

— Je désire que vous restiez ici toute votre vie, Wachiwi...

Comme il la fixait avec intensité, elle le regarda d'un air troublé.

— C'est très gentil de votre part, Tristan, mais si vous vous remariez, votre épouse n'appréciera pas ma présence.

Elle lui souriait timidement, certaine qu'il lui avait donné ce baiser dans un moment d'égarement qui ne se reproduirait pas. Il faut dire que Tristan était discret et qu'il ne laissait jamais paraître ses émotions. Tout jeune, il avait appris à les cacher et cela n'avait pas changé.

— Je ne pense pas que nous devions nous inquiéter de ce que ma future épouse pourrait en dire, déclara-t-il de façon énigmatique.

— Pourquoi ? s'étonna-t-elle avec cette innocence qui le faisait fondre.

— Parce que vous êtes la seule épouse que je veuille, Wachiwi.

Posant un genou à terre, il prit sa main.

— Voulez-vous m'épouser ?

Il ajouta alors ce qu'il souhaitait lui avouer du fond du cœur depuis des mois, sans jamais se le permettre.

— Je vous aime.

— Je vous aime aussi, dit-elle doucement en baissant les yeux.

Comme lui, elle avait pris conscience de son amour depuis des mois et elle avait adoré chaque minute passée auprès de lui et de ses enfants, mais elle n'aurait jamais osé imaginer que ses sentiments fussent partagés.

La prenant dans ses bras, il l'embrassa avec passion. Puis ils s'entretinrent longuement de leurs projets. Lorsqu'ils rentrèrent au château, ils avaient décidé de se marier à Paris au mois de juin, en présence des enfants. Ensuite, Tristan la présenterait à la cour en tant que marquise de Margerac.

Ils montèrent annoncer la nouvelle à Agathe et à Matthieu, et ceux-ci firent des bonds partout, avant de sauter au cou de Wachiwi. Mademoiselle sortit discrètement de la nursery et annonça son départ dès le lendemain matin. Les enfants n'en furent aucunement attristés.

16

Pendant les deux mois qui suivirent, Tristan et Wachiwi montèrent souvent à cheval, se promenèrent dans les jardins, parlant inlassablement de tout ce qu'ils souhaitaient entreprendre ensemble. Tristan voulait des enfants, mais il était terrifié à l'idée qu'elle pourrait mourir comme la mère d'Agathe et de Matthieu.

— Cela ne se produira pas, le rassura-t-elle. Je suis très forte.

— Elle l'était aussi, répondit-il tristement. Parfois, la vie nous réserve des surprises malheureuses.

Wachiwi savait qu'il avait raison. La disparition brutale de Jean le lui avait douloureusement appris, ainsi que nombre d'événements qui avaient précédé. Jamais, par exemple, elle n'aurait pu imaginer être enlevée par les Crows. Depuis, elle n'avait cessé de se demander ce que son père était devenu après son départ.

— Cela ne nous arrivera pas, insista-t-elle.

A sa grande surprise, elle n'avait pas été enceinte pendant les quelques mois passés avec Jean. Elle espérait ne pas être l'une de ces femmes stériles qu'elle avait connues au village. On les considérait comme défectueuses et anormales. Surtout, elle souhaitait avoir un bébé à elle. Son vœu le plus cher était de porter les enfants de Tristan... autant qu'elle pourrait lui en donner.

— L'année prochaine, à cette époque, j'accoucherai peut-être de votre fils, déclara-t-elle avec une fierté anticipée.

Un voile de tristesse passa devant ses yeux, et elle ajouta :

— Vous ne verriez pas d'inconvénient à ce que nous l'appelions Jean ?

— J'en serai ravi, dit-il doucement.

Il savait que Wachiwi avait été amoureuse de Jean, mais cela ne le contrariait pas. Il lui semblait aujourd'hui que son frère l'avait amenée pour lui, que c'était le destin.

En juin, Wachiwi, Tristan et les enfants partirent pour Paris. Pendant presque tout le trajet, Agathe dormit sur les genoux de la jeune femme. Tristan autorisa Matthieu à s'asseoir près du cocher. Finalement, par une chaude soirée d'été, ils atteignirent la rue du Bac. Les serviteurs les attendaient, la maison était remplie de fleurs et tout était prêt pour le mariage qui devait avoir lieu le lendemain. Plusieurs semaines auparavant, les invitations avaient été envoyées aux plus proches amis de Tristan. Comme c'était son second mariage et que son frère était mort l'année précédente, la cérémonie serait célébrée dans l'intimité.

Pris en charge par une femme de chambre, les enfants allèrent se coucher. Wachiwi était trop excitée pour dormir. Elle n'arrêtait pas de penser au destin qui l'avait amenée dans ce pays et à la chance qu'elle avait eue de rencontrer Tristan. Elle avait hâte d'être à lui, hâte d'être dans ses bras. Elle n'était plus une innocente jeune fille, mais une femme ardente et aimante. Bientôt, elle l'accueillerait dans son cœur, dans son corps et dans son existence. De son côté, Tristan se tenait dans sa chambre et regardait par la fenêtre, songeant que, le lendemain, la plus belle femme du monde serait à lui...

Il fut à l'église avant elle. Quelques minutes plus tard, elle arriva en calèche avec les enfants. Il avait demandé à deux de ses amis d'être leurs témoins, puisque Wachiwi ne connaissait personne en France. La cérémonie fut célébrée selon le rite catholique dans une petite chapelle de la rue du Bac, près de leur demeure. Ayant souhaité partager la même religion que son futur mari, Wachiwi avait reçu une préparation par un prêtre breton pendant deux mois, avant d'être baptisée.

Les petits doigts d'Agathe glissés dans les siens, Wachiwi regardait Tristan, qui la contemplait en retour comme aucun homme ne l'avait fait avant lui. Très sérieux, Matthieu était au côté de son père. Quand Tristan saisit la main de Wachiwi, ce fut Agathe qui prit son bouquet de muguet.

Après qu'ils eurent échangé leurs serments, Tristan passa une mince alliance en diamant à l'annulaire de Wachiwi. La jeune femme était vêtue d'une robe de satin blanc offerte par Marie-Antoinette en personne. Celle-ci lui avait dit qu'elle en avait tellement de semblables qu'elle pouvait bien la lui donner pour ses noces. Depuis la naissance de son fils, trois mois auparavant, elle n'avait toujours pas perdu le poids qu'elle avait pris pendant sa grossesse. Quand les mariés sortirent de l'église, Wachiwi était aussi belle qu'une reine. En devenant la marquise de Margerac, la fille d'un chef de la nation sioux avait trouvé son foyer.

Ils déjeunèrent tranquillement chez eux, mais, le soir, la maison fut remplie d'amis et d'admirateurs qui dansèrent et burent du champagne. Ils restèrent jusqu'à l'aube et, quand Wachiwi et Tristan gagnèrent leur chambre, il sembla à la jeune femme qu'elle lui avait toujours appartenu. Elle était née pour lui dans un village sioux, loin de la France, elle avait traversé un continent et un océan pour vivre cet instant. Après qu'il eut fermé la porte de leur chambre, elle leva les yeux vers lui et fit lentement glisser la robe de satin le long de ses épaules... Son mari l'aida à la dégrafer et la vit enfin comme Jean l'avait vue, dans toute sa beauté nue, près du lac. Sa peau luisait faiblement à la lueur de la lune et Tristan l'entraîna vers le lit.

Lorsqu'il la fit sienne, ce fut pour tous les deux une seconde naissance. Bientôt, ils ne furent plus qu'un seul corps et qu'une seule âme. Le destin les avait réunis pour toujours.

Ils restèrent trois jours à Paris. Dès le lendemain du mariage, ils se rendirent à la cour. Tout le monde les acclama et applaudit quand un chambellan annonça la marquise de Margerac. Des flots de champagne coulèrent. Wachiwi, qui avait pris des leçons entre-temps, dansa toute la nuit avec son mari, et une fois avec le roi.

Le jour de son mariage avait été le plus heureux de sa vie et sa présentation à la cour en fut la prolongation. Marie-Antoinette l'avait embrassée affectueusement et avait admiré la nouvelle robe que Tristan avait commandée pour elle. Taillée dans un brocart rouge et brillant, elle mettait en valeur l'éclat de son teint et la couleur de ses cheveux. Tristan lui avait aussi offert un collier de rubis qui avait appartenu à sa mère. Ils rentrèrent tard ce soir-là, et découvrirent de nouveau l'émerveillement de leurs deux corps confondus.

Avant de repartir pour la Bretagne, ils retournèrent une fois à la cour, sur l'insistance de Wachiwi. Tristan, souhaitant lui faire plaisir, se plia de bonne grâce au désir de sa jeune épouse. Ils eurent la surprise d'y rencontrer un chef sioux du Dakota du Sud.

Le chef Wambleeska – « Aigle Blanc » – était un homme grand et imposant, plus jeune que le père de Wachiwi. Malgré son regard farouche, il sourit à la vue de la jeune marquise de Margerac. Bien qu'elle ne se souvînt pas de lui, il lui rappela qu'il l'avait vue avec son père, alors qu'elle n'était encore qu'une enfant. Deux de ses fils l'accompagnaient. Dans leur tenue étrange, bizarre combinaison de vêtements de cour et de leurs costumes traditionnels, les trois hommes étaient impressionnants. Après qu'on l'eut présenté au roi, Aigle Blanc se mit à parler à Wachiwi dans sa langue maternelle. Une soudaine nostalgie pour sa patrie happa la jeune femme, et elle dut retenir ses larmes.

Wambleeska fit allusion à son enlèvement par les Crows, ajoutant que la mort de leur chef était devenue une légende parmi les Sioux du Dakota. On pensait qu'elle était devenue un esprit, aussi avait-il été fort étonné de la voir à la cour.

— Et mon père ? demanda-t-elle doucement.

Tristan, qui l'observait, devina le sens de sa question à son expression peinée et à l'espoir qui brillait dans son regard. Tout comme elle, il redoutait ce qu'elle allait entendre. Elle lui avait dit que son père était vieux et fragile, car elle était arrivée très tard dans sa vie.

Wambleeska lui parla pendant quelques minutes, le visage grave. Wachiwi hocha la tête, puis le chef s'éloigna, adressant au couple un signe de paix. L'air troublé, Tristan regarda sa femme. Il avait éprouvé une impression bizarre en l'entendant s'exprimer dans cette langue inconnue. Wachiwi leva vers lui des yeux brillants de larmes.

— Le Grand Esprit a emporté mon père avant même que les guerriers n'établissent le camp pour l'hiver.

Elle le savait au fond de son cœur depuis des mois. Au moins connaissait-il la paix maintenant, tout comme elle. Leurs destinées les avaient lancés sur des chemins différents, là où ils devaient être. Ainsi qu'elle l'avait craint, il était parti sans elle, et le cœur brisé. Elle n'en haïssait Napayshni que davantage et elle ne regrettait pas ce qui s'était passé dans la forêt. Il avait eu ce qu'il méritait, après ce qu'il avait infligé à sa famille.

— Je suis désolé, dit doucement Tristan quand ils quittèrent la cour.

Pour toute réponse, elle hocha la tête et lui prit le bras. Elle souffrait à l'idée que son père était mort de chagrin. Tout comme Jean, il occuperait à jamais une place dans son cœur. Elle était triste, mais se sentait en paix.

Elle avait demandé au chef Wambleeska de donner de ses nouvelles à ses frères, de leur dire qu'elle était heureuse et mariée à un homme bon. Il le lui avait promis, ajoutant qu'il ignorait quand il quitterait la France.

Cette nuit-là, étendue dans les bras de son mari, elle songea à la vie qui l'attendait. Puis elle rêva du bison blanc, mais, cette fois, une colombe d'une pure blancheur voletait près de sa tête. Elle vit aussi son père. Au matin, quand elle s'éveilla, elle sut que sa vie allait être parfaite.

De retour en Bretagne, Wachiwi s'installa dans la chambre de son mari. Un matin du mois d'août, alors que Tristan l'appelait pour leur promenade à cheval quotidienne, elle secoua la tête, un petit sourire aux lèvres.

— Je ne peux pas.

— Pourquoi ? Vous êtes souffrante ? s'enquit-il avec inquiétude.

Comme il l'observait avec attention, il comprit soudain la raison de son refus.

— Seigneur ! Vous en êtes sûre ?

Elle hocha solennellement la tête, certaine que l'enfant avait été conçu pendant leur nuit de noces, ainsi que cela devait être. Au printemps, leur bébé naîtrait, et ils espéraient tous les deux que ce serait un garçon. Ils l'appelleraient Jean, en souvenir de l'homme qui les avait réunis.

Elle comprit alors que le bison blanc de son rêve l'avait conduite jusqu'à Tristan.

17

Par une matinée ensoleillée du mois d'avril, Marc et Brigitte quittèrent Paris dans une ridicule petite voiture qui la fit rire dès qu'elle l'aperçut. Elle n'avait jamais vu un véhicule aussi minuscule, quoique, à Paris, ce choix pût se comprendre. Elle ne riait plus lorsqu'ils filèrent sur l'autoroute, mais il lui assura qu'ils étaient en sécurité. Aux yeux de Brigitte, c'était un jouet. Son sac de voyage occupait presque toute la banquette arrière. Celui de Marc, qui était plus modeste pourtant, remplissait le coffre.

Ils roulèrent pendant plusieurs heures, au cours desquelles ils trouvèrent plus simple de se tutoyer. Marc était intarissable sur les relations complexes que Napoléon entretenait avec Joséphine. Elles avaient eu des effets subtils sur la politique française, ce que Brigitte jugea fascinant. Elle souriait tout en l'écoutant. La façon dont il analysait les choses lui semblait très française. Il était passionné d'histoire, mais, dans son esprit, les rapports amoureux des deux personnages étaient tout aussi importants. Brigitte appréciait la combinaison de ces éléments, l'affectif et l'analyse, l'historique et le politique. Pleine d'admiration pour l'intelligence et l'érudition de Marc, elle était certaine que ce serait un très bon livre et elle le lui dit.

— Le tien aussi, quand tu raconteras la vie de cette petite Indienne, répondit-il avec un sourire entendu.

Son expression était bienveillante, et son regard s'éclairait quand il lui parlait.

— Qu'est-ce qui te fait croire que je vais l'écrire ? demanda-t-elle avec curiosité.

— Avec tout ce que tu as découvert et lu entre les lignes, comment pourrais-tu résister à une telle tentation ? Cette histoire comporte de l'action, de l'aventure, du mystère, un fond historique et de l'amour. Et quelle époque ! L'esclavage avait encore cours en Amérique et la France vivait ses derniers jours avant la Révolution. Que leur est-il arrivé, ensuite ? Le marquis était-il un fervent royaliste ? Qu'est-il advenu de leurs enfants ? L'origine indienne de la marquise rend leur destin encore plus fascinant. En outre, elle est venue en France avec un frère, elle a épousé l'autre. Et comment a-t-elle échappé aux Crows ? A-t-elle tué leur chef ? Etait-elle dangereuse, ou innocente ? Tu as suffisamment de matière pour rédiger une dizaine de volumes, conclut-il avec une sorte d'envie.

— Tu devrais peut-être t'en charger, suggéra-t-elle sérieusement.

— Certainement pas ! C'est ton ancêtre, pas la mienne. Les écrivains ne respectent pas grand-chose, mais je ne porte pas atteinte à la propriété intellectuelle.

Il se mit à rire et insista :

— J'espère vraiment que tu le feras, Brigitte…

Elle aimait la façon dont il prononçait son prénom, à la française.

— D'ailleurs, dit-il, je pense que tu devrais revenir pour continuer tes recherches et passer un an ou deux à écrire. Cela me plairait énormément, précisa-t-il avec un regard éloquent. Je t'aiderai volontiers, si tu le souhaites.

— Tu l'as déjà fait, répliqua-t-elle avec une reconnaissance sincère. Sans toi, je n'aurais pas trouvé ces chroniques de cour. Je n'aurais jamais découvert que le jeune frère du marquis avait amené Wachiwi en France et qu'il était mort en mer. Je m'imaginais seulement qu'elle avait eu de la chance en épousant cet aristocrate. La vraie histoire est à la fois plus intéressante et plus compliquée.

Comme lui, elle estimait que cela ferait un merveilleux récit. Bien plus qu'une histoire de famille, c'était un important témoignage sur une époque dans deux pays, l'Amérique et la France.

— C'est bien pour cela que tu dois l'écrire ! Je vais continuer de te harceler jusqu'à ce que tu te décides. D'ailleurs, je ne suis pas totalement désintéressé dans cette affaire.

— Vraiment ? Et quel est ton intérêt ? plaisanta-t-elle.

Ce badinage l'amusait. Elle se sentait totalement à l'aise avec lui. L'espace d'un instant, elle se demanda si Wachiwi avait éprouvé la même chose avec son marquis.

— Mon intérêt personnel, c'est que je souhaiterais que tu t'installes à Paris un certain temps. Les relations à distance sont compliquées, et je n'aime pas ça. Cela finit toujours par se gâter. J'aime Boston, mais j'y ai déjà vécu et je suis trop vieux pour voyager à intervalles réguliers. C'est trop fatigant.

Il s'exprimait comme si une relation amoureuse était déjà à l'ordre du jour, et Brigitte se demanda s'il plaisantait.

— Je pensais que nous étions seulement amis, rétorqua-t-elle.

Profitant que la circulation était fluide, il quitta la route des yeux pour la regarder.

— C'est tout ce que tu veux ?

— Je ne sais pas ce que je veux, avoua-t-elle. Peut-être que notre amitié me suffit pour l'instant. Mais tu as raison, les distances trop grandes sont incompatibles avec l'amour, c'est pourquoi nous avons rompu, Ted et moi.

— Il te manque ?

— Parfois. Je regrette surtout de ne plus avoir quelqu'un d'intime dans ma vie, mais je ne suis pas certaine de souffrir de son absence. Je le saurai sans doute en rentrant à Boston.

— En ce cas, ce n'est pas lui qui te manque, mais seulement sa fonction de petit ami. Sinon, tu le saurais aussi ici.

Il avait raison. Il était curieux qu'après six ans de soirées, de week-ends, de dîners et d'appels téléphoniques quotidiens l'absence de Ted ne lui pèse pas plus que cela. Elle ne se languissait pas de lui comme une femme qui a perdu l'amour de sa vie. Il ne l'avait pas été. Leur relation avait été commode et elle avait été trop paresseuse pour désirer davantage. C'était une terrible constatation. Elle en fit part à Marc, qui se montra moins sévère envers elle qu'elle ne l'était elle-même.

Depuis sa rupture avec Ted, elle avait beaucoup réfléchi à leur relation. Elle avait juste « supposé » qu'ils étaient sur la même longueur d'onde. C'était la voie de la facilité et aussi la plus stupide. A présent, elle avait trente-huit ans, pas d'homme dans sa vie, pas de projets d'avenir et pas d'enfants. Pas même un emploi... parce qu'elle avait aussi « supposé » qu'elle garderait toujours le sien. Pire encore, elle comprenait maintenant qu'elle avait été malhonnête envers elle-même en n'exigeant pas davantage de la vie. Elle ne comptait pas répéter la même erreur et elle ne voulait pas non plus s'engager dans quelque chose qu'elle ne pourrait pas gérer... comme une relation amoureuse à distance. Apparemment, Marc n'en avait pas envie non plus. Ils seraient donc amis.

— Et toi ? lui demanda-t-elle. Ton ex-compagne te manque-t-elle ?

— Plus maintenant. Au début, oui. Notre relation était agréable, mais insuffisante. Je ne recommencerai pas. Je préfère rester seul.

Il lui adressa un sourire malicieux.

— A moins d'être avec toi...

Elle ne le connaissait pas suffisamment pour savoir s'il était sincère. Quoi qu'il en soit, c'était agréable à entendre. Ce n'était qu'un flirt sans conséquence.

Après cela, ils roulèrent en silence puis s'arrêtèrent pour déjeuner dans une auberge pittoresque à Fougères. Marc lui parla de la région où ils se trouvaient et de son histoire. Brigitte se réjouissait d'avoir fait la connaissance d'un homme aussi érudit.

— Parle-moi des chouans, demanda Brigitte à la fin du repas.

Il avait fait plusieurs fois allusion à eux et elle avait compris qu'il s'agissait d'insurgés royalistes contre-révolutionnaires.

— Tu devrais lire le roman de Balzac, lui suggéra-t-il. Les chouans étaient des jeunes paysans menés par des nobles, qui se sont constitués en armée catholique et royaliste, combattant au nord de la Loire contre les républicains, dès 1792. Sous la Révolution, à de rares exceptions près, les aristocrates ont perdu tout ce qu'ils possédaient : leurs demeures, leurs châteaux, leurs terres, leur argent, leurs bijoux et surtout leur vie. Après des années d'oppression et d'injustice, les révolutionnaires réclamaient vengeance, ils voulaient massacrer la famille royale et tous les nobles. Ils ont réussi, du moins à Paris. Ailleurs, particulièrement en Vendée et en Bretagne, où vos ancêtres habitaient, les aristocrates se sont mieux défendus. Nombre d'entre eux ont pu conserver leurs châteaux, même si certains ont été incendiés par les révolutionnaires. Il sera intéressant de voir dans quel état est celui de ton marquis. Beaucoup de gens ont accusé Marie-Antoinette d'être responsable des excès de la cour. Mais elle n'est pas seule à devoir être mise en cause ; les aristocrates et la famille royale dans leur ensemble ont créé à l'époque une situation insupportable pour les pauvres et ils ne semblaient nullement s'en soucier. Ils l'ont payé très cher.

— Le rôle des femmes, dans toute cette histoire, est fascinant. Marie-Antoinette avant la Révolution, Joséphine après... Cela entre un peu dans le cadre de mes recherches. Je pourrais écrire un article là-dessus.

— Ne sous-estime pas les femmes qui fréquentaient la cour, précisa Marc. Elles étaient puissantes, elles aussi. Il y avait des intrigues et des complots incroyables dans l'entourage du roi. Parfois, c'étaient les femmes qui tiraient les ficelles. Les hommes foncent toujours tête baissée dans la bagarre, mais les femmes, plus adroites, peuvent être très dangereuses.

— Quand je pense que j'ai passé sept ans de ma vie à faire des recherches sur le droit de vote des femmes ! Ce n'est rien, comparé à tout cela.

Elle trouvait les Français singulièrement enclins à l'intrigue. Elle en fit la remarque à Marc.

— C'est ce qui rend notre histoire si intéressante. Ce qui compte, ce n'est pas tant ce que l'on voit à la surface des choses. Les éléments importants sont souvent souterrains et on doit les déterrer pour savoir ce qui s'est vraiment passé.

Brigitte acquiesça. C'était en creusant plus profond qu'elle avait découvert des précisions sur Wachiwi. Les pensées de Marc avaient dû suivre le même chemin, car il lui demanda :

— Ça te fait quoi d'avoir une Indienne parmi tes ancêtres ?

— Cela me plaît. Au début, j'ai cru que ma mère allait être dans tous ses états, tant elle est fière de nos origines aristocratiques. Je ne pensais pas que notre héritage sioux, même minime, lui plairait. En fait, elle en est ravie. Quant à moi, j'apprécie que mon ADN comporte un élément plus exotique que cette veine aristocratique française. Les titres à rallonge, ce n'est pas spécialement ma tasse de thé.

Elle lui jeta un coup d'œil de côté. Marc se mit à rire.

— Ne t'inquiète pas, je n'ai pas un seul aristocrate dans ma généalogie. Mes ancêtres étaient tous paysans.

— C'étaient des gens courageux, à en juger par le livre que tu as écrit sur eux.

— Il est dans la nature de certains individus de lutter contre le courant. C'est assez français. Nous ne voulons jamais faire ce que nous sommes censés faire. C'est bien plus drôle de commencer une révolution ou d'entrer en résistance. Nous sommes un peuple réfractaire. C'est pour cette raison que nous adorons parler politique. Cela nous permet d'être en désaccord avec nos interlocuteurs.

Lorsqu'ils parvinrent à Saint-Malo, il était trop tard pour se rendre au château de Tristan de Margerac. Après avoir posé leurs bagages dans les chambres d'hôtel que Marc avait réservées, ils se promenèrent sur le port, pittoresque. Il raconta à Brigitte qu'autrefois les baleiniers y accostaient, puis il la régala avec des anecdotes sur la région.

Ils s'arrêtèrent pour acheter une glace, qu'ils dégustèrent en contemplant la mer.

— Tu imagines la taille du bateau qui a amené Wachiwi jusqu'ici ? s'interrogea Brigitte.

Quelle fille courageuse que son ancêtre ! Elle avait dû être terrifiée.

— Je ne veux pas y penser, plaisanta Marc, ça me donne le mal de mer.

Peu après, ils regagnèrent leur hôtel. Ils avaient chacun une chambre minuscule, à peine plus grande que le lit, et ils partageaient la salle de bains attenante, mais le prix était abordable. Ils payaient chacun leur part, bien que Marc ait proposé de régler seul la note. Brigitte avait refusé. Elle ne voulait pas être son obligée.

Ils dînèrent dans un restaurant de poisson. Le repas fut délicieux et Marc commanda une bouteille d'un excellent vin, étonnamment abordable. La conversation fut animée. Brigitte s'étonnait que Marc sache par cœur autant d'événements historiques et de dates. Il connaissait mieux qu'elle certains aspects de l'histoire américaine et il était bien informé sur la politique des Etats-Unis. Mieux encore, il était brillant sans être prétentieux. A l'université, elle avait rencontré de nombreux professeurs déconnectés du monde réel, et qui pensaient tout savoir. Malgré sa culture, Marc restait modeste et maniait l'autodérision. Elle appréciait ce trait de caractère, ainsi que son sens de l'humour. Il lui raconta des anecdotes sur sa vie d'étudiant à Boston. Ils riaient encore en rentrant à l'hôtel.

Vêtue d'une vieille chemise de nuit en flanelle, elle se brossait les dents quand Marc pénétra dans la salle de bains. Elle avait oublié de verrouiller la porte. Il portait un caleçon et un simple tee-shirt, comme s'il avait été chez lui. Il se répandit en excuses pour être entré sans frapper, bien que sa chemise de nuit la couvrît de la nuque aux pieds.

— C'est une tenue vraiment affriolante, plaisanta-t-il. Ma sœur en avait une du même genre quand nous étions enfants.

Il lui avait déjà parlé d'elle. Mariée et mère de trois enfants, elle vivait dans le sud de la France. Ils étaient très proches, mais il prétendait qu'il était la brebis galeuse de la famille sous prétexte qu'il avait vécu en concubinage et n'avait pas de descendance. Sa sœur était avocate et son mari exerçait le métier de juge dans une petite ville de province.

— Malgré tout, précisa Marc, je ne crois pas qu'elle ait séduit son mari ainsi vêtue !

— Ce soir, je ne suis pas en quête de mari, répliqua Brigitte. J'ai laissé mes nuisettes sexy à la maison.

En vérité, elle n'en avait aucune. Elle n'avait pas acheté de jolie lingerie depuis des années. Elle n'en avait pas besoin, puisqu'elle avait Ted…

— Quel dommage ! Moi qui allais justement te demander en mariage.

Tout en badinant, il étala du dentifrice sur sa brosse. Une minute plus tard, ils se lavaient les dents de concert devant le lavabo. La situation était pour le moins amusante, si l'on considérait qu'ils se connaissaient à peine. Malgré les plaisanteries de Marc sur leur relation et ses prétendues demandes en mariage, les choses étaient claires et Brigitte était bien décidée à ce que cela ne change pas.

Un peu plus tard, ils se souhaitèrent bonne nuit avant de regagner leur chambre et de verrouiller leur porte. Du moins, Brigitte le fit. Marc s'en abstint, au cas où Brigitte voudrait le rejoindre. Il aurait été ravi si elle avait été submergée par un raz-de-marée de désir pendant la nuit. Mais Brigitte dormit comme un bébé et se réveilla fraîche et dispose. Pendant le petit déjeuner, Marc lui fit part, en plaisantant, de sa déception. Au fond de lui-même, il estimait que Ted avait été bien fou de la quitter. A son avis, aucune momie, aucun tombeau de pharaon ne la valait.

Après le petit déjeuner, ils se rendirent au centre-ville. Marc voulait aller à la mairie. Il avait expliqué à Brigitte que les mariages, les naissances, les décès et tous les événements survenus dans la région y étaient enregistrés. Ils passèrent plusieurs heures à parcourir les anciens registres. Ils y découvrirent des écritures rendant compte de la naissance de Tristan et de celle de son jeune frère, ainsi que les actes de naissance et de décès de leurs parents. Ces derniers étaient morts jeunes, à quelques jours d'intervalle. Marc pensait qu'ils avaient dû être victimes d'une épidémie. Tristan n'avait alors que dix-huit ans et son frère cadet dix de moins. Tristan avait donc hérité du titre et des responsabilités qui y étaient rattachées quoiqu'il fût à peine sorti de l'adolescence.

Ils trouvèrent les actes de naissance des enfants de Tristan et de Wachiwi, dont l'aîné portait le prénom du jeune frère de Tristan. La vue des registres émut énormément Brigitte. Lorsqu'ils ressortirent dans la cour, ils virent de jeunes couples qui attendaient d'être mariés. Ils riaient et bavardaient, entourés par les membres de leurs familles et leurs amis. Il régnait une atmosphère de fête et de bonheur qui fit sourire Brigitte et Marc. Un instant plus tard, ils roulaient en direction du château. La visite commençait dans moins d'une heure. Brigitte était impatiente d'entendre ce que le guide allait leur raconter et de savoir enfin si ce château était bien celui où ses ancêtres avaient vécu plusieurs centaines d'années auparavant.

Ils suivirent la même route que celle que Wachiwi avait prise en calèche lorsqu'elle avait débarqué du bateau en provenance d'Amérique. Le château, perché en haut d'une falaise et dominant la mer, était devenu aujourd'hui un monument géré par l'Etat. Après avoir acheté deux tickets à l'entrée, ils flânèrent d'abord dans les jardins. Brigitte fut impressionnée par l'immensité de cette demeure qui ressemblait à une forteresse et semblait avoir très peu changé au cours des siècles. Il y avait des plates-bandes remplies de fleurs, un labyrinthe de buis et des bancs sur lesquels on pouvait s'asseoir pour contempler l'océan. Leurs pas les menèrent à l'endroit même où Tristan avait demandé Wachiwi en mariage. Bien qu'elle l'ignorât, Brigitte eut l'impression qu'elle s'imprégnait de sa propre histoire.

Les écuries étaient depuis longtemps désertes. A l'intérieur du château, il ne restait plus que quelques portraits achetés aux enchères par le Service des monuments historiques. Quand les touristes se rassemblèrent au pied du grand escalier dans l'attente de la visite, Brigitte remarqua sur les murs des trophées de chasse poussiéreux. La guide, une jeune femme, leur expliqua qui avaient été les Margerac.

Elle leur rapporta que le château avait été construit au XII\ :sup:`e` siècle, puis elle débita la liste de toutes les générations qui y avaient vécu et ce qu'elles avaient accompli pour le pays et la région. Le château était l'un des plus grands de Bretagne et, au Moyen Age, ses propriétaires avaient combattu leurs ennemis avec succès. Cela avait d'ailleurs été également le cas pendant la Révolution. La guide parlait vite, mais Marc traduisait ses propos pour Brigitte. Elle les conduisit dans la chambre des maîtres, au second étage, et dans plusieurs autres pièces très spacieuses et vides. Au-dessus, il y avait encore des chambres et une nursery, leur dit-elle, mais cette section était fermée au public.

En les reconduisant dans le grand hall, la guide déclara avec une sorte de fierté que sous la Révolution le marquis Tristan de Margerac s'était joint aux chouans et qu'il avait réussi à empêcher que son château ne soit pris ou envahi. Lorsque les révolutionnaires avaient mis le feu à une partie du bâtiment, le marquis n'en avait pas pour autant abandonné le combat et avait fini par les vaincre. Selon la légende locale, son épouse avait vaillamment lutté à son côté. En entendant cela, Brigitte ne put retenir ses larmes. Elle imaginait facilement Wachiwi affrontant l'ennemi pour défendre son foyer, sa famille et son mari. Jusqu'à la fin, elle s'était comportée en femme sioux. Selon la guide, le château était resté dans la famille jusqu'à ce que ses membres émigrent en Amérique, au milieu du XIXe siècle. Ensuite, il avait changé plusieurs fois de mains. Finalement, le Service des monuments historiques l'avait racheté et restauré. Presque tout ce que les visiteurs voyaient existait à l'origine, même si, du temps où les dernières générations de marquis y vivaient encore, les lieux étaient bien plus somptueux. A l'époque, il y avait des objets et des meubles anciens magnifiques qui pour la plupart avaient été vendus par les propriétaires suivants. Les écuries étaient remplies de pur-sang et, d'ailleurs, l'épouse du marquis Tristan de Margerac était une cavalière exceptionnelle. Sa virtuosité était légendaire dans le pays. Au passage, la guide rappela que cette femme était d'autant plus remarquable qu'elle était indienne d'Amérique, sioux, à ce que l'on disait. Elle était venue en France pour épouser Tristan de Margerac, bien qu'on ne connaisse pas les détails de leur rencontre. Elle s'appelait Wachiwi et elle avait été enterrée avec son mari dans le cimetière, derrière la chapelle du XIIIe siècle, là où tous les membres de la famille avaient été ensevelis pendant des siècles. La guide conclut sa présentation en soulignant qu'il n'y avait plus de descendants Margerac en France. Peut-être la lignée était-elle éteinte.

Quand la guide prononça ces mots, Marc pressa la main de Brigitte. Elle eut envie de lever les bras et de crier : « Je suis là ! Je suis l'une d'entre eux ! » Lorsqu'ils sortirent du château, après la visite, elle était encore profondément émue et vibrante d'excitation. Elle avait acheté plusieurs brochures et des cartes postales pour sa mère. Désormais, il lui semblait être intimement liée à ses ancêtres et à leur château, mais plus particulièrement à Wachiwi, devenue pour elle une source d'inspiration.

Une fois de plus, l'intuition de Marc avait été la bonne : Tristan avait fait partie des chouans. Il avait tenu bon face aux révolutionnaires, comme tant d'autres dans la région, et Wachiwi l'avait aidé avec toute son ardeur et son courage de femme sioux.

L'idée de coucher sur le papier cette histoire haute en couleur faisait son chemin dans l'esprit de Brigitte. Sous quelle forme toutefois ? Devrait-elle s'en tenir aux faits, ou romancer ? Serait-ce une fiction historique ? Un ouvrage d'anthropologie ? Un traité d'histoire ? Un roman d'amour ? Elle ne savait dans quelle voie s'engager, ni même si elle le ferait un jour.

Marc et elle se rendirent dans le petit cimetière derrière la chapelle, délaissé par les touristes qui n'éprouvaient pas d'intérêt particulier pour les pierres tombales et les caveaux des générations de Margerac. La chapelle était vide et semblait avoir été endommagée d'un côté par le feu, mais elle tenait toujours debout.

Ils se promenèrent parmi les sépultures. Il y avait plusieurs mausolées à l'aspect lugubre et de nombreuses pierres tombales usées par le temps. Marc suivit Brigitte à l'intérieur des deux monuments funéraires. Les Margerac qui étaient enterrés là, et dont les noms étaient bien visibles, avaient vécu au XVIe et au XVIIe siècle. Les parents de Tristan et de Jean se trouvaient parmi eux, mais Brigitte fut déçue de ne pas y lire ceux de Tristan et de Wachiwi.

Marc était retourné sur ses pas pour examiner plus attentivement deux belles stèles à l'ombre d'un arbre. Soudain, il adressa de grands signes à Brigitte, qui enjamba de hautes herbes pour le rejoindre : le sentier qui serpentait à travers le cimetière n'était plus entretenu depuis bien longtemps.

Marc tendit la main à Brigitte sans un mot. Les pierres tombales de Tristan et de Wachiwi se dressaient dans le jardin paisible, côte à côte, ainsi qu'ils avaient toujours vécu. Ils étaient tous les deux morts en 1817, à moins de trois mois d'intervalle, vingt-huit ans après la Révolution. Tristan était décédé à soixante-sept ans, un âge avancé pour l'époque. La tombe de Wachiwi cependant ne comportait pas sa date de naissance. Probablement, personne n'avait su son âge précis... même pas elle. A supposer qu'elle avait dix-sept ans quand les Crows l'avaient enlevée et dix-huit au moment de son mariage avec Tristan, elle devait en avoir cinquante le jour de sa disparition. Peut-être le chagrin l'avait-il emportée. Quand Brigitte et Marc fouillèrent parmi les hautes herbes, ils trouvèrent les tombes de leurs enfants et leurs épouses. Deux des petits-enfants de Tristan et Wachiwi étaient morts en France.

Brigitte était très émue. La jeune fille sauvage venue du Dakota pour trouver l'amour en France avait été un maillon important dans la longue chaîne de générations qui la reliait à Brigitte. Celle-ci se sentait unie à son ancêtre par une affinité profonde. Devant les sépultures de Wachiwi et de son époux, elle avait l'impression d'avoir enfin retrouvé ses racines. Une partie d'elle appartenait à ce lieu et à ces gens, presque comme si elle partageait leur intimité. C'était le cas dans un certain sens, grâce à tout ce qu'elle avait lu sur eux. Soudain, elle fut très reconnaissante à sa mère de l'avoir mise sur ce chemin, même si au début elle avait eu du mal à l'emprunter.

Main dans la main, Marc et Brigitte se recueillirent un long moment avant de retourner sur leurs pas. Tandis qu'ils se dirigeaient vers la voiture, Marc passa un bras autour des épaules de Brigitte. Ils avaient passé un après-midi inoubliable, même si la jeune femme était triste de devoir laisser derrière elle ses ancêtres et leur domaine.

— Merci de m'avoir permis de t'accompagner, murmura Marc.

Il était touché, lui aussi. Cette histoire jusque-là mystérieuse et compliquée se résolvait maintenant à la façon d'un puzzle. Elle s'offrait à leurs yeux, tel un vitrail. Toutes les pièces étaient assemblées et traversées par la lumière. Il était fier d'y avoir contribué.

— Sans toi, je n'aurais jamais appris tout ce que je sais maintenant, répondit Brigitte avec un sourire.

— Je suis persuadé que c'est la Providence qui nous a réunis, soupira Marc.

— Sait-on jamais ?

Brigitte préférait ne pas s'engager plus avant sur ce terrain glissant.

— Ton destin est peut-être de rester en France, comme Wachiwi...

Brigitte ne put s'empêcher de rire. Elle comprenait qu'elle plaisait à Marc. Tout autant qu'elle appréciait sa compagnie. Cependant, elle allait rentrer chez elle.

— Je dois chercher un travail à Boston.

— Tu peux en trouver un ici.

De nouveau, il fit allusion à l'université américaine de Paris. Par chance, il avait un ami qui s'occupait du recrutement, et il proposa à Brigitte de lui passer un coup de fil.

— Et ensuite, que ferai-je ? Je n'ai pas d'appartement, pas d'amis, alors que j'ai passé une douzaine d'années à Boston.

Douze années durant lesquelles elle s'était mortellement ennuyée, songea-t-elle sans le dire.

— Tu m'as, moi.

Mais Brigitte ne pouvait pas s'installer à Paris pour un homme avec lequel elle aimait bien bavarder ! Elle n'agissait jamais sous le coup d'une impulsion ; depuis toujours, elle était dotée d'un solide bon sens.

— Je pense que tu devrais écrire ton livre sur ton ancêtre sioux ici, insista-t-il.

Brigitte n'en était pas convaincue. Elle n'était ni romancière ni historienne, seulement anthropologue. L'histoire de Wachiwi était porteuse d'une émotion qu'elle n'était pas sûre de savoir rendre sur le papier.

— Cela pourrait te faire du bien de passer un an à Paris. A certains moments de la vie, il faut se lancer dans de folles entreprises qui réchauffent le cœur.

Ce que Wachiwi avait fait.

— Je n'aime pas prendre des risques, rétorqua Brigitte.

Il se tourna vers elle pour la regarder.

— Je m'en suis aperçu, mais tu devrais peut-être.

Le soir venu, ils dînèrent dans un autre restaurant de poisson et passèrent la nuit dans leur petit hôtel. Le dimanche matin, ils repartirent pour Paris. Pendant le trajet, Brigitte s'endormit. Marc la regarda en souriant. Il aimait l'avoir près de lui, abandonnée dans le sommeil. Il était triste de savoir que, d'ici quelques jours, elle serait partie. Il espérait du fond du cœur et avec optimisme que les moments qu'ils avaient passés ensemble la persuaderaient de rester.

18

1793

Les mois et les années qui s'étaient écoulés depuis le début de la Révolution avaient été effrayants pour les Margerac. Par bonheur, ils se trouvaient en Bretagne quand les premières explosions de violence avaient eu lieu dans les rues de Paris. Les nouvelles qui leur étaient parvenues étaient presque impossibles à croire. Versailles était envahi par des vauriens et des révolutionnaires, le palais du Louvre était occupé par une foule de gens qui profanaient les salles exquises, des enfants nobles étaient assassinés, le roi et la reine avaient été guillotinés, les têtes roulaient dans la poussière et le sang coulait dans les caniveaux. Nombreux étaient ceux, parmi les parents et amis de Tristan, qui avaient été tués.

Pendant plusieurs mois, Tristan et Wachiwi ignorèrent ce qu'il était advenu de leur hôtel parisien. Ils apprirent finalement qu'il avait été pillé et saccagé. Des révolutionnaires s'y étaient installés avant de l'abandonner, non sans emporter les objets de valeur avec eux.

Plus les nouvelles en provenance de Paris devenaient effroyables, moins Wachiwi ne pouvait s'empêcher de faire un parallèle avec son histoire personnelle et son enlèvement par les Crows. Devinant ses craintes, Tristan lui assura que personne ne viendrait la prendre une nouvelle fois.

— Je les tuerai d'abord, lui promit-il, une lueur meurtrière au fond des yeux. Je te protégerai.

Wachiwi savait qu'il le ferait. Tristan transforma le château en forteresse, fit monter le pont-levis et convertit leur demeure en camp armé, aidé par d'autres aristocrates qui restèrent avec eux. Ils formaient une bande constituée d'une cinquantaine d'insurgés. Il apprit à Wachiwi à se servir d'un mousquet et à charger son arme. Elle combattit à son côté durant de nombreuses nuits. Jamais elle n'avait peur auprès de lui.

Ce fut Wachiwi qui vit les flammes la première, la nuit où les révolutionnaires incendièrent l'aile nord du château. Des flèches enflammées passaient au-dessus des murs, mettant le feu aux arbres. Attisé par un vent violent, l'incendie gagna presque instantanément le château. Soudain, la femme sioux se réveilla en elle, prête à défendre de sa vie celle de ses enfants, celle de Matthieu, Agathe et de l'homme qu'elle aimait. Elle prit un arc puissant des mains d'un des archers de Tristan et commença à décocher des flèches aux assaillants. Elle n'en ressentit aucun remords, elle luttait pour protéger son foyer. Tristan éprouvait une grande fierté. Jamais il ne l'avait aimée davantage. Elle était la seule femme à combattre au côté des hommes. Infatigable, elle tirait avec son mousquet ou elle criblait l'ennemi de flèches.

Elle fut blessée à la même épaule que celle qui avait déjà été touchée quand elle avait tenté de fuir le camp des Crows. Toutefois, ce ne fut qu'une égratignure. Après cela, Tristan insista pour qu'elle demeurât avec leurs enfants, mais quelques heures plus tard elle se jetait de nouveau dans la bataille, auprès de son mari et de ses compagnons.

Peu à peu, les attaques furent moins nombreuses et les révolutionnaires s'en allèrent. La contrée redevint paisible, et Tristan entreprit de reconstruire le château – les dégâts causés dans l'aile nord étaient considérables. Il remerciait le ciel qu'ils n'aient perdu ni la vie ni leur foyer. Il n'alla pas à Paris pour constater les dégâts, ne voulant pas quitter Wachiwi, leurs trois petits garçons et ses deux aînés. Il se demandait s'ils se sentiraient jamais en sécurité désormais. Il aimait sa femme plus que tout. Il s'était battu pour les protéger, les enfants et elle. Wachiwi éprouvait la même chose à son égard. Elle vivait pour Tristan, leurs trois fils et ses beaux-enfants, et elle était capable de tuer tous ceux qui les menaceraient.

Un jour, Tristan et elle marchaient dans les jardins ensoleillés qui avaient été en partie incendiés. Les écuries avaient été endommagées, elles aussi, et ils avaient perdu de nombreux chevaux. Les révolutionnaires s'étaient retirés quand ils avaient compris que le château était imprenable. Les chouans qui le défendaient étaient trop farouches, aussi avaient-ils préféré s'en prendre à d'autres demeures. Tristan et Wachiwi s'assirent sur le banc, témoin de la demande en mariage. Même lui gardait des cicatrices de la bataille.

— Eh bien, madame la marquise... dit Tristan avec un sourire, nous allons tout reconstruire.

Il aimait son domaine et haïssait les révolutionnaires et ce qu'ils avaient fait. Il avait fallu cette tragédie pour que Wachiwi découvre quel guerrier courageux il était. C'était un homme pacifique, mais personne n'avait le droit de lui prendre sa maison ou de menacer sa famille. Il lui rappelait ses frères, qui étaient si loin et lui manquaient toujours. Elle se sentait autant française que sioux, maintenant.

— Comment va votre épaule ? lui demanda-t-il tendrement.

— Bien, répondit-elle avec un sourire. Vous auriez fait un grand guerrier sioux.

En riant, il passa un bras autour de ses épaules.

— Je ne monte pas à cheval aussi bien que vous.

— Mes frères non plus, plaisanta-t-elle.

— De votre côté, vous auriez fait un bon archer du roi, si nous en avions encore un, dit-il tristement.

Tout avait changé et le monde était sens dessus dessous. Trop de personnes, parmi ses relations, étaient mortes. Il ne voulait plus quitter la Bretagne. Ils étaient mieux ici, en paix, loin de Paris. Il faudrait sans doute des années avant que le pays ne s'apaise.

— Regrettez-vous d'être venue ici ? lui demanda-t-il avec inquiétude.

Leurs regards se croisèrent. Il fut rassuré par la force et l'amour qu'il lut dans les yeux de Wachiwi.

— Bien sûr que non, assura-t-elle fermement. C'est ma vie… Vous êtes ma vie, ainsi que nos enfants. J'étais née pour être avec vous.

Tristan était devenu sa tribu, la seule dont elle avait besoin ou qu'elle voulait. Elle n'était pas sioux, elle était sienne et elle l'était depuis son arrivée.

— Un jour, je veux mourir avec vous, ajouta-t-elle gravement. Ce sera dans longtemps, mais quand vous partirez, je vous suivrai.

Comprenant la profondeur de son attachement, Tristan se pencha pour l'embrasser. C'était le doux baiser d'un gentilhomme qui l'aimait avec une intensité pareille à la sienne.

— Je souhaite que nous vivions longtemps ensemble, Wachiwi, dit-il doucement.

S'appuyant contre lui, elle lui adressa un sourire serein. La guerre qu'ils avaient menée pour protéger leur foyer était terminée, ils avaient beaucoup de tâches à entreprendre et l'avenir devant eux.

— C'est ce que nous ferons, murmura-t-elle.

Assis côte à côte, ils contemplèrent la mer avant de regagner main dans la main le château qu'ils allaient reconstruire. Ils rejoignirent les enfants. Encore très secoués par les événements auxquels ils avaient assisté, Agathe et Matthieu jouaient avec leurs jeunes frères.

Puis les deux époux se rendirent dans leur chambre et refermèrent doucement la porte. Wachiwi entoura son mari de ses bras et, cette fois, il l'embrassa avec passion.

Elle était la danseuse de son cœur, de son âme et de ses rêves.

19

Le lundi, Brigitte passa une bonne partie de la journée à faire les boutiques dans la capitale. Elle voulait acheter un cadeau pour sa mère et quelques babioles pour Amy et ses enfants. Elle se promena également le long de la Seine, puis elle alla voir une exposition. Il lui restait encore quelques monuments et musées à visiter... Ensuite, elle n'aurait plus d'excuse pour s'attarder davantage en France.

Quand Marc l'avait déposée à son hôtel, le dimanche soir, il lui avait promis de l'appeler très vite. Il n'ignorait pas qu'elle repartait la semaine suivante. Il avait fait allusion à un rendez-vous avec la personne qui corrigeait ses manuscrits, ce qui ne l'empêcha pas de lui téléphoner le lundi en fin d'après-midi pour l'inviter à dîner dans un restaurant situé dans le XVIIᵉ arrondissement. On y servait apparemment de l'excellente cuisine.

Il vint la chercher à l'hôtel à 20 heures et, comme toujours, ils passèrent une très agréable soirée. A la fin du repas, alors qu'ils buvaient leur café tout en partageant une glace et des macarons, il prit un air coupable et lui annonça qu'il avait un aveu à lui faire. Brigitte fut abasourdie d'apprendre qu'il avait appelé son ami à l'université américaine de Paris et qu'il lui avait demandé s'il pouvait la recevoir. Il s'empressa d'ajouter que la démarche était fort présomptueuse de sa part, mais qu'il n'y avait aucun mal à se renseigner. Si l'université n'avait rien à lui offrir, eh bien tant pis. Dans le cas contraire, elle pouvait toujours refuser. Choquée et contrariée, Brigitte répéta qu'elle ne souhaitait pas s'installer à Paris. Elle n'appréciait nullement que Marc ait présumé de ses intentions.

— Et pourquoi ne pas venir toi-même à Boston ? dit-elle sèchement.

Au fond d'elle-même, Brigitte savait que leurs situations différaient. Marc avait un emploi, elle non.

— Tu es très fâchée contre moi ? lui demanda-t-il d'un air penaud, se rendant bien compte qu'il avait eu tort.

— Je ne suis pas fâchée. Peut-être un peu surprise... flattée même... c'est agréable de savoir que quelqu'un se soucie de moi au point de se mettre en quatre pour que je reste. Simplement, je ne suis pas habituée à ce qu'on organise des entretiens d'embauche à ma place ou qu'on prenne des décisions pour moi !

Ted ne l'avait jamais fait. Elle avait beau être au chômage, elle se sentait parfaitement capable de trouver du travail toute seule. Cependant, elle pardonnait à Marc son manque de tact parce qu'il partait d'un bon sentiment.

— La décision t'appartient, Brigitte, assura-t-il. Je voulais juste te fournir une occasion de travailler à Paris si tu le souhaitais.

Ce n'était pas le cas. Mais elle était curieuse à présent, même si elle ne comptait pas se rendre à cet entretien.

— Qu'est-ce que tu leur as raconté ?

— Je leur ai dit que tu étais brillante, charmante, formidable et, selon moi, extrêmement compétente. J'ai précisé que tu avais travaillé dix ans à l'université de Boston et que tu recherchais un peu de changement.

— Ce n'est pas mal vu, concéda-t-elle avec un sourire malicieux, surtout pour la première partie de ton exposé.

Certes, elle voulait changer de carrière. Le problème, c'était qu'elle ignorait dans quel domaine d'activité. Si elle était engagée par le service des admissions d'une autre université, elle ferait à peu près le même travail qu'auparavant. Ce n'était pas très excitant. Son manque d'ambition l'avait cantonnée à des tâches fastidieuses et à un emploi subalterne.

— C'est un établissement plutôt modeste, expliqua Marc, ce serait plus amusant pour toi que de te retrouver dans un immense complexe universitaire. Tu aurais sans doute davantage de contacts avec les étudiants et plus de responsabilités. Je crois que le nombre d'inscrits ne dépasse pas le millier.

— J'imagine que je pourrais rencontrer ton ami. Cela éviterait en outre de te mettre dans une position délicate. Ensuite, je retournerai aux Etats-Unis et, si je ne reçois aucune proposition là-bas, ce serait éventuellement une solution de remplacement.

Brigitte était consciente que nombre de personnes auraient mis un poste à Paris tout en haut de leur liste. Elle s'acharnait à vouloir rentrer chez elle, répétant à l'envi qu'elle avait une vie à Boston. Etait-ce vrai, sans travail et sans petit ami ? De plus, la perspective de rencontrer un représentant de l'université américaine ne lui déplaisait pas.

Marc se réjouit de son changement d'avis. Lorsqu'il la déposa devant son hôtel, il lui avait fourni tous les détails dont elle avait besoin, promettant de l'appeler le lendemain pour savoir comment cela s'était passé.

A la grande surprise de Brigitte, l'entrevue fut un succès. L'homme qu'elle rencontra au service des admissions était charmant, ouvert, et il aimait son université. Il excellait dans les relations publiques. Tout ce qu'il lui avait dit sur le département lui plaisait. Elle était ravie et elle l'annonça à Marc quand il l'appela. Celui-ci avait déjà reçu un coup de fil enthousiaste de son ami, qui pensait que la présence de Brigitte constituerait un atout de taille pour son département. Ainsi qu'il l'avait déjà dit à la jeune femme, il avait promis à Marc que, si un poste se présentait, il le lui ferait savoir immédiatement. Pour sa part, Brigitte estimait qu'il ne sortirait rien de ce rendez-vous, mais cela avait été un bon exercice en prévision des futurs entretiens d'embauche qu'elle comptait décrocher à Boston.

— Eh bien, j'aurai essayé, dit tristement Marc. Cela aurait été trop beau s'il t'avait proposé un emploi.

— Je ne m'y attendais pas, répliqua-t-elle gentiment, mais c'était adorable de ta part d'avoir organisé cette entrevue. Ton intervention a été peut-être un peu... intempestive, plaisanta-t-elle, mais vraiment sympathique.

— Quand pars-tu ?

— Après-demain.

Il était temps pour elle de reprendre son quotidien.

— Je dois dîner avec mon éditeur ce soir, reprit-il. Mon travail a pris du retard et je suis obligé de me montrer conciliant, sinon j'aurais annulé mon rendez-vous avec lui. Demain, j'ai un cours à la fac, mais nous pourrions dîner ensemble, si tu es d'accord.

— Très volontiers.

Depuis le début, Marc s'était montré d'une gentillesse et d'une générosité sans faille. Avec un peu de chance, il viendrait la voir à Boston pendant ses vacances. C'était sympa de connaître des gens un peu partout dans le monde.

Brigitte passa la journée du lendemain à courir. Quand Marc vint la chercher, ses valises étaient faites et ses préparatifs de départ terminés. Elle allait pouvoir passer une soirée détendue en sa compagnie. Elle portait une robe rouge achetée dans l'après-midi.

— Tu es superbe ! s'extasia Marc.

— Je l'avais vue dans une boutique et je n'ai pas pu résister à la tentation. Je me suis dit qu'il fallait absolument que j'emporte quelque chose de Paris.

Elle avait auparavant trouvé un beau foulard pour sa mère, des jouets pour les enfants d'Amy et un joli pull pour elle. La robe rouge avait été sa dernière folie.

Il l'emmena dans un restaurant où régnait une atmosphère chaleureuse. Pour la première fois, ni l'un ni l'autre ne mentionnèrent Tristan et Wachiwi. Cette soirée leur appartenait à eux seuls. Brigitte passa un merveilleux moment. Marc semblait sincèrement attristé par son départ. Après avoir quitté le restaurant, ils firent quelques pas en direction de Notre-Dame.

— Comment peux-tu quitter une ville aussi belle ? demanda-t-il en écartant les bras, comme pour embrasser le panorama.

De nouveau, elle trouva qu'il faisait très français. Il avait un visage extrêmement mobile qui reflétait ses émotions successives, ce qui le rendait particulièrement attirant. Ses lèvres avaient quelque chose de très sensuel, même si Brigitte avait préféré jusque-là ne pas le remarquer.

— J'admets que ce n'est pas facile.

Ils marchèrent pendant un long moment, s'arrêtant parfois pour regarder la Seine. Quand il la raccompagna en voiture, il fit un détour par le Trocadéro. Bientôt, la tour Eiffel se dressa devant eux dans toute sa splendeur, leur présentant une image parfaite de Paris. Comme si elle leur lançait un signal, elle se mit à scintiller au moment même où Marc se garait. Cette dernière soirée ne pouvait être plus réussie. Ils sortirent de la voiture. Le nez levé comme une enfant, Brigitte admirait le spectacle, fascinée par ces lumières éblouissantes et le tableau exquis offert par la ville qui s'étendait devant eux. Comme elle contemplait la scène en silence, Marc la prit dans ses bras et l'embrassa. Trop surprise d'abord pour le repousser ou s'écarter, elle s'aperçut bien vite qu'elle n'avait aucune envie que cette étreinte prenne fin. Elle posa ses mains sur sa nuque et lui rendit son baiser. Il lui plaisait beaucoup et elle aurait été prête à s'engager davantage si elle avait vécu à Paris. Mais, pour l'instant, elle ne voulait pas d'une relation amoureuse. Lorsqu'ils se séparèrent, elle lui sourit et il l'embrassa de nouveau. Un jeune garçon s'approcha pour leur vendre une petite tour Eiffel. Marc l'offrit à Brigitte, en souvenir, dit-il, de la meilleure soirée de sa vie. Sur ce point, elle était bien d'accord avec lui.

Pendant le trajet du retour, ils n'échangèrent que quelques mots. Tous deux savaient qu'elle n'allait pas faire l'amour avec lui avant son départ et il ne le lui demanda pas. Quand ils se firent leurs adieux, elle tenait son cadeau dans sa main.

— Merci pour tout, dit-elle avec chaleur. Comme d'habitude, j'ai passé un moment formidable avec toi.

Elle garderait de merveilleux souvenirs de leur séjour en Bretagne, des restaurants où il l'avait emmenée, de leurs discussions et de leurs rires, de tout ce qu'il lui avait appris sur l'histoire de France, de leurs promenades le long de la Seine et même des moments passés avec lui à la Bibliothèque nationale.

— J'espère que tu reviendras bientôt, dit Marc avec mélancolie. Sinon, je viendrai te voir à Boston, ajouta-t-il avec un petit sourire. Ce n'est pas si loin...

On aurait dit qu'il cherchait à s'en convaincre lui-même.

— Et puis, bonne chance pour ta recherche d'emploi.

— Merci, répondit-elle en lui souriant. Je vais devoir m'en occuper sérieusement dès mon retour. Je suis certaine qu'on finira par me faire une offre.

— Je n'en doute pas.

Sans un mot de plus, il l'embrassa. Ils s'étreignirent pendant un long moment et, l'espace de quelques secondes de folie, elle souhaita rester avec lui.

— Prends soin de toi, Marc, ajouta-t-elle tristement. Et merci pour tout.

— *A bientôt,* lui dit-il en français avant d'effleurer une dernière fois ses lèvres des siennes.

Lorsqu'elle entra dans sa chambre d'hôtel, elle posa sa petite tour Eiffel sur le bureau et la fixa un instant, se demandant pourquoi elle n'avait pas fait l'amour avec lui. Qu'avait-elle à perdre ? Son cœur, ce qui n'était pas vraiment une bonne idée. C'était mieux ainsi. Une larme coula le long de sa joue, elle l'essuya, puis elle se lava les dents, se coucha. Et pour sa dernière nuit à Paris, elle rêva de Marc.

20

Elle était en route pour l'aéroport quand Marc l'appela sur son portable. Il voulait seulement lui parler une dernière fois, lui dit-il. Il essayait de paraître enjoué, mais elle sentit qu'il était triste, tout comme elle. Voilà qu'elle avait rencontré un homme qui lui plaisait vraiment, songea-t-elle, et il vivait à plus de cinq mille kilomètres de chez elle. Ce n'était vraiment pas de chance ! En guise de consolation, elle emportait une petite tour Eiffel dans ses bagages. Peut-être devait-elle s'en contenter... Elle remercia Marc de nouveau pour tout, et de son côté il lui répéta combien il lui savait gré d'avoir passé du temps avec lui. Puis ils échangèrent leurs derniers adieux.

A l'aéroport, elle enregistra ses bagages sur un vol direct pour New York, afin d'aller voir sa mère et de lui raconter son séjour. Elle tenait à lui remettre ses notes en mains propres. Marguerite pourrait ainsi terminer le travail sur leur arbre généalogique. Brigitte avait bien l'intention d'en garder une copie. Elle voulait conserver le souvenir de cette quête extraordinaire et de leur remarquable parente indienne.

L'avion décolla à l'heure prévue. Brigitte posa sa tête contre le dossier de son siège et ferma les yeux. Marc et elle s'étaient promis de se donner des nouvelles par mail. Désormais, elle allait se concentrer sur sa recherche d'emploi. Elle avait été très heureuse à Paris, mais elle devait reprendre sa vie en main.

Brigitte regarda deux films, déjeuna et dormit un peu. Elle s'éveilla au moment où le commandant annonçait leur atterrissage à New York. Le trajet lui avait paru très court, mais, lorsqu'elle récupéra sa valise, il lui sembla que tout allait encore plus vite. Bienvenue à New York ! La courtoisie parisienne avait disparu. Les gens la bousculaient et les porteurs brillaient par leur absence, tandis qu'elle s'efforçait péniblement de porter ses bagages jusqu'à la sortie. Une queue interminable attendait devant la station de taxis. Il pleuvait, les voyageurs s'insultaient et Brigitte n'avait qu'une envie : faire demi-tour et reprendre le premier avion pour Paris.

Elle réussit finalement à grimper dans un taxi et elle appela sa mère dès qu'elle eut donné son adresse au chauffeur. A peine entrée dans l'appartement, elle tendit solennellement à Marguerite le dossier rempli de notes méticuleuses sur leurs ancêtres. Celle-ci la serra dans ses bras avec gratitude, songeant que sa fille avait l'air en forme. Elle semblait détendue, plus heureuse et mieux dans sa peau qu'elle ne l'avait vue depuis longtemps. Plissant les yeux, elle la fixa un instant et affirma qu'elle avait l'air plus « sûre d'elle ». Le terme amusa Brigitte, qui prit alors conscience que sa mère avait raison. Elle avait exactement la même impression. Toute son anxiété à propos de l'avenir semblait s'être évaporée. Elle était toujours célibataire, sans enfants et sans emploi, mais elle était en paix avec elle-même. Paris et Marc s'étaient unis pour lui faire du bien.

Les deux femmes bavardèrent pendant une heure. Elles parlèrent de Wachiwi, des chroniques de la cour, du marquis, de son frère, du château et de la Bibliothèque nationale. Marguerite fut impressionnée : sa fille avait réuni énormément d'informations en très peu de temps. C'était le travail de recherche le plus efficace et le plus approfondi qu'elle avait jamais vu.

— J'ai été aidée, avoua Brigitte. J'ai rencontré à la Bibliothèque nationale un écrivain qui m'a prêté main-forte. Il est aussi historien et professeur, il connaissait les lieux comme sa poche. C'est lui qui m'a guidée et je n'aurais sans doute rien pu faire sans lui.

— Intéressant...

Marguerite brûlait d'en savoir davantage, mais elle ne voulait pas se montrer indiscrète. Par bonheur, Brigitte lui raconta le reste... enfin, plus ou moins, car elle ne parla pas des baisers que Marc et elle avaient échangés le dernier soir. Parfois, il valait mieux taire certaines choses.

— Il m'a accompagnée en Bretagne, expliqua-t-elle, et il m'a parlé des chouans, qui ont résisté et combattu les révolutionnaires. C'était passionnant.

Passionnant, en effet... tout comme le fait que Brigitte était allée en Bretagne avec cet homme, songea Marguerite. Elle se demanda s'il s'était passé quelque chose entre eux, mais elle ne posa aucune question. Une petite flamme brillait au fond des yeux de sa fille. Etait-elle due à l'amour ou même à la passion ? Quelle qu'en soit la cause, cela lui allait bien. Brigitte avait bonne mine et elle parlait de ses découvertes avec beaucoup d'enthousiasme.

— J'ai hâte de lire tes notes, commenta Marguerite.

— Marc pense que je devrais en faire un livre, lâcha Brigitte.

Elles quittaient l'appartement pour se rendre dans un restaurant de Madison Avenue que Marguerite appréciait tout particulièrement.

— Marc... répéta cette dernière sur un ton légèrement interrogateur, tandis que le portier hélait pour elles un taxi.

Cette affaire prenait un tour de plus en plus palpitant de minute en minute...

— C'est l'écrivain dont je t'ai parlé. Il pense que je devrais écrire un roman ou un ouvrage historique. Mais la vie de Wachiwi est si exceptionnelle en elle-même qu'une fiction n'y ajouterait rien, selon moi.

Sa mère aurait voulu en savoir plus sur l'homme que sa fille ne cessait de mentionner dans la conversation. A la fin du repas, elle ne put brider sa curiosité plus longtemps.

— Il s'est passé quelque chose, entre toi et ce Français ?

Elle ne pensait pas que sa fille soit tombée amoureuse : elle n'arborait pas l'expression angoissée d'une femme qui aurait quitté l'homme qu'elle aimait. Pourtant, Marguerite notait quelque chose de différent en elle.

— Non, parce que je ne l'ai pas souhaité. J'aurais trouvé absurde d'entamer une relation avant de m'en aller. Les liaisons de ce genre sont vouées à l'échec. Néanmoins, j'ai passé de très bons moments avec lui. Dommage qu'il n'habite pas à Boston, je l'admets. Je n'ai pas souvent rencontré d'hommes comme lui. Il a essayé de me retenir. Il voulait que je reste à Paris un an pour écrire le livre, mais j'ai mon ouvrage sur le vote des femmes à terminer et je dois trouver un poste à Boston, là où est ma vie.

Marguerite acquiesça, mais elle se fit la réflexion que la réponse de Brigitte était tellement raisonnable et stéréotypée qu'on pouvait douter qu'elle pensât vraiment ce qu'elle disait. Elle se demanda si sa fille n'était pas tombée amoureuse de ce Français sans en avoir conscience. Préférant s'abstenir de tout commentaire, elle se contenta de l'écouter et de l'observer tout en faisant semblant de la croire.

— Tu penses qu'il viendra te voir à Boston ?

— Peut-être, enfin, c'est ce qu'il m'a dit. A mon avis, je ne le reverrai jamais. Cela ne rimerait à rien.

— Tu sais bien que, dans la vie, tout n'est pas rationnel, ma chérie. Du moins, pas toujours. Le cœur a ses raisons que la raison ignore. Parfois, on tombe amoureux, contre toute logique, de certaines personnes qui ne semblent pas faites pour nous. A l'inverse, il arrive que d'autres, qui semblaient nous convenir, ne soient pas les bonnes.

Comme Ted, par exemple… Leur relation de six ans ne les avait menés nulle part.

— Il est amoureux de toi ? demanda Marguerite avec curiosité.

— Il ne me connaît pas suffisamment pour cela, insista Brigitte. Je lui plais, c'est certain… sans doute beaucoup, même.

Marguerite sentit qu'il y avait plus que cela des deux côtés, mais elle n'insista pas. Pendant le reste de la soirée, elles parlèrent de Wachiwi, qui constituait un sujet inépuisable. Marguerite était d'accord avec Marc : elle pensait que Brigitte devrait écrire un livre sur la jeune Indienne, quelle que soit la forme littéraire choisie. Il était clair que cette histoire la passionnait bien plus que le droit de vote des femmes. Marguerite lui suggéra de mettre ce travail de côté pour l'instant et de s'atteler à ce nouveau projet. Pas plus que Marc, elle ne réussit à la convaincre.

Les deux femmes se couchèrent relativement tôt, bien que Brigitte ne semblât pas affectée par le décalage horaire. Ce soir-là, chacune dans son lit resta longtemps éveillée, à réfléchir. Marguerite pensait au Français que sa fille avait rencontré et regrettait de ne pas en savoir davantage à son sujet. Brigitte songeait au livre qu'on lui conseillait d'écrire. Elle craignait de ne pas être à la hauteur de l'entreprise, quoi que puissent en dire Marc et sa mère. Elle ne voulait pas écrire un livre médiocre sur une femme aussi extraordinaire, ou même en prendre le risque. Si elle sabotait l'histoire de Wachiwi, elle commettrait un sacrilège. Cette femme était un personnage à la fois remarquable et complexe. Si elle s'y attaquait, elle sentait que le sujet lui échapperait et c'était bien ce qui lui faisait si peur. Il lui semblait bien plus sûr de s'en tenir au droit de vote des femmes et de laisser à quelqu'un d'autre cette mission. Elle allait se remettre à l'ouvrage et terminer ce qu'elle s'était toujours juré de faire.

Les deux jours que Brigitte passa à New York avec sa mère furent très agréables. Elles parlèrent un peu de Ted. Il leur semblait étrange à toutes les deux qu'il n'ait pas contacté Brigitte depuis leur rupture. Six années s'étaient évaporées en un seul soir, réduites à néant et plongées dans le silence. Cela ne faisait que démontrer que Ted et elle n'avaient pas partagé grand-chose. La mère et la fille étaient d'accord pour trouver cela assez lamentable.

Brigitte s'envola pour Boston le samedi soir. Depuis son retour, elle n'avait pas eu de nouvelles de Marc, mais elle n'en attendait pas. Après tout, il ne lui devait rien et, d'ailleurs, elle n'avait pas cherché non plus à le joindre et elle ne le ferait pas. Cela ne servirait qu'à compliquer la situation. Les instants romantiques passés au pied de la tour Eiffel, le dernier soir, avaient constitué un plaisant interlude, et une aberration. Elle se convainquit que cela ne signifiait rien, pour lui comme pour elle. Il était même assez réconfortant de savoir qu'à n'importe quel âge on pouvait se conduire de façon aussi bêtement romanesque.

En défaisant ses bagages, elle posa la petite tour Eiffel sur sa coiffeuse et sourit en la regardant. Elle avait une demi-douzaine de messages sur son répondeur. Aucun n'était important : le pressing avait retrouvé sa jupe ; la bibliothèque universitaire lui réclamait deux livres et le paiement d'une amende ; Amy souhaitait qu'elle la rappelle dès son retour ; deux démarcheurs par téléphone l'avaient relancée et on lui proposait de renouveler la garantie de son four. A l'exception de celui d'Amy, ce n'était pas le genre de messages qu'on espérait entendre en rentrant chez soi après une longue absence. Lorsqu'elle regarda autour d'elle, il sembla à Brigitte que son appartement était à l'abandon. Elle allait devoir faire un ménage de fond et se débarrasser d'un certain nombre de choses, peut-être même déplacer quelques meubles, si elle voulait éviter la dépression. Maintenant que Ted était parti, c'était le bon moment. Elle avait besoin de se lancer dans l'action pour pimenter un peu sa vie. Elle essaya de ne pas céder à la panique en constatant qu'aucune des universités auxquelles elle avait envoyé son CV ne lui avait répondu, que ce soit par téléphone ou par mail. Les services administratifs traitaient certainement encore les dossiers des étudiants, se dit-elle. La date butoir des inscriptions se situait à la mi-mai. Ils commenceraient à avoir moins de travail en juin et on

271

n'était qu'à la fin du mois d'avril. Il était encore trop tôt pour espérer une réponse.

Dès qu'elle eut rangé ses affaires, elle appela Amy. Cette dernière était en train de coucher ses enfants, mais elle invita Brigitte à passer le lendemain. Accueillant la suggestion avec plaisir, la jeune femme promit de venir à midi. Alors qu'elle arrivait juste sur le palier de l'appartement de son amie, elle entendit des cris venant de la cuisine. On aurait dit que quelqu'un était en train de se faire assassiner. Avant même qu'elle ait sonné, Amy ouvrit brusquement la porte. Elle lui lança les clefs de sa voiture et lui demanda de les conduire aux urgences. Son fils de trois ans s'était cogné la tête contre un coin de la table et il saignait abondamment malgré la serviette qu'elle pressait sur la plaie. Son bébé d'un an, qu'elle serrait sous son bras, n'était vêtu que d'un tee-shirt, d'une couche et de baskets. Il pleurait aussi. Amy les installa dans leurs sièges-autos, sur la banquette arrière, et Brigitte les conduisit à l'hôpital universitaire. Les hurlements étaient tellement stridents qu'ils excluaient toute possibilité de conversation.

— Merci ! lui lança seulement Amy, bienvenue à la maison !

Brigitte était arrivée au bon moment.

Elles patientèrent deux heures dans la salle d'attente. Amy avait pris sur ses genoux son enfant blessé, qui suçait son pouce. Profitant que le plus jeune dormait dans les bras de Brigitte, les deux femmes purent bavarder à voix basse.

— Comment était Paris ? demanda Amy.

— Fantastique. J'ai trouvé des informations extraordinaires pour ma mère.

Amy hocha la tête, espérant qu'elle avait fait plus que cela.

— Tu t'es bien amusée ? insista-t-elle.

— Oui.

— Tu as rencontré des mecs ?

Amy avait l'art d'aller droit au but. Brigitte ne répondit pas tout de suite, ce qui rendit son amie soupçonneuse.

— Pas vraiment. J'ai fait la connaissance d'un écrivain à la bibliothèque. Il m'a aidée dans mes recherches.

— Quelle barbe ! s'exclama Amy d'une voix déçue.

— Tu te trompes complètement. C'est un type très brillant et intéressant. Il a écrit un livre dont j'ai lu la traduction, il y a quelques années. Il enseigne aussi la littérature à la Sorbonne.

— Sans aucun intérêt !

Amy avait espéré que Brigitte aurait une liaison torride à Paris, ce qui lui aurait permis de faire le deuil de Ted. Mais si elle avait passé son temps dans une bibliothèque, il n'y avait vraiment pas de quoi pavoiser !

— Il m'a accompagnée en Bretagne pendant le week-end. C'était super.

Amy reprit un peu d'espoir.

— Tu as couché avec lui ?

— Bien sûr que non. Je ne suis pas du genre à passer la nuit avec un type que je ne reverrai jamais. Je trouve cela sinistre.

— Et moi, je trouve encore plus sinistre de ne pas faire l'amour quand on est à Paris, rétorqua Amy. Bien sûr, je ne te dirai pas non plus que passer deux heures aux urgences un dimanche après-midi figure sur ma liste des activités les plus amusantes.

Sur ces mots, elle se rendit au comptoir de l'accueil et se plaignit de leur longue attente. Une demi-heure plus tard, on s'occupa enfin de son fils, qui eut droit à quatre points de suture. Lorsqu'elles repartirent, il était épuisé à force d'avoir crié. L'après-midi avait été pour le moins stressant. Dès qu'elles rentrèrent, Amy coucha ses enfants pour la sieste. Les deux amies s'assirent ensuite dans la cuisine pour boire un verre de vin. Amy prétendait en avoir besoin et Brigitte sirota le sien pour lui tenir compagnie. Elle n'avait jamais apprécié l'alcool dans la journée.

— Je t'écoute, dit Amy. Si j'ai bien compris, pas de liaison passionnée à Paris, juste un professeur avec qui tu as passé un week-end. Quel gâchis ! Tu ne pouvais pas faire mieux que cela ?

Brigitte se mit à rire.

— Il est très sympathique et il me plaît bien. Mais rien n'est possible entre nous, puisqu'il vit à Paris et moi à Boston.

— Déménage, en ce cas. Boston, franchement, ce n'est pas le centre du monde !

— J'y habite, j'aime cette ville et je cherche du boulot ici.

— Rien de nouveau sur ce plan-là ?

Brigitte ne lui parla de son entretien à l'université américaine de Paris, qui n'avait rien à lui proposer de toute façon. Amy aurait sauté sur l'occasion. Elle avait hâte que son amie ait une vie, un homme et un bébé. Si elle avait été au courant, elle aurait exercé sur elle une pression insupportable.

— Je vais passer quelques coups de fil demain. Ils sont très occupés en ce moment, et ils n'ont sans doute pas le temps de se pencher sur mon cas.

Amy acquiesça d'un signe de tête, mais elle savait que le CV de son amie n'était pas extraordinaire, après dix années passées au bureau des admissions de l'université de Boston. Ses éventuels employeurs ne seraient pas très impressionnés quand ils verraient qu'elle s'était cantonnée dans le rôle du numéro trois. C'était ce que Brigitte avait voulu, mais, à présent qu'elle cherchait un emploi, cela devenait un handicap. On pouvait y voir de l'incompétence ou un manque d'ambition. Dans son cas, c'était la seconde option, mais comment les recruteurs l'auraient-ils su ?

Elles bavardèrent jusqu'au réveil des garçons. Puis Brigitte rentra. Une fois chez elle, elle ne sut que faire. Elle envisagea de sortir pour voir un film, mais elle détestait aller seule au cinéma. Elle aurait pu appeler des connaissances, mais elle n'avait pas envie de leur expliquer sa rupture avec Ted. Le seul fait d'en parler lui donnait l'impression d'être une ratée.

« Oui... Après six ans, il m'a plaquée pour des fouilles... »

Est-ce qu'il ne l'aurait pas emmenée en Egypte avec lui, s'il l'avait aimée ? A la façon dont leur liaison s'était terminée, tout le monde comprendrait qu'il n'avait jamais tenu à elle. Et qu'en conclurait-on à son pro-pos ? Si son cœur commençait à cicatriser, son ego, lui, était encore bien atteint. Elle préférait donc éviter d'en parler.

Elle tourna en rond dans l'appartement, sortit l'aspirateur et fit sa lessive. Elle se mit à penser aux dimanches agréables qu'elle avait passés avec Ted pendant six ans. D'habitude, ils préparaient le dîner ensemble... Ainsi qu'elle l'avait craint, la réalité de sa solitude s'imposait à elle maintenant qu'elle était ren-trée. Cela lui rappela ce que Marc lui avait dit. Il prétendait que, si elle avait aimé Ted, il lui aurait manqué à Paris, pas seulement à Boston. En fait, elle regrettait plus son ancien statut de femme non célibataire qu'une personne en particulier. Réconfortée par cette idée, elle nettoya l'appartement de fond en comble. Dire que huit jours auparavant elle se trouvait en Bretagne avec Marc, elle dînait dans un restaurant de poisson, elle visitait le château de ses ancêtres et elle logeait dans un sympathique petit hôtel. En mettant sa chemise de flanelle dans la machine à laver, elle ne put s'empêcher de rire. Il n'y avait certainement rien d'extraordinaire dans sa vie. Elle envisagea un instant de téléphoner à Marc, simplement pour lui dire bonjour, mais ce n'était pas une bonne idée. Il lui fallait relâcher ce lien, non le resserrer. De toute façon, il était 4 heures du matin en France. Puis Marc ne l'avait pas appelée et il avait raison. Elle souffrait simplement de solitude et d'ennui, un dimanche soir.

Elle se coucha de bonne heure. Le lendemain matin, elle téléphona à toutes les universités auxquelles elle avait envoyé son CV. On lui répondit très poliment. Oui, on avait bien reçu sa demande, mais on n'avait rien à lui proposer pour l'instant. On ne manquerait pas de la contacter le cas échéant. Les uns lui suggéraient de rappeler en juin, les autres en septembre. Il semblait incroyable que, sur neuf universités, il n'y ait pas un seul poste vacant. Mais elle devait admettre que son CV ne comportait aucun point exceptionnel. Elle avait occupé un emploi subalterne pendant dix ans et n'avait rien fait pour se distinguer. Elle n'avait pas publié d'articles, elle n'avait pas enseigné, elle n'avait pas organisé de programmes éducatifs et elle ne s'était jamais portée volontaire pour un travail supplémentaire. Elle s'était contentée d'accomplir sa tâche au

276

bureau, de passer ses week-ends avec Ted et de rédiger son livre. Elle en était gênée, lorsqu'elle y pensait maintenant. Comment avait-elle pu se lancer si peu de défis et se montrer si peu exigeante envers elle-même ?

Cette constatation la fit s'asseoir à son bureau avec la ferme détermination de reprendre son livre sur le vote des femmes. Elle réorganisa ses notes, exclut des documents, en sortit d'autres et, le mardi, elle recommença à écrire. A la fin de la semaine, elle avait rédigé tout un chapitre. Lorsqu'elle le relut, elle fondit en larmes. Elle n'avait jamais rien produit d'aussi ennuyeux. Même les universitaires ne s'y intéresseraient pas. Elle ne savait plus que faire.

Le vendredi soir, elle était assise à son bureau, la tête dans les mains, quand sa mère l'appela, visiblement très excitée. Elle avait parcouru tous les éléments du dossier que sa fille lui avait rapporté de France.

— Les informations que tu as réunies sur notre petite ancêtre sioux sont incroyables, s'écria-t-elle. Et le marquis a l'air formidable, lui aussi. C'est absolument passionnant ! Quand je pense que c'était à peine une enfant !

— C'est vrai, répliqua Brigitte avec un manque flagrant d'enthousiasme.

— Quelque chose ne va pas ? s'inquiéta sa mère.

— J'ai travaillé sur mon bouquin toute la semaine et c'est nul ! C'est à peu près aussi excitant que de lire la liste des ingrédients sur une boîte de céréales, ou une déclaration d'impôts. Je déteste ça et tout le monde sera du même avis. Et j'ai investi sept ans de ma vie là-dedans ! Je pourrais aussi bien tout mettre à la poubelle.

Pourtant Brigitte défendait autrefois le sujet avec ardeur, comme anthropologue et comme femme. Marguerite quant à elle, qui avait travaillé dans l'édition, avait toujours pensé que le thème semblait joliment ennuyeux. Ce n'était toutefois pas le moment de brusquer sa fille.

— Qu'est-ce que je vais faire, maintenant ? gémit Brigitte.

— Ton ami de Paris a peut-être raison. Tu devrais écrire quelque chose sur Wachiwi. Je suis d'accord avec toi quand tu dis qu'il est inutile de romancer son histoire. Elle est extraordinaire telle qu'elle est. Qu'est-ce que tu en penses ?

Comprenant que sa mère voulait seulement l'aider, Brigitte répondit d'une voix lasse :

— C'est une possibilité.

— A propos, tu as eu de ses nouvelles ?

— Non.

— Alors, pourquoi ne pas lui écrire ? Tu pourrais lui envoyer un mail.

— Je ne veux pas embrouiller la situation, maman. Quand nous nous sommes quittés, les choses étaient claires. Nous sommes convenus que nous serions amis et que nous nous contacterions de temps en temps. Si je me mettais à lui écrire, cela risquerait de nous troubler tous les deux.

— Qu'est-ce que c'est que tous ces conditionnels ? Où est le mal à entretenir une petite ambiguïté entre amis ?

Brigitte songea au baiser qu'ils avaient échangé au pied de la tour Eiffel. Ce soir-là, l'ambiguïté lui avait paru délicieuse. Mais cet instant était passé. Maintenant, elle était chez elle et Paris lui apparaissait comme un rêve lointain, tout comme Marc.

— Je crois que je m'attendris sur moi-même, dit-elle. C'est le contrecoup de mon retour de Paris. Ce dont j'ai besoin, c'est d'un travail. Personne ne semble recruter, en ce moment.

Elle avait de quoi vivre jusqu'à la fin de l'été, ou plus longtemps si elle faisait attention. Le pire était sans doute qu'elle s'ennuyait mortellement. Sa mère le devina à sa voix.

— Tu peux revenir à New York quand tu veux. La semaine prochaine, j'ai un tournoi de bridge, mais ensuite je serai libre comme l'air.

Sa mère avait le bridge pour s'occuper, mais Brigitte n'avait aucune distraction. Chaque fois qu'elle pensait à toute la documentation dont elle disposait sur Wachiwi, elle mourait de peur. Et elle ne voulait pas se confier à Amy, qui lui conseillerait de reprendre sa thérapie. C'était ce qu'elle lui avait suggéré, quand Ted avait rompu, et Brigitte n'en avait pas la moindre envie. Elle ne savait pas ce qu'elle voulait... ou qui.

Elle regarda de vieux films à la télévision jusque tard dans la nuit. Puis, comme elle n'avait rien de mieux à faire, elle s'assit devant son ordinateur et entreprit de rédiger un mail pour Marc. Elle ne savait pas trop quoi lui dire : « Salut ! Je m'ennuie tellement que je pourrais hurler... je n'ai toujours pas de travail, ma vie sociale est réduite à néant... je ne connais rien de plus barbant que mon livre... j'envisage de le faire brûler... Et toi, comment vas-tu ? »

A la place, elle rédigea un message assez court, disant qu'elle pensait à lui, qu'elle avait passé en sa compagnie des moments merveilleux, à Paris comme en Bretagne, et que sa petite tour Eiffel trônait sur sa coiffeuse. Elle ajoutait que sa mère était ravie du résultat de ses recherches. Elle le remerciait encore pour son aide et espérait qu'il allait bien. Ensuite, elle resta un bon moment à se demander comment finir... « Bye » lui

279

semblait trop juvénile, « cordialement » trop professionnel, « avec toute ma considération » ridicule, « affectueusement » pathétique, « tendrement » hors de propos. Finalement, elle se décida pour un « Je pense à toi. Prends soin de toi », qui lui semblait honnête et conforme à la vérité. Elle relut six fois son mail pour s'assurer qu'il n'était ni mièvre, ni romantique, ni geignard. Lorsqu'elle l'eut envoyé, elle s'en repentit sur-le-champ. Pourquoi avoir pris un tel risque ? Marc vivait à près de six mille kilomètres. A quoi pensait-elle ? Finalement, elle parvint à se dire qu'elle n'avait fait qu'envoyer un message à un homme sympathique, rencontré à Paris.

— D'accord, dit-elle à voix haute, je survivrai.

S'efforçant de ne pas se sentir stupide ou anxieuse, elle relut son message, même s'il était trop tard pour y changer quoi que ce soit. Quelques instants après, en s'étendant sur son lit, elle décida qu'elle était contente d'avoir écrit à Marc. Elle espérait qu'il lui répondrait.

21

Le cœur de Brigitte battit la chamade lorsqu'elle constata à son réveil que Marc lui avait répondu. Elle se sentait l'âme d'une adolescente à qui un garçon vient de glisser un mot pendant un cours. Sans savoir pourquoi, elle était en proie à une excitation mêlée de culpabilité et d'effroi. Elle n'avait rien éprouvé de tel à Paris. En écrivant à Marc, elle pouvait donner l'impression qu'elle s'engageait davantage et, maintenant, elle devait en assumer les conséquences. Elle ouvrit le message, respira un grand coup… et laissa échapper un soupir de soulagement après l'avoir lu. C'était parfait. Le mot de Marc était amical et gentil.

Chère Brigitte,

J'ai été ravi d'avoir de tes nouvelles. Comment va Boston ? Paris me semble très tranquille sans toi. J'ai eu très peu de travail. Mes étudiants sont atteints par la fièvre du printemps et sèchent les cours. J'aurais envie d'en faire autant !

Mon livre avance. La personne qui me relit m'a bien aidé et j'espère le terminer bientôt. Mon éditeur s'est un peu calmé et ne menace plus de m'étrangler.

Wachiwi me manque, et toi aussi. Je suis content que ta mère ait apprécié tes notes. Je continue d'espérer que tu écri-

ras l'histoire de Wachiwi, et le plus tôt serait le mieux. J'espère que tout va bien pour toi.

A très bientôt.

Il avait ajouté « Je t'embrasse », en français. Elle savait que cela signifiait « sur les deux joues », non « sur la bouche ». Il avait ensuite signé de son prénom et ajouté un post-scriptum :

Chaque fois que je regarde la tour Eiffel, maintenant, je pense à toi. Il me semble qu'elle t'appartient, surtout lorsqu'elle scintille, parce que cela te plaisait tant. Bon souvenir de Paris. Reviens vite.

C'était un message tout à fait inoffensif et chaleureux, qui la toucha. Il avait trouvé le ton juste. Ce n'était pas trop personnel ou gênant, seulement amical et franc. Comme lui. Elle se réjouissait de lui avoir écrit. Sa mère avait eu une bonne idée.

Les deux semaines qui suivirent furent les plus ennuyeuses et les plus improductives de son existence. Elle se décida finalement à appeler quelques amis, avec qui elle sortit dîner. Ils ne firent pas toute une histoire de sa rupture avec Ted, disant seulement qu'ils étaient désolés pour elle. Mais, de nouveau, elle se sentait différente des autres. Ils étaient tous en couples. Amy était la seule célibataire qu'elle connaissait et ses enfants l'occupaient énormément. Depuis deux semaines, il y en avait toujours un qui attrapait froid, interdisant du même coup à sa mère de sortir.

On était au printemps et Boston regorgeait de fleurs. Brigitte passa le Jour du Souvenir sur l'île de Martha's Vineyard. Ce fut très plaisant, mais de trop courte durée. Sa vie revint bien vite au point mort. Elle constatait combien il était difficile de s'occuper lorsqu'on était au chômage. Quant à son livre, elle l'avait laissé en suspens.

De temps en temps, elle et Marc échangeaient des mails. Elle se gardait bien de lui dire à quel point elle était désœuvrée et désorientée. Elle ne précisait pas non plus que sa vie ressemblait à un désert.

Une nuit, elle finit par reprendre ses notes sur Wachiwi. Bien qu'elle eût davantage de recul, elle trouvait toujours son histoire stupéfiante et elle comprenait pourquoi Marc et sa mère tenaient tant à ce qu'elle écrive un livre sur son ancêtre.

Elle y réfléchit pendant plusieurs jours avant de décider de faire un galop d'essai : rédiger un premier chapitre qui porterait sur l'existence de Wachiwi dans son village. Pour ne pas commettre d'erreurs, elle consulta sur Internet des sites concernant les Sioux. Ensuite, l'histoire sembla se dérouler d'elle-même et sans effort. Lorsqu'elle eut fini, au bout de trois longues journées de travail, son récit lui parut à la fois beau et empreint de mystère. Elle sut alors qu'elle voulait continuer. Soudain, elle n'avait plus peur et cédait à l'attrait qu'exerçait sur elle la jeune Indienne. Elle se jeta corps et âme dans le travail. Le temps fila à une allure folle. Jamais elle n'avait éprouvé autant de plaisir à écrire. Elle songea à envoyer un mail à Marc pour le lui dire, mais elle ne voulait pas se réjouir trop tôt. Elle décida d'attendre d'avoir rédigé quelques chapitres supplémentaires.

Elle travaillait depuis une dizaine de jours et elle se trouvait encore devant son ordinateur à une heure avancée de la nuit quand le signal sonore de réception d'un mail se fit entendre. Elle ne voulut pas s'interrompre pour le lire, alors qu'elle avait l'impression de planer dans les airs. Elle s'arrêta enfin, un sourire satisfait aux lèvres, et elle s'aperçut avec étonnement qu'il était 5 heures du matin. Après avoir enregistré son travail, elle se souvint du message qu'elle avait négligé. Ouvrant sa boîte, elle vit qu'il venait de l'université américaine de Paris et lui avait été adressé par l'homme qui l'avait reçue. Stupéfaite, elle le fixa un instant avant de le relire. On lui offrait un poste à temps partiel, trois jours par semaine, et un salaire correct. L'expéditeur précisait que l'université disposait de studios qu'elle louait aux étudiants et aux enseignants pour un loyer insignifiant. La personne qui libérait le poste était l'assistante du directeur, au bureau des admissions. Elle était enceinte de jumeaux et souhaitait prendre un congé maternité d'un an. A quarante-deux ans, c'était sa première grossesse et, selon les médecins, elle devait beaucoup se reposer. Par ailleurs, soulignait l'ami de Marc, le directeur du service était lui-même proche de la retraite, si bien que Brigitte pouvait espérer un emploi permanent même si l'assistante revenait, ce qui n'était pas certain. Il ajoutait que, si elle acceptait, elle serait amenée à assumer un certain nombre de responsabilités. Dans ce petit établissement, on attendait d'elle qu'elle mette la main à la pâte et qu'elle sache s'adapter aux situations.

Brigitte avait compris la leçon et, désormais, c'était ce qu'elle souhaitait aussi. Si elle acceptait cette proposition, elle se jura que ce serait différent. Mais voulait-elle travailler à Paris ? Elle n'en était pas sûre...

On lui offrait tout ce dont elle avait besoin : un emploi, un salaire décent, un mi-temps qui lui permettrait de rédiger l'histoire de Wachiwi si elle le désirait, et un appartement pour un loyer minime. Pourtant elle ne savait que faire. Elle fixa l'écran un long moment avant de se lever pour marcher de long en large dans l'appartement.

Elle ne se coucha pas et vit le soleil se lever depuis la fenêtre du séjour. Elle aurait voulu en parler à sa mère ou à Amy, mais elle craignait qu'elles ne lui conseillent d'accepter. C'était facile à dire pour elles ! Et si elle commettait une terrible erreur ? Si elle détestait son travail ? Si elle se sentait seule ? Si elle tombait malade à Paris ? Si elle ratait une opportunité superbe à Boston parce qu'elle se trouvait en France ? Elle avait un millier de scénarios catastrophes en réserve. Mais elle savait aussi que personne ne lui offrait de poste de ce côté-ci de l'Atlantique, en tout cas pas pour l'instant. Son CV n'avait pas ébranlé le monde universitaire et personne ne lui avait répondu. Et si cela n'arrivait jamais ? S'il n'y avait plus d'emploi pour elle à Boston ? Et si… et si… et si… A 10 heures du matin, l'indécision et l'inquiétude l'avaient épuisée. En outre, on lui demandait de prendre sa décision assez vite, car la femme qui prenait son congé maternité quittait immédiatement son poste. Elle devrait la remplacer deux semaines plus tard. C'était le court délai qui lui était accordé pour en finir avec la vie qu'elle menait en Amérique. Quelle vie ? se demanda-t-elle. Elle n'en avait pas. Elle habitait dans un appartement qu'elle n'avait jamais vraiment aimé, elle n'avait pas de petit ami et elle avait été licenciée quatre mois auparavant. Elle pouvait sans doute écrire n'importe où le livre qu'elle avait commencé, à Paris peut-être mieux qu'ailleurs. Et Amy ? Et sa mère ? A midi, elle pleurait, et en fin d'après-midi elle cédait à la panique. Quand le téléphone sonna, à 18 heures, elle fut terrifiée à l'idée que ça pouvait être sa mère. Marguerite devinerait aussitôt qu'elle était bouleversée et elle lui en demanderait la raison. Il lui semblait qu'elle avait quatre ans et elle aurait voulu se cacher sous son lit. Le téléphone continua de sonner. Lorsqu'elle se pencha sur l'écran, elle n'identifia pas le numéro, aussi se décida-t-elle à décrocher. A sa grande stupeur, c'était Ted. Elle n'avait pas eu de ses nouvelles depuis son départ et le son de sa voix la bouleversa. L'espace d'un instant, elle se demanda ce qu'il lui voulait. Peut-être regrettait-il de l'avoir quittée... en ce cas, elle n'aurait pas à partir pour Paris. Etait-ce plus rassurant pour autant ?

— Salut ! dit-elle avec une désinvolture feinte.

Elle se reprocha aussitôt sa stupidité. Ils se connaissaient trop bien pour user de ce genre de stratagèmes.

— Comment vas-tu, Brigitte ?

Il paraissait heureux et de bonne humeur. Elle ignorait quelle heure il était, là où il se trouvait.

— Bien, merci. Il y a un problème ?

Peut-être était-il à l'hôpital et avait-il besoin d'elle. Ou bien avait-il trop bu et s'était-il trompé de numéro ? Tout était possible, après quatre mois de silence.

— Pas du tout. Tout est formidable ici. Je me demandais comment tu allais. Je suis désolé que tout se soit si mal terminé entre nous. Ça a été une période difficile.

— Je suis d'accord, mais ne t'inquiète pas pour moi, fit-elle d'une petite voix qu'il ne parut pas remarquer. Je suis allée à Paris et j'ai fait quelques recherches pour ma mère.

— Tu as pris un congé ? s'étonna-t-il, ignorant qu'elle avait été licenciée.

— Euh... Je fais une petite pause en ce moment. J'écris.

Elle s'abstint de préciser qu'elle ne s'était attelée à cette tâche que depuis dix jours. Elle n'avait pas envie de susciter sa compassion, alors qu'il dirigeait des fouilles pour une grande université.

— Formidable ! s'exclama-t-il sans lui demander ce qu'elle écrivait.

— Et toi ? Ton travail avance ?

— C'est génial ! Nous faisons des découvertes presque chaque jour. Au début, les trouvailles étaient un peu maigres, mais depuis un mois le rythme s'accélère. Quoi de neuf, de ton côté ?

— Pas grand-chose.

Elle détestait le ton de victime qu'elle avait adopté. Soudain, sans savoir si elle voulait l'impressionner ou si elle lui demandait son avis, elle ne put s'empêcher de lâcher :

— On m'offre un emploi à Paris, Ted, je ne sais pas quoi faire... Je l'ai appris cette nuit.

— Quelle sorte d'emploi ?

— Au service des admissions, à l'université américaine. C'est un mi-temps et il y a un appartement qui va avec.

— Tu plaisantes ? C'est exactement ton domaine. Accepte !

— Vraiment ? Et si ça ne me plaît pas ?

— Je ne vois pas comment Paris pourrait te déplaire. Pense à moi : ici, nous n'avons même pas les toilettes à l'intérieur...

Du coup, elle se réjouit de ne pas l'avoir accompagné.

— De toute façon, continua-t-il, si le boulot ne te convient pas, tu pourras toujours démissionner et rentrer à Boston. Tu as besoin de changement, Brigitte.

Cette ville avait perdu tout attrait pour nous, mais nous refusions d'affronter la vérité.

— Et nous avions perdu tout attrait l'un envers l'autre, ajouta-t-elle avec franchise.

— Oui, cela aussi. Ce n'est pas facile de choisir une nouvelle voie. On est installé dans son petit confort et on n'a pas envie de bouger. Peut-être cela ne te ferait-il pas de mal de sortir de ta routine et de faire quelque chose de différent. Tu apprendras le français.

— Je vais travailler dans une université américaine.

— Oui, dans une ville française. La décision t'appartient, mais à mes yeux cela ressemble à une bénédiction. Tu en as terminé avec Boston et tu es très compétente. On t'offre un mi-temps, ce qui te permettra d'écrire ton bouquin. Bon sang, tente le coup ! Parfois, je me dis que l'expression « advienne que pourra » est la bonne réponse. Qu'est-ce que tu as à perdre ? En dehors de la mort, rien n'est jamais irréversible. Et cela ne te tuera certainement pas de t'installer à Paris. Tu pourrais même adorer ça.

Elle avait été si occupée à faire la liste de tous les problèmes qui pouvaient survenir qu'elle n'avait pas vu les choses sous cet angle. Ted avait raison. Le seul scénario qu'elle n'avait pas envisagé, c'était qu'elle pourrait apprécier sa nouvelle situation.

— Je sais que tu meurs de peur, Brigitte. On en est tous là. Moi aussi, j'avais une trouille bleue quand je suis arrivé ici, mais, je n'aurais manqué ça pour rien au monde. Je sais que la mort tragique de ton père t'a traumatisée, mais, parfois, il faut savoir saisir sa chance. Tu es jeune et, si tu ne le fais pas, tu risques de le regretter toute ta vie. Si j'avais refusé de me rendre en Egypte à cause de nous deux, j'en aurais toujours gardé de l'amertume. Je ne voulais pas que cela arrive.

Elle comprenait l'argument, mais la décision de Ted n'en avait pas moins été douloureuse pour elle.

— Tu aurais pu m'emmener.

Cela faisait du bien, de pouvoir le lui dire enfin.

— C'était impossible. Tu aurais détesté, je t'assure. Crois-moi, ce n'est pas Paris. Il fait chaud, c'est sale et poussiéreux. Je suis fou de joie, mais les conditions de vie sont sordides. Je le savais parce que j'avais déjà visité des fouilles. Tu n'aurais pas tenu dix minutes.

Brigitte ne put s'empêcher de sourire en imaginant le tableau.

— Tu as sans doute raison. Ça a l'air horrible.

— Mais c'est ce que j'aime faire. A présent, c'est à ton tour. Ecris ton bouquin, va à Paris, change de carrière, trouve-toi un mec dont tu sois folle et qui ne s'enfuira pas en Egypte au bout de six ans. Tu me manques, Brigitte, mais je suis heureux. J'espère que tout se terminera au mieux pour nous deux. C'est pour cela que je t'ai appelée. Je m'inquiétais pour toi et je me sentais coupable. Je sais que je me suis comporté comme un salaud, en plaquant tout après si longtemps. Mais je ne pouvais pas faire autrement. Je souhaite que tu trouves ta voie, toi aussi. Peut-être est-ce Paris. Je l'espère, en tout cas.

— Peut-être... répéta-t-elle pensivement.

Ted ne lui appartenait plus... sans doute ne lui avait-il jamais appartenu. Il était quelqu'un avec qui elle avait eu une liaison, mais ils n'avaient jamais vraiment formé un couple. Peut-être même n'avaient-ils jamais été faits l'un pour l'autre. Elle en avait conscience aujourd'hui. Il était possible qu'elle ne rencontre jamais l'homme de sa vie. En attendant, les propos de Ted étaient sensés. Elle ne pouvait rester coincée à Boston, à attendre un nouveau départ. Elle devait saisir le taureau par les cornes, quelles que soient ses craintes. D'ailleurs, que pouvait-il lui arriver à Paris ? Ted avait aussi raison sur ce point. Peut-être serait-elle ravie de vivre en France et, si elle ne s'y plaisait pas, elle pourrait toujours rentrer. Soudain, elle se réjouit qu'il l'ait appelée. Il lui avait insufflé le courage dont elle avait besoin. Ce coup de fil était un vrai cadeau du ciel.

— Dis-moi ce que tu auras décidé, conclut-il. Envoie-moi un mail.

— Je le ferai. Merci d'avoir téléphoné, Ted. Tu m'as vraiment aidée.

— Pas du tout, répliqua-t-il avec honnêteté. Tu sais exactement ce que tu veux, il ne te reste qu'à passer à l'acte. Tente ta chance, Brigitte. Ce n'est pas aussi effrayant que tu te l'imagines. Ça ne l'est jamais.

Après avoir raccroché, Brigitte, les yeux fixés sur le téléphone, réfléchit à leur conversation. Au début, elle avait ressenti un coup au cœur en entendant sa voix. Mais cet appel avait été bénéfique et il lui permettait de tourner la page sur leur histoire. Ils en avaient besoin tous les deux et Ted avait enfin trouvé le courage de faire cette démarche.

Il lui fallait encore réfléchir à la proposition de l'université américaine. Elle ne voulait pas prendre de décision hâtive. Elle se demanda si elle appellerait sa mère ou Amy. Retournant devant son ordinateur, elle relut le mail. Il était simple et clair. On lui faisait une proposition avantageuse, dans une ville qu'elle aimait et où elle avait un ami. Elle savait que Marc représentait plus que cela, mais, là encore, elle avait refusé de prendre des risques et de s'engager. Soudain, sans se laisser le temps de changer d'avis, elle pointa la souris sur « répondre ».

Elle remercia son interlocuteur pour sa proposition très généreuse. Elle connaissait la réputation de l'établissement et elle avait beaucoup apprécié leur entretien...

Elle s'aperçut alors que son message commençait comme une lettre de refus. Prenant une profonde inspiration, elle écrivit la ligne suivante en réprimant un frisson.

« J'accepte votre offre et j'aimerais occuper l'un des studios dont vous m'avez parlé.

Merci beaucoup et à dans deux semaines. »

Elle signa, puis elle envoya sa réponse. Il lui sembla qu'elle allait s'évanouir, mais elle l'avait fait !

C'était le début d'une nouvelle vie.

22

Brigitte envisagea un instant de prévenir Marc de sa décision, mais elle décida finalement de n'en rien faire. Elle craignait de lui infliger, ainsi qu'à elle, une tension trop importante. Elle voulait aussi éviter qu'ils se projettent de façon excessive sur ce qui allait ou n'allait pas... se passer. La perspective de ce nouveau poste la troublait suffisamment pour qu'elle ne s'inquiète pas en plus de ce que Marc éprouvait pour elle. Elle ne lui parla donc de rien. Quelques jours plus tard, il lui envoya un mail, mais elle se comporta comme si rien d'inhabituel ne se passait dans sa vie. Après lui avoir dit qu'il faisait beau et qu'elle écrivait un peu, elle lui demanda où en était son livre. Leurs échanges étaient simples et amicaux. Jusqu'à ce qu'elle atterrisse à Paris, c'était ce qu'elle voulait.

Il lui fallut deux jours pour trouver le courage de prévenir sa mère, et un de plus pour avertir Amy. Marguerite fut à demi surprise. Elle voulut savoir si la décision de Brigitte avait quelque chose à voir avec l'écrivain qui l'avait aidée à la bibliothèque. Brigitte lui répondit que non, ce qui n'était pas entièrement vrai. Quelle qu'en soit la raison, sa mère se réjouit pour elle. Bien sûr, elle regrettait qu'elles doivent vivre si éloignées l'une de l'autre, mais elle était persuadée que ce

changement lui serait très bénéfique. C'était exactement ce dont elle avait besoin. Marguerite avait bien
conscience que la vie de Brigitte était au point mort
depuis un certain temps. Paris allait lui redonner le
dynamisme qui lui faisait défaut. Elle promit de venir la
voir en automne. Depuis qu'elle avait étudié les informations réunies par Brigitte, elle mourait d'envie de
visiter le château des Margerac, elle aussi.

Pour une raison curieuse, ce fut plus difficile d'en
parler à Amy. Brigitte se sentait coupable de quitter
Boston, comme si elle abandonnait son amie et la laissait se débrouiller seule avec ses deux enfants. Mais
c'était un choix qu'Amy avait fait en décidant de devenir mère célibataire et elle ne s'en était jamais plainte.

Dès que Brigitte franchit le seuil de l'appartement,
Amy comprit qu'il y avait anguille sous roche. Son amie
paraissait très nerveuse, gênée, et Amy craignit un instant qu'elle ne rejoigne Ted en Egypte. Elle ne s'attendait pas du tout à l'annonce d'un départ pour Paris.

— Tu as fait *quoi* ? s'écria Amy en la fixant avec stupéfaction.

— J'ai accepté un poste à l'université américaine de
Paris, répéta Brigitte, l'air malheureux.

C'était encore plus difficile qu'elle ne l'avait craint.

— Bon sang ! s'exclama Amy, un large sourire aux
lèvres. Mais c'est merveilleux ! Comment est-ce arrivé
et quand ? Tu ne m'as jamais dit que tu avais postulé
là-bas.

— Je n'ai pas… en fait, si… mais je n'en avais pas
l'intention. Marc a organisé un rendez-vous avec l'un
de ses amis, quand j'étais à Paris. J'y suis allée pour lui
faire plaisir. Il m'a envoyé un mail il y a trois jours,
mais j'avais peur de t'en parler. Je pensais que tu serais
dans tous tes états.

Soulagée, elle sourit à son amie. Celle-ci semblait jubiler. Amy était la personne la plus généreuse qu'elle ait jamais connue. Elle applaudissait aux victoires et aux succès des autres, au lieu de se réjouir de leurs défaites comme tant d'autres. Elle était ravie pour Brigitte.

— Bien sûr, que je suis dans tous mes états, et tu vas me manquer. Mais il n'y a rien d'intéressant pour toi ici. C'était bien pendant un temps, mais Ted est parti, tu as perdu ton boulot et tu as bien raison de te bouger pour essayer quelque chose de nouveau. Pourquoi pas à Paris ? Qu'en pense ce type... Marc, c'est ça ?

— Je ne le lui ai pas dit. J'ai même demandé à mon futur employeur de ne pas lui en parler. Je ne peux pas gérer en même temps ses espérances et mon nouvel emploi. Ce serait trop de pression.

Amy parut dubitative. Ce Marc devait avoir un rapport avec la décision de Brigitte, même si elle s'en défendait. Il n'y avait pas que son futur poste qui rendait son amie nerveuse...

— Tu le préviendras quand tu seras là-bas ?

Amy connaissait bien Brigitte, elle savait qu'elle détestait le changement et nourrissait une véritable aversion pour la prise de risques. Et à cet instant précis, elle devait affronter les deux. Elle avait visiblement une peur bleue, mais persistait quand même dans son choix. Pour une fois, elle n'optait pas pour la facilité, elle se lançait dans la mêlée. Le travail d'écriture qu'elle avait engagé sur Wachiwi l'y aidait sans doute.

Il est vrai que la jeune Indienne rappelait constamment à Brigitte combien certaines personnes étaient courageuses, et aussi que les choses pouvaient bien tourner parfois. L'histoire de Wachiwi avait eu une fin heureuse et Brigitte commençait à penser que la sienne pourrait avoir une issue favorable elle aussi.

— Oui, je le lui dirai à ce moment-là, répondit-elle. Mais pas maintenant. J'ai trop peur, avoua-t-elle. Qu'est-ce que je vais faire, si on me fait une proposition avantageuse à Boston avant mon départ ?

Elle s'inquiétait à ce sujet depuis plusieurs jours. Si une telle éventualité se présentait, ce serait un véritable dilemme.

— Tu la refuses, idiote ! Entre Paris et Boston, il n'y a pas à hésiter.

Pour Amy, peut-être, pas pour Brigitte. Les deux amies avaient des personnalités très différentes. Par exemple, Brigitte voulait des enfants, mais pas en s'adressant à une banque du sperme. Cette méthode lui semblait étrange et, de toute façon, les enfants représentaient une trop grande responsabilité pour l'assumer seule. Si elle ne se mariait pas ou si elle ne rencontrait jamais l'homme de sa vie, elle renoncerait à la maternité. Amy et elle n'avaient pas la même conception de l'existence.

Amy, déconcertée, apprit que son amie s'envolait pour Paris dix jours plus tard. En un laps de temps très court, Brigitte avait une montagne de préparatifs à faire. Elle comptait se débarrasser d'une partie de ses affaires et mettre le reste dans un garde-meubles. Le studio qu'on lui proposait était déjà équipé et elle ne souhaitait pas s'encombrer. Elle proposa à Amy de passer la voir et de prendre ce qu'elle voulait avant son départ.

— Alors vraiment ? Tu ne vas pas dire à ce type que tu t'installes à Paris ? insista Amy.

Elle était curieuse de savoir ce qu'il y avait exactement entre Marc et Brigitte. Celle-ci ne cessait de répéter qu'ils étaient juste amis, mais Amy ne la croyait pas. Chaque fois que Brigitte parlait de lui, une petite lueur s'allumait dans ses yeux. En outre, elle faisait bien trop souvent allusion à leur prétendue amitié.

— J'attendrai d'être à Paris... Il se peut même que je le prévienne après mon installation.

— Ne tarde pas trop. Si c'est vraiment quelqu'un de bien, une autre femme va lui mettre le grappin dessus.

— En ce cas, c'est qu'il n'est pas fait pour moi, rétorqua Brigitte avec flegme.

Elle pensait à Wachiwi, tombée amoureuse de Jean, qu'elle avait suivi en France pour finir par épouser son frère. On ne pouvait pas prévoir ce qui allait se passer quand le destin s'en mêlait. Cette loi s'appliquait aussi à sa relation avec Marc. Elle en était convaincue à présent, et elle n'avait pas l'intention de précipiter les choses.

Amy fut également très étonnée d'apprendre que Ted avait téléphoné.

— Il voulait quoi ?

— Tourner la page, je pense. Il a eu raison. Au début, ça m'a fait tout drôle de l'entendre. Il m'a appelée juste après que j'ai reçu le mail de l'université américaine. J'étais hystérique et il m'a vraiment aidée. Il pensait que je devais accepter.

— Ben voyons ! Si tu pars pour Paris et que tu commences une nouvelle vie, il ne se sentira plus aussi coupable de t'avoir plaquée en deux temps trois mouvements, le soir de la Saint-Valentin.

Amy n'avait pas pardonné à Ted la façon brutale dont il avait quitté Brigitte. Ce jour-là, elle avait cessé de le respecter.

— Finalement, notre rupture a été une bonne chose, la contra Brigitte. Parce que je refusais de voir que cela n'allait pas entre nous, j'aurais pu encore gâcher cinq ou six années de ma vie.

— Malgré tout, il aurait pu être plus délicat, dit Amy d'un ton sévère.

— C'est vrai, mais je ne lui en veux plus. J'admets que notre conversation m'a paru bizarre et déconnectée de la réalité. J'avais l'impression de parler à un étranger. Peut-être l'avons-nous toujours été l'un pour l'autre.

Amy hocha la tête sans un mot. Elle espérait que la relation que Brigitte nouerait avec Marc – si relation il devait y avoir – serait plus profonde. Ce n'était pas encore certain, mais cela semblait en bonne voie. Son amie ne pourrait plus utiliser l'excuse géographique pour éviter de s'engager. Peut-être était-ce pour cette raison qu'elle tardait à lui annoncer sa venue. Elle voulait se donner la possibilité de choisir, du moins c'était ce qu'Amy pensait.

Brigitte passa le reste de la semaine à entasser dans des cartons tout ce qu'elle voulait garder, et à mettre de côté ce dont elle allait se débarrasser. Elle jeta des livres, des souvenirs qui ne signifiaient plus rien pour elle, du matériel de sport que Ted avait laissé et ne lui avait jamais réclamé. Le nombre d'objets qu'elle avait amassés la stupéfiait. Elle fit aussi une petite pile de tout ce qu'elle souhaitait envoyer à Paris : des photographies, des livres, des ouvrages de référence, des articles scientifiques et quelques bibelots à valeur sentimentale. Il y avait des photos de ses parents et d'elle quand elle était petite, une d'Amy avec ses enfants. Son départ pour l'Europe était le moment idéal pour effectuer un tri et liquider tout ce qui était devenu inutile ou obsolète dans sa vie. Pourtant, elle ne put se résoudre à se défaire complètement de ce qui restait de sa liaison avec Ted. Elle mit leurs photos et leurs souvenirs communs dans une boîte qui irait rejoindre le garde-meubles.

Finalement, elle vint à bout de ses préparatifs. L'appartement était vide, ses valises étaient bouclées et les meubles emportés. Elle avait offert à Amy le canapé acheté avec Ted. Si jamais elle devait revenir, elle préférerait repartir de zéro.

Pendant leur dernière soirée passée ensemble, les deux amies ne cessèrent de passer du rire aux larmes. Elles se souvenaient de leurs bêtises, des farces qu'elles s'étaient faites mutuellement ou des tours qu'elles avaient joués à leurs amis. Brigitte se remémora les naissances des enfants d'Amy, auxquelles elle avait assisté. Maintenant, elle s'en allait à plus de cinq mille cinq cents kilomètres…

— Cela peut paraître stupide, mais j'ai l'impression d'être enfin devenue adulte, confia Brigitte à son amie. Pour la première fois de ma vie, j'ai pris une décision importante sans reculer ou retourner à la case départ.

— Oui, cette fois, tu as frappé un grand coup ! la félicita Amy.

Elle approuvait totalement sa décision de partir pour Paris. Même si le poste se révélait décevant ou inadéquat, cela valait la peine d'essayer.

— J'espère que ça marchera aussi avec Marc, ajouta-t-elle.

— Je n'attends rien, sinon son amitié, répliqua Brigitte.

— C'est ce que tu attends, mais est-ce ce que tu veux ? Si tu avais une baguette magique, quel serait ton souhait ? Passer ta vie avec ce type ou avec quelqu'un d'autre ?

La question ne manquait pas de pertinence et Brigitte prit le temps de réfléchir avant de répondre.

— Je ne le connais pas encore très bien, murmura-t-elle, mais je crois que je choisirais de vivre avec lui. C'est quelqu'un de bien et il me plaît vraiment. Nous nous entendons à merveille, nous avons de nombreux points communs et nous éprouvons du respect l'un envers l'autre. C'est un bon début, non ?

— J'en ai l'impression, répondit Amy en souriant. Alors, je garde les doigts croisés pour que ça marche. Mais tu vas me manquer horriblement, si tu restes là-bas.

— Boston n'est qu'à huit heures de vol de Paris... Je viendrai vous voir, toi et maman.

— Et moi, si je parviens à dompter mes deux sauvages de fils, j'irai en Europe.

Elles savaient toutes les deux que cette possibilité ne se présenterait pas avant longtemps. Amy devait économiser le moindre sou pour entretenir sa petite famille. Personne ne l'aidait sur le plan financier, ce qui rendait son choix encore plus courageux.

— Je t'appellerai, promit Brigitte.

Sans oublier les mails. Elles en échangeaient déjà très fréquemment, même à Boston. C'était la distance qui allait créer un grand vide dans la vie de Brigitte, habituée à avoir son amie sous la main.

En s'embrassant une dernière fois, elles versèrent toutes les deux quelques larmes, puis Brigitte dévala l'escalier et rentra à pied chez elle. Une semaine auparavant, elle avait tiré un bon prix de la vente de sa voiture. En dix jours, elle avait dit adieu à sa vie entière. Ses douze années passées à Boston prenaient fin.

Aucune des universités auxquelles elle avait envoyé son CV ne lui fit de proposition de dernière minute.

Brigitte ne put s'empêcher de se demander si l'offre de l'université américaine de Paris serait la seule qu'elle aurait. Elle avait envoyé un SMS à Ted pour lui dire qu'elle partait et le remercier pour l'impulsion qu'il lui avait donnée. C'était le petit coup de pouce dont elle avait eu besoin pour faire le grand saut. Restait maintenant à savoir si son arrivée ferait sensation ou non. D'abord, elle verrait comment cela se passerait dans son nouveau job, ensuite elle préviendrait Marc.

Le lendemain de ses adieux à Amy, Brigitte loua une voiture pour se rendre à New York. Elle préférait ne pas emprunter une ligne aérienne intérieure avec ses deux énormes valises, et le trajet par la route était très agréable. Par cette belle journée de juin, le soleil brillait et elle se surprit à chantonner au volant. Elle avait le sentiment d'avoir pris la bonne décision.

Elle passa trois jours avec sa mère. Elles allèrent au théâtre et au restaurant. Marguerite lui montra comment elle avait archivé les informations qu'elle lui avait données. Elles concordaient avec celles qu'elle avait déjà. Tout était classé chronologiquement et, désormais, leur généalogie était établie jusqu'en 1750. Marguerite voulait suivre la trace de leurs ancêtres jusqu'à l'époque où le château avait été construit, au XIIe siècle.

— Comment avance ton livre ? demanda-t-elle à Brigitte pendant un dîner.

— J'ai été trop occupée par mes préparatifs pour avancer. Je m'y remettrai à Paris.

— Tout cela est très excitant, dit Marguerite avec un large sourire. Je suis fière de toi. Un nouvel emploi, une nouvelle ville, un nouveau livre et peut-être un nouvel homme.

Que ce soit avec Marc ou un autre, elle voulait juste que sa fille soit heureuse. Brigitte lui semblait épanouie depuis son retour de France. Même si, ensuite, elle avait vécu des moments difficiles qui l'avaient amenée à prendre la décision de quitter Boston.

De son côté, Brigitte n'avait aucun regret, seulement quelques craintes. Jour après jour, elle était de plus en plus certaine de faire le bon choix. Pour ce qui était de son poste à l'université, elle se sentait assez sûre d'elle. Ses seuls doutes concernaient Marc.

Ils avaient échangé plusieurs mails, tous très amicaux. Il était ravi, car les vacances d'été approchaient. Il lui avait dit qu'il comptait aller à la montagne en août rendre visite à de lointains cousins, mais qu'il resterait à Paris en juillet. Il lui avait demandé quels étaient ses projets et elle avait répondu « aucun ». C'était vrai, puisqu'elle voulait prendre ses marques à l'université et s'habituer à la vie parisienne. Elle lui avait annoncé toutefois qu'elle avait trouvé un emploi, sans préciser où, et il avait oublié de le lui demander. Si elle avait menti, c'était donc uniquement par omission. Le jour venu, elle le remercierait pour son intervention auprès de son ami, mais cela pouvait attendre. Elle voulait le revoir avant de lui dire quoi que ce soit. Elle saurait alors ce qu'ils ressentaient l'un pour l'autre. Cette fois, elle ne faisait pas un court séjour à Paris, elle allait y vivre. S'ils s'engageaient dans une relation amoureuse, il faudrait que cela ait un sens pour tous les deux. Elle ne voulait pas reproduire les erreurs commises avec Ted. Dorénavant, elle ne laisserait plus faire le hasard, elle voulait se poser les bonnes questions, et obtenir les réponses avant de sauter le pas. Au lieu de céder à la fainéantise ou à la peur, elle ouvrirait grands les yeux, pas seulement son cœur.

Le soir de son départ, sa mère et elle dînèrent très tôt. Elles bavardèrent jusqu'à ce que sonne l'heure de la séparation. Marguerite, très émue, serra très fort sa fille dans ses bras et l'embrassa.

— Prends soin de toi, ma chérie. Profite bien de ton séjour à Paris. J'espère que tu vas rencontrer un tas de gens sympathiques et que tu t'amuseras bien.

Elles promirent de se téléphoner souvent.

Brigitte prit l'ascenseur avec ses lourds bagages, excitée à la pensée que, dans exactement neuf heures, elle serait parvenue à destination.

Elle avait hâte d'y être.

23

L'avion de la compagnie Air France décollait à minuit et atterrissait à midi, heure locale, après six heures de vol. Une personne du service des ressources humaines de l'université américaine de Paris lui avait dit que les clefs de son studio l'attendraient chez la gardienne de l'immeuble, situé rue du Bac. Elle allait habiter tout près de la maison de Tristan et de Wachiwi, ce qui lui parut un bon signe.

L'avion n'était pas plein. Les deux sièges voisins du sien étaient inoccupés, et elle put s'étendre. Enveloppée dans une couverture, elle s'endormit. Lorsqu'elle s'éveilla, elle se sentait fraîche et dispose. Avant l'atterrissage, on lui servit un petit déjeuner composé de croissants, d'un yaourt, d'un fruit et d'un café.

Un instant plus tard, elle passait les contrôles de la douane et de l'immigration sans problème. Elle trouva un chariot pour ses bagages. Le chauffeur de taxi parvint tout juste à les caser dans son coffre. Ils quittèrent l'aéroport de Roissy pour se glisser parmi les voitures qui se dirigeaient vers Paris. La circulation était très dense, il leur fallut une bonne heure pour atteindre la rue du Bac. Dès qu'ils pénétrèrent dans le centre, Brigitte garda les yeux rivés sur la fenêtre. Les rues de la rive gauche lui semblaient déjà familières, après son séjour du mois d'avril. Elle fut ravie de passer devant l'ancien hôtel particulier des Margerac. Tristan et Wachiwi faisaient partie de sa vie dorénavant, et cette impression s'accentuerait encore lorsqu'elle avancerait dans son livre. L'écriture les ferait vivre dans son esprit. Il lui semblait qu'ils étaient ses meilleurs amis, ou du moins des parents très aimés qu'elle avait hâte de retrouver.

Elle paya le chauffeur, composa le code du portail d'entrée, et s'engagea dans un étroit passage qui menait à une cour intérieure. L'immeuble était ancien, charmant et visiblement bien entretenu. Elle sonna à la porte de la concierge, qui devina immédiatement qui elle était. Lui tendant les clefs, elle pointa le doigt vers le ciel.

— Troisième étage.

Après l'avoir remerciée, Brigitte se dirigea vers l'ascenseur, à peine plus grand qu'un panier de basket et bien trop petit pour les accueillir, ses valises et elle. Elle y entassa ses bagages, appuya sur le bouton puis monta l'escalier à pied. Elle savait qu'en France le troisième étage était l'équivalent du quatrième, aux Etats-Unis. Elle y parvint hors d'haleine, et sortit ses affaires de l'ascenseur.

On lui avait dit que le studio était petit. Il se révéla bien mieux qu'elle ne s'y attendait. Elle avait une vue dégagée sur les toits et sur le jardin arboré d'une institution religieuse. Quand son regard porta plus loin, elle retint son souffle en apercevant la tour Eiffel. Décidément, ce studio était parfait ! La nuit venue, elle pourrait profiter toutes les heures du spectacle de son scintillement... Ce serait même possible depuis son lit. Elle s'assit une minute pour regarder autour d'elle, puis elle explora son nouveau domicile, un large sourire aux lèvres. Il y avait une cuisine minuscule pourvue d'un four miniature, de deux plaques électriques et d'un réfrigérateur à peine assez grand pour contenir un repas. Tout était propre et net. L'appartement se composait d'une pièce unique, plutôt spacieuse. Face à la fenêtre, il y avait une table ronde et quatre chaises. Les meubles étaient patinés par le temps, mais beaux. Le capitonnage des sièges était de couleur grège, les rideaux en satin vieux rose. Deux gros fauteuils de cuir entouraient une petite cheminée et, de l'autre côté du lit, elle remarqua encore un petit divan. Il y avait assez de place pour recevoir des amis et vivre confortablement. Ce qu'elle préférait néanmoins, c'était la vue. Poursuivant la visite, elle pénétra dans la salle de bains. Celle-ci était en marbre, et comportait une baignoire aux dimensions correctes. Elle avait tout ce qu'il lui fallait, songea-t-elle en se rasseyant sur le lit.

— Bienvenue à la maison, dit-elle à voix haute.

C'était exactement ce qu'elle ressentait. Il lui fallait défaire ses valises, mais elle devait d'abord faire une chose qu'elle avait suffisamment différée.

Elle composa le numéro de Marc sur son portable. Lorsqu'il décrocha, il parut surpris de l'entendre. Elle ne l'avait appelé qu'une fois depuis le mois d'avril. Ils privilégiaient plutôt l'échange de mails. Il avait cependant l'air très content.

— Je te dérange ? demanda-t-elle.

Elle entendait du bruit autour de lui.

— Pas du tout. Je suis un grand paresseux. Au moment où je te parle, je suis assis dans le café qui se trouve en face de l'hôtel où tu étais descendue. Nous y avions pris un café ensemble… J'y viens souvent.

Brigitte voyait très bien. Prenant son pull sans cesser de lui parler, elle sortit du studio, ferma la porte et dévala l'escalier. Marc était tout proche, à une centaine de mètres d'elle…

— Où es-tu ? demanda-t-il.

Elle souriait tout en courant, tâchant de ne pas respirer trop fort pour ne pas éveiller ses soupçons. Elle avait traversé la cour intérieure, franchi le porche et elle venait d'atteindre la rue.

— Je sors de chez moi, répondit-elle. Je suis dans la rue maintenant. J'ai eu l'idée de t'appeler pour te dire bonjour.

— C'est gentil de ta part.

Il aurait voulu ajouter qu'elle lui manquait, mais il n'osait pas. Brigitte lui avait clairement fait comprendre qu'ils ne pouvaient être que des amis, en raison de la distance qui les séparait. Il n'empêche, elle lui manquait. Pendant le court laps de temps où elle avait séjourné en France, elle avait occupé ses journées et ses soirées. Depuis, sans elle, la vie lui semblait monotone. Il envisageait d'aller la voir à Boston, mais il ne lui avait pas encore fait part de son projet. Il pensait lui en parler bientôt, pour voir comment elle réagirait.

— Ton livre avance ? demanda-t-il.

— Ces deux dernières semaines, j'ai été trop occupée pour y travailler.

— Tu es contente de ton nouvel emploi ?

— Je ne commence que la semaine prochaine.

Sans qu'il le sache, elle se tenait maintenant de l'autre côté de la rue et elle le regardait. Assis à une petite table, Marc était tel que dans son souvenir. Ses cheveux étaient un peu plus courts, il portait une veste qu'elle lui connaissait déjà et qu'elle aimait bien. Tandis qu'elle l'observait, le cœur de Brigitte cessa une seconde de battre. Marc était plus qu'un ami… Elle ne s'était pas trompée en pensant qu'elle clarifierait ses sentiments en le revoyant. Elle s'en était doutée le soir où il l'avait embrassée, maintenant elle le savait. Immobile et souriante, elle le fixait en silence, heureuse d'être revenue. Elle se demandait si Wachiwi avait éprouvé la même chose, la première fois qu'elle avait vu Jean, et, plus tard, quand elle avait rencontré son futur mari. Absorbée par sa contemplation, elle s'était tue. Elle vit Marc froncer les sourcils.

— Tu es toujours là ?

Il craignait que la communication n'ait été coupée. Brigitte se mit à rire. Aussitôt, il sourit. C'était assez amusant de l'épier à son insu.

— Je ne suis pas là, je suis ici, plaisanta-t-elle.

— Où ici ? Que veux-tu dire ?

Cette fois, ils rirent tous les deux. Comme s'il avait senti sa présence, il se tourna et la vit de l'autre côté de la rue, qui marchait lentement vers lui. Sans réfléchir, il se leva et la fixa, les yeux écarquillés, puis il fit à son tour quelques pas dans sa direction. Lorsqu'ils se rejoignirent, elle lut dans ses yeux un amour et une tendresse qu'elle n'avait jamais vus auparavant dans le regard d'un homme.

— Que fais-tu ici ? demanda-t-il, profondément troublé.

— Enormément de choses, répliqua-t-elle sur un ton énigmatique. J'ai accepté un poste, à Paris… celui pour lequel tu m'avais recommandée. Je voulais te remercier, mais j'ai préféré te faire la surprise.

— Depuis quand es-tu arrivée ?

Rayonnant, il voulait tout savoir. Face à face, ils se tenaient les mains, forçant les gens à les contourner. Paris était habitué aux amoureux, et personne ne se plaignait qu'ils bloquent le passage. Quant à eux, ils ne s'en apercevaient même pas.

— Il y a environ trois heures, répondit-elle. Je loue un studio rue du Bac. De ma fenêtre, je vois la tour Eiffel. Ce n'est guère plus grand qu'un timbre-poste, mais je l'adore déjà.

Elle espérait qu'il lui plairait, à lui aussi. Les gros fauteuils de cuir semblaient faits pour lui.

— Tu vas travailler à l'université américaine ? demanda-t-il, l'air extasié.

Pour lui, c'était Noël en juin. Ses vœux se réalisaient comme par magie.

— Trois jours par semaine. Je consacrerai le reste de mon temps à mon livre.

— On t'engage pour combien de temps ? demanda-t-il, déjà inquiet.

— Un an. Ensuite, on verra.

Il hocha la tête. D'ici là, elle consacrerait peut-être tout son temps à écrire et elle vivrait avec lui, en tout cas il l'espérait. A présent qu'elle était là, des milliers de projets à deux tourbillonnaient dans sa tête.

Brigitte leva timidement les yeux vers lui. Il avait été très patient avec elle la dernière fois, et elle estimait qu'il avait le droit de connaître le fond de sa pensée. Jusqu'à maintenant, elle ne l'avait dit à personne. Elle voulait d'abord le revoir.

— Je ne suis pas seulement venue pour le poste, dit-elle doucement.

Il s'approcha d'elle et caressa doucement son visage de ses doigts fins. Lorsqu'il l'avait embrassée, la première fois, il avait eu le même geste.

— Pourquoi es-tu venue, alors ?

Ils avaient oublié leurs téléphones, qu'ils tenaient toujours à la main, connectés l'un à l'autre comme ils l'étaient eux-mêmes.

— Je suis venue pour toi... pour nous... pour voir ce qui se passerait si nous habitions la même ville.

— C'est très courageux de ta part, dit-il en l'embrassant.

Lorsqu'ils s'écartèrent l'un de l'autre, il la regarda dans les yeux.

— Wachiwi m'a aidée. Je me suis dit que si elle avait eu tant de courage, je pouvais en avoir aussi et courir ce risque.

Pour la première fois de sa vie.

— Et qu'attends-tu, ensuite ? demanda-t-il.

— Tout ce que le destin nous réserve. Il fallait juste que je sache ce que nous sommes l'un pour l'autre.

— Je crois que c'est clair.

Elle acquiesça d'un signe de tête. Retournant sur ses pas, il laissa quelques pièces de monnaie sur la table qu'il avait abandonnée, puis revint vers elle et passa un bras autour de ses épaules. Ils prirent la direction du studio. De sa main libre, Marc balançait son porte-documents tout en marchant. Ils sourirent en passant devant la demeure de Tristan. Une minute plus tard, ils se retrouvèrent au bas de l'immeuble où Brigitte allait désormais vivre. Elle l'invita à monter chez elle et ils grimpèrent les marches, riant et plaisantant comme des adolescents. Enfin, Brigitte ouvrit la porte. Marc eut l'air d'apprécier : le studio était chaleureux et accueillant et, bien qu'il ne comportât qu'une seule pièce, c'était assez grand. Debout devant la fenêtre, ils contemplèrent un instant le jardin de l'institution religieuse, puis la tour Eiffel droit devant eux. On ne pouvait rêver mieux. Attirant la jeune femme contre lui, Marc l'embrassa avec une passion aiguisée par deux mois de séparation, qui lui avaient paru un siècle. Il voulait que plus jamais elle ne parte. Il lui en ferait découvrir, des merveilles, comme Tristan l'avait fait lorsqu'il avait amené Wachiwi à la cour.

— Je t'aime, Brigitte, souffla-t-il contre sa nuque.

Il l'embrassa de nouveau. Craignant soudain d'être allé trop loin, il plongea dans ses yeux : il n'y discerna aucune crainte. Brigitte lui souriait avec sérénité et abandon.

— Je t'aime aussi, dit-elle.

Cette fois, elle en était sûre. Elle n'éprouvait ni doutes ni peurs. La quête de son ancêtre sioux l'avait menée jusqu'à Marc, ainsi que ce devait être. Un miracle était survenu... Ou le destin s'en était mêlé. Ils savaient tous les deux qu'elle ne partirait plus.

Tout comme Wachiwi, deux cents ans auparavant.

Vous avez aimé ce livre ?
Vous souhaitez en savoir plus sur Danielle STEEL ?
Devenez, gratuitement et sans engagement, membre du
CLUB DES AMIS DE DANIELLE STEEL
et recevez une photo en couleur dédicacée.

Pour cela il suffit de vous inscrire sur le site
www.danielle-steel.fr
ou de nous renvoyer ce bon accompagné d'une enveloppe
timbrée à vos noms et adresse au
Club des Amis de Danielle Steel
– 12, avenue d'Italie – 75627 PARIS CEDEX 13

Monsieur – Madame – Mademoiselle

NOM :
PRÉNOM :
ADRESSE :

CODE POSTAL :
VILLE :
Pays :

E-mail :
Téléphone :
Date de naissance :
Profession :

La liste de tous les romans de Danielle Steel publiés aux Presses de la Cité se trouve au début de cet ouvrage. Si un ou plusieurs titres vous manquent, commandez-les à votre libraire. Au cas où celui-ci ne pourrait obtenir le ou les livres que vous désirez, si vous résidez en France métropolitaine, écrivez-nous pour le ou les acquérir par l'intermédiaire du Club.

Cet ouvrage a été imprimé au Canada par

Marquis imprimeur inc.

Québec, Canada
2012

en septembre 2012

Composé par Nord Compo Multimédia
7, rue de Fives, 59650 Villeneuve-d'Ascq

N° d'impression : 69892
Dépôt légal : septembre 2012